有爱的青春陪伴者

还是很想他
著 / 王郁曦
Children's Paredise
coffee
KIK
Bespoke Service
Outlets
江苏凤凰文艺出版社
JIANGSU PHOENIX LITERATURE AND ART PUBLISHING

图书在版编目（CIP）数据

还是很想他 / 王郁曦著. -- 南京 : 江苏凤凰文艺出版社, 2022.4
ISBN 978-7-5594-6278-7

Ⅰ. ①还… Ⅱ. ①王… Ⅲ. ①长篇小说 - 中国 - 当代
Ⅳ. ①I247.5

中国版本图书馆CIP数据核字(2021)第190969号

还是很想他

王郁曦 著

责任编辑　王昕宁
特约编辑　周丽萍　李　娜
责任校对　周　萍
出版发行　江苏凤凰文艺出版社
　　　　　南京市中央路165号，邮编：210009
网　　址　http://www.jswenyi.com
印　　刷　长沙鸿发印务实业有限公司
开　　本　880mm×1230mm　1/32
印　　张　9
字　　数　210千字
版　　次　2022年4月第1版
印　　次　2022年4月第1次印刷
书　　号　ISBN 978-7-5594-6278-7
定　　价　39.80元

目录…

目 录 …

第一章
Kiss my palm

发现招勒死亡是在一个大雨天，一大群警察穿着塑料雨衣站在案发现场维持秩序。来自各大新闻媒体的记者堵在了招勒家的门外，这里是招勒死亡的案发现场。

死者李招勒，是近年来在摄影界颇具影响力的新秀摄影师，以人像摄影而闻名。警方在检查尸体时，意外地发现招勒手掌上写有“kiss my palm（亲吻我的手掌）”。

根据第一目击证人，李招勒的助理报警后的证词，他打开李招勒的家门后发现，满屋充斥着呛鼻的煤气味。李招勒在沙发上躺着，似乎睡着了。

“我叫了他的名字，但他没有回应我。我上前轻轻推了他一下，他也没有一点儿反应。于是我又去抓他的手，才发现他的身体已经完全冰凉了。”成泽浩看着面前做采访的记者，还是一副惊魂未定的表情。

“能不能描述得更具体一点？”

成泽浩极力想找一个合适的比喻：“你也知道那天晚上的温度吧，他的体温跟室外的温度差不多。”

“看来招勒先生似乎去世有段时间了。”记者低头做着笔记。

这段对话被编成新闻采访刊登在各大报刊、摄影杂志的头条版块，标题是“新秀摄影师李招勒去世成谜”，在摄影界引起轩然大波。

铺天盖地的舆论让警方不得不加快破案进度。当然，这属于他杀、自杀还是意外死亡，有待调查。

我是在两天后才得到招勒死亡的消息，匆忙放下工作从日本赶回来。

去警局见招勒时，我已经连续两夜没有好好睡觉了。我疲倦地躺在出租车后排，裹着厚厚的大衣，侧脸看着车窗外一闪而过的人群一点点地消失在视野中。逐渐落幕的天色，幽暗的路灯接连亮起。

天黑了，我闭上眼睛，却感觉心脏始终被吊在喉咙里，有些呼吸不畅。

晚上八点，我终于在警局见到了招勒的遗体。面前的他被白色的被单盖住，明明没看见他，但我已经感觉出是他了。但是，扑面而来的全是冰冷，那是我完全陌生的温度。我僵在原地，牙齿打战得厉害。

“招勒？”我轻声询问，没有人回答我。

警察戴上消毒手套，将裹住招勒的被单掀开，露出他的上半身来。他的身体散发出冰冷的气息，就好像躺在我面前的是一个冰冷的机器。我第一次面对这样的他，一时间陌生得说不出话来。

警察指着他的手掌对我说：“唯一的疑点是这句‘kiss my palm’的英文。”

征得同意后，我戴上消毒手套，颤抖着轻抚过招勒的发丝，顺着他的额头、脸颊一路向下，最后握住他的手。全是冰冷的温度，是一种让人陌生的感觉。面前的招勒不会再睁开眼睛，不会再跟我说话了。

我不敢再往下细想，收回了手，深吸一口气想让自己平静下来：“我知道了。”

窗外下着淅淅沥沥的雨，警察为我倒了杯热水。手指摩挲着纸杯能感受到热水渗出来的温度，我渐渐从这种温暖里苏醒过来。

警方例行公事地对我展开询问：“姓名？”

“温藻。”

“年龄？”

“二十七岁。”

“和李招勒是什么关系？”

“朋友，是关系很好的朋友。”我看着窗外的小雨，时断时续，已经缠缠绵绵很久了。我一向最讨厌这样的鬼天气，让人胸口闷得难受。

我努力将负面情绪消化好后，看向面前整理资料的警察，问他：“招勒是怎么走的？”

警察思考了一瞬：“嗯……根据我们目前调查得到的证据，初步判断是一起煤气中毒的意外死亡案件。具体的进展不方便跟你透露，到时候你去看我们警方发布的通告就好。”

警察接着问：“最后一次和李招勒联系是什么时候？”

“半年前，我记得是在十月份的时候。自从我去了日本，我们就没再联系过了。”

我和招勒已经半年没有见面了。半年前，我出国去日本工作，他来送我。还记得那天他的模样，也许是连续工作多日没有休息好的缘故，他的脸色很难看。

我有些担忧地对他说：“你快回去休息好了。”

他扶住额头点了点头，疲惫地揉眼睛，用慵懒的眼神看着我说：“那你一路小心。”

我十三岁时和他认识，至今已经是十几年的好朋友。

警察坐在我的对面，低头做着笔录。我却在想着躺在隔壁解剖室的招勒，他生前是那样一个热爱整洁的人，死后却要躺在这样一个昏暗而狭小的地方，身边充斥着消毒水的味道，像是一个被摆弄的玩具。

“我想把招勒带走。”

说出这句话时，对面正在做笔录的警察被我吓了一跳，有些好笑地抬起头看我。他说：“姑娘，李招勒先生的家属明天会来领取遗体。”

他说的家属我知道，是招勒的哥哥李钟川。招勒的父母去世后，招勒唯一的亲属也只有他了。

我有些恍惚自己说出来的无厘头的想法，在大家眼里，我和招勒不过只是十几年的好友而已，又有什么资格替招勒安排后事呢?

和我一起接受调查的还有招勒的助理成泽浩，晚上九点钟，他才结束工作匆匆忙忙地赶来，作为人证再次接受调查。

我在警局大厅里休息，等待着成泽浩结束。我和他并不熟识，只是彼此认识的关系。他是和招勒一起工作了很多年的助理，除了照顾招勒的生活之外，还负责一些简单的摄影工作。

等了一会儿，成泽浩从审讯室里出来。

我站起来直勾勾地望着他，他也看到我了，有些困惑地迎上我的眼神往我这里走过来：“温藻？”

“是我，我们可以谈谈吗？”

“当然了。”

三月份，温度却没有一点儿上升的预兆，呼吸起来都还会从鼻孔里冒出薄薄的雾气。我和成泽浩步行在街上，寂静的夜里，在偏僻的警局附近，连过往的车辆都很少看见。

我的情绪不太高，所以说话的声音也极小：“招勒走前，是什么样子的？”

“就是像往常一样忙于工作。他去世的前一天，凌晨才结束了拍摄工作，像往常一样回到家里，没想到第二天就发生了这样的事情。”

“写在招勒手掌上的那句‘Kiss my palm’，你知道是什么意思吗？”

“这我也不是很清楚啊。”成泽浩有些苦恼地挠头，“我没注意他手掌上还写着这样一句话。吻我手掌，应该是给文至粤的吧。只不过，最近我也没有见到她。不过我听说她也来警局配合做笔录了。”

说起文至粤，这位身材高挑、皮肤白皙的女模特，是招勒的女朋友。她已经和招勒在一起好多年了。

“说起来，可真是奇怪。招勒先生平时是不做饭的呀，怎么会煤气泄漏呢？”成泽浩看起来也有些苦恼的样子，“我赶到现场的时候，一打开门，满室说不出感觉的怪味儿。我马上感觉不好了，赶紧去打开了窗户。”

“窗户？”我因为这个词愣了一下，“你的意思是，当时现场的窗户是关着的？”

“怎么了？”成泽浩皱了皱眉，也许是感觉不到我觉得突兀的点，“如果不是因为门窗封闭，招勒先生怎么会煤气中毒呢？警察没跟你说细节吗？”

“我不是很清楚，”我回答他，“所以才会找你问问。”

从与招勒相关的报道里，我只是看到了一则官方发布的简短的死亡通报。直到今天，我依然不太清楚案发现场的所有细节。我只能从成泽浩的口中，努力去探寻出一些可以深究的蛛丝马迹。

我总觉得招勒的死不会是场意外，也许是我一时间无法接受。可当成泽浩告诉我现场的门窗是紧闭着的时候，我才突然嗅出一丝可疑的气息。

招勒患有多年的幽闭空间恐惧症，跟他一起共事的同事或是朋友，都知道招勒的怪癖，每次在室内办公，总是要将窗户打开。

但是招勒却从未解释过自己患有幽闭恐惧的事情，以至于做出这样奇怪行径的招勒，在大家眼里，是一个行为举止不正常的怪人。

而他在家也多年保持着这样古怪的习惯，打开门后的第一件事情就是把窗户打开。

想到这里，我的大脑完全被这种困惑所侵占了。

“他不应该会关窗户的。”我这样想着，也说出了口。

成泽浩有些疑惑：“我大概知道招勒先生工作的时候有喜欢开窗的怪癖，可是就连在家休息他也要打开窗户吗？他去世的那天刚下过雨，天气那么冷。只要开一会儿窗，室内就会冷成地窖似的。”

“我也不敢肯定。”我摇了摇头，隐隐觉得整个案件似乎有什么蹊跷之处，却又对这蹊跷的地方说不上来。

已经是深夜了，难得这样寒冷的天气，街边还有没有收摊的馄饨摊子。穿着厚厚羽绒服的中年女人坐在街角处的桌子边打瞌睡，她躲在用墨绿色的雨布撑起来的小摊里，用围巾将帽子和脖子一起围住，只露出两只眼睛来。

“太好了，有东西吃了。”成泽浩兴奋地搓起手，向馄饨摊大步走过去，“老板，现在还有馄饨卖吗？”

女人睁开惺忪的睡眼，慌乱地从椅子上跳起来："哦，有的。"

"要两碗。"

馄饨的味道飘进鼻子里，却让我有种想吐的感觉。我疲惫极了，丝毫没有食欲："我不要，谢谢。"

我还在想着招勒的事情，看成泽浩吞完了一大碗馄饨，我们才在凌晨时分各自散去。

回到家，室内安静极了，我疲倦得几乎可以席地而睡。

透过落地窗户，我看到对面的楼层亮着暖色的灯光。我没有开灯，去了洗手间仔仔细细将手洗好，又用崭新的毛巾反复擦拭干净，才从随身携带的包里掏出我用卫生纸包好的消毒手套，将它锁进柜子里去。

满身疲惫，我没有脱衣服裹着被子躺到床上，盯着黑漆漆的天花板，却始终毫无困意。招勒的模样又从我的大脑里冒出来了，我难过得没有哭的力气。

一直到夜半，我都还在睁着眼睛。想念招勒，这种极致的思念让我鬼使神差地爬起来，打开了窗户。

这样的天气，到了深夜时分最是寒冷。我脱了外衣，走到浴室打开冷水，站在花洒下将全身都浇得湿透，冰冷的水打在身上有种刺骨的疼。这是最接近他此刻的温度，我想再离他近一些。

我打着冷战从浴室出来，冷风依旧从窗外接连不断地吹进来。而我此时像一条刚从水里蹦出来的湿漉漉的鱼，窒息、绝望。

我没有擦干身体，就蜷缩在床上，祈祷着自己赶快睡过去。

直至此刻，我仍保留一丝侥幸，期盼着这只是一场格外真实，让人身临其境的梦罢了。

等我再次醒来，一切都会回归原位。我会像往常一样，一边啃着面包一边赶去工作，而招勒还活着。

我睡了好多天，在连续不断的梦里，我做的每个梦都是关于招勒的。

他在梦里也依然话不多。我梦见他拍照的时候，端着相机，眼神专注。他吃东西的时候，习惯慢条斯理地咀嚼。他总是笔直地挺着肩膀，像一只孤冷的猫。

跟他有关的所有事情，我都没有忘记，并且在这个时刻格外清晰。直到被电话铃声吵醒，我睁开眼睛的时候，手机还在桌子上“嗡嗡”响着。我想动一下身体，却发现身体虚弱得没有任何力气。

我费力地抓住桌子上的手机，是李钟川打来的电话。他的声音听起来也是疲倦极了：“明天是招勒的葬礼，你来一下吧。”

我不太愿意面对的事情，现在还是被暴露在我的面前了。我像被人拎住头发从水里拖出来，瞬间清醒了过来，难过的事情最终还是要面对。

黑漆漆的夜幕，从窗外渗进来，不带一点儿温暖的色彩，还有十分钟就到凌晨了。

我盯着天花板，再也睡不着了。

2006 年，我刚刚升入初二。

父母刚刚离婚，爸爸把我丢给了妈妈。她工作极其繁忙，经常晚上八点才会回到家里。我放学的时间早，回到家里，写完作业，再去门口的小餐馆吃碗炒粉。差不多这个时间，才能看见她开的车从餐馆门口经过。

餐馆里的那台老式电视机放着最近很火的一部古装电视剧，看着它播到了片尾结束，我低头匆匆扒完了碗里的炒粉。回到家里时，妈妈已经洗完了澡，正搜索着电视娱乐节目。她最近沉迷一台舞蹈综艺，常常加班回来后，会霸占电视看到深夜。

“吃饭了吗？”她问我。

“吃过了，我先去睡觉了。”我说。

回到房间关了灯，闭上眼睛好大一会儿也没有睡着。妈妈推开门进来，打开灯：“今天我路过江北路，看到一家芭蕾舞教室。明天我去问问看，合适的话，你下个星期就去那儿学舞蹈，也省得周六日一个人待在家里无聊。”

“我不是很想去学跳舞。”比起跳舞，我更喜欢找本书，啃着薯片缩在角落里看一下午。

“你不知道，我年轻的时候多想跳舞，可惜那个时候家里没钱。现在经济条件好了，主动让你学还不乐意？你不知道一节舞蹈课多贵吗？”

知道拒绝没有什么意义，我只能默默接受，将被子拉起来遮过头顶：“好，我学。”

十月份，天气凉爽。我喜欢这样不冷不热的季节，街边的梧桐树叶开始泛黄。转眼到了周五下午，我背着书包出了校门，看到妈妈难得地站在学校门口等我。

“今天我请了假，带你去舞蹈教室看看，熟悉一下环境。”

从学校到江北路不到二十分钟的车程，妈妈很快就停车把后座上睡觉的我喊醒。我迷迷糊糊地跟着她上到五楼，接待我们的是一个穿着红色裙子的漂亮女老师。

在教室里晃了一圈，妈妈十分满意地拉着老师在角落里商讨学费的事。我百无聊赖地揪住书包带，晃晃悠悠地走到休息区。

低头看见自己白色的帆布鞋粘上了泥浆，我动手擦鞋的工夫，再抬起头时，对面的沙发上不知道什么时候坐了一个高高瘦瘦的男孩子，面容清秀却又精致，像是被精心雕刻出来的玉。他在喝水，小口小口地咽着。放下矿泉水后，他往前走了两步，下巴微微上抬，踮起脚，动作轻得像是一只猫，不发出一丁点儿响声。

直到他跳着舞转回身，目光扫向我的方向，我才将眼睛垂下来。

我开始在芭蕾舞蹈室上课了，每周六至每周日。我每天都会看到那个高高瘦瘦的男孩子，听说他叫李招勒，但大家都叫他招勒。

舞蹈课下课时临近傍晚，天色暗沉。教学楼后有一条小路通往家门口，旁边是一片荒废的建筑工地，两边池塘里的杂草已经长得很深了。路边没有路灯指引，我走得很慢，黑暗渐渐来临，大风刮过，有植物的绒毛顺势钻进我的鼻子。我连着打了好几个喷嚏，忍不住揉揉鼻子，再抬头看向前方时，有一抹高高的黑影在我的前方慢慢移动着。

我慢下脚步来，跟他拉开距离，在他身后慢慢走。

穿过漫长的小路，前方渐渐有了光亮。面前的黑影也清晰起来，是招勒。他没有回头来，我只看到了他修长的背影，微微露出一些脸颊的轮廓，我这才松了一口气，慢慢放松下来。

我从回忆里气喘吁吁地爬出来，像只缺氧的鱼。等待着阳光从窗外慢慢泄进，我糟糕透顶地起身了。走进洗手间，我呆滞地看着镜子里自己乌青的眼袋，默默梳好头发，穿好黑色的衣裙。今天是招勒的葬礼，最后送一送他，我还是可以做到的。

第二章

你了解他多少？

我在教堂见到了招勒的哥哥，这位叫李钟川的中年男人。记忆里我很少见到他，他的脸色和我一样差劲，一副在强撑着的样子，他有气无力地招呼我：“你来了。”

我们简短地问候过，我找了个偏僻的角落位置坐下来，安静地等待着葬礼开始。花圈的中央放着招勒的黑白遗像，他还是那样年轻。我难受地将脸别过去，来吊唁的宾客陆陆续续赶到，文至粤出现得很晚，我已经许久没有见过她了。她身着一身黑色的衣服，头发在脑后盘起。她径直向李钟川走过去，低声说着什么。

有人从身后拍了拍我的背，回头看到成泽浩坐在我的身后，像是被我难看的脸色吓了一跳的样子，他硬生生地愣了一会儿才问我：“警方公布的关于招勒先生的死亡通报你看过了吗？”

“这是什么时候的事？”

“都好多天了，调查通报上显示招勒先生意外死于煤气中毒。”

对于这个结果，我已经猜到了。手机在口袋里“嗡嗡”响了两声，我点开看，是一封陌生邮件。邮件附带着一个短短的视频，仔细看，画面有些模糊，是以俯视的角度往下拍摄，应该是一个监控视频。

视频上的画面是通往招勒家门口的一段小路，时间显示是三月二日，凌晨一点三十分，文至粤穿过小路敲开门进了招勒家内，五分钟后离开了。

那样的日子，我不会忘记的，正是招勒去世的当天。我不可置信地看完了视频，哆嗦着双手反复检查着发件人的邮箱，是一个我完全陌生的人。

他发来这样的录像，是想告诉我些什么。我的大脑像是触电一样，瞬间回想起招勒死前发生的一些可疑事情。招勒去世的那晚，文至粤曾出入过他的家。他随后死亡，留下手掌上一行“Kiss my palm”，并且他的死亡现场门窗紧闭。这对于一个患有严重幽闭空间恐惧症的患者来说，是极其不正常的一件事情。

这段视频，在现在看来，验证了我种种不安的猜测，招勒的死或许根本不是一场意外。

我从思绪中猛地回过神来，看向刚刚文至粤所在的方向。葬礼已经开始了，李钟川握着话筒，站在台上念着演讲稿上的追悼词。

我向四周到处打量，寻找着文至粤的身影，我迫切地想跟她确定，招勒去世的那一晚到底发生过什么事情。

“怎么了？”成泽浩小声问我。

“文至粤呢？”

“我刚刚看到她从后门出去了。”

我仓皇地从座位上站起来，向门外奔过去。经过走廊时，我不小心撞到了宾客的腿，大家诧异地看我。李钟川也明显错愕了一瞬，念演讲稿也磕巴了一下。我匆匆忙忙地穿过大堂，奔出了门外。

左顾右盼中，我远远地看到了文至粤。她站在马路边打电话，远处一辆黑色的汽车缓缓停在了她的身边。她挂掉了电话，拉开车门像一阵风一样快速钻进了车内。

汽车在车流中转了个弯，我左右躲避汽车和行人追了上去，但它还是将我甩出了一段距离。我奔跑得心脏都快要跳出来了。眼看汽车渐行渐远，我崩溃地大喊：“文至粤！文至粤！你停车！”

即使我声嘶力竭地大喊，汽车也丝毫没有停下来的迹象。嘶吼声震得我声带发痛，汽车在我面前快速远去，消失成了一个黑点。我慢慢停下脚步，弯腰在路边大喘着气。我脑袋发蒙，招勒去世前的一段时间，一定发生过什么，才会导致了他的死亡。

我失魂落魄地返回礼堂，李钟川已经念完了追悼词，正在和来往献花的宾客寒暄。

我迫切地想要了解关于文至粤的更多事情，在人群中找到了成泽浩，径直朝他走过去。

我走到他面前：“我想问你一些事情。”

成泽浩跟我走到角落里后，才小声地跟我说：“刚刚你突然跑出去，李钟川的脸色都变得不大好了，你是有什么要紧事吗？”

“关于文至粤。”我将邮件的视频放给他看，“就在招勒去世的那一天，她在案发前出入过招勒家。但是我了解招勒，他有严重的幽闭空间恐惧症，在家的时候，几乎每天开着窗户。所以我总觉得案发现场门窗紧闭的调查结果和我了解到的实际情况有些出入。我怀疑文至粤在招勒离世前，和他发生过什么事情，所以招勒去世的时候，才会在手掌上留下‘Kiss my palm’。”

“你怎么会有这个监控视频？”成泽浩不可置信地结束了视频观看。

“陌生人发给我的。”

成泽浩显然还在震惊中没有回过神来："文至粤和招勒先生的事情，我不怎么清楚。文至粤偶尔会到招勒先生的工作场所找他，但似乎都是来吵架的样子。招勒先生不怎么理她，很多次都是不欢而散。我最近见到她，也就是在大概半个月前，文至粤闯进招勒先生的办公室，争吵了几句才离开。从那之后，我就再也没有见过她了。"

听到这些，让人不免怀疑文至粤。我揣着这份怀疑的态度，失魂落魄地待到葬礼结束，看着来往的宾客接连离开，才等到了和李钟川说话的机会。

教堂里只剩下三三两两的宾客站在一边寒暄着，卸下了担子的李钟川疲惫地坐在椅子上，耷拉着肩膀，垂着脑袋。

当我走到他面前时，他还垂着脑袋看着地面。察觉到我的靠近，他才抬起脸来看我，露出一个机械式的笑容："什么时候回日本工作？招勒的事情耽误你这么久。"

"我近期不会回去了。"我说，"我想问你，关于文至粤和招勒的事情，你知道多少？"

"你为什么问这个？"

"我怀疑招勒去世的事情跟文至粤有关系，招勒去世那天晚上，文至粤曾经去过招勒家。"

我正要拿出手机给李钟川看视频，他倒是率先开口了："这件事我知道，我在警方那儿看过文至粤出入招勒家的监控视频。但是这件事情，跟她没有关系，半个月前她就跟招勒分手了。那时她要去英国留学，晚上去见招勒，也是为了告别。"

心"咯噔"了一下，我还没有反应过来，李钟川又接着说："因为招勒的事情，文至粤推迟了行程，一直到今天才出发去机场。”

我当场愣住，随后才渐渐反应过来。我从李钟川的只言片语中努力去分辨出一些可用的信息：“他们分手了？”

“是。”

“这样说来，我更加有理由怀疑文至粤，我了解招勒。”我自顾自地分析着，“我走之前，他还好好的。他是那样一个严谨到一丝不苟的人，连一杯水的摆放位置都记得清清楚楚，我没有理由相信他会因为一时大意，死于煤气中毒。”

“温藻，你先冷静，我说的是事实。”

“我没有激动，李钟川。”我看着他，“我一直在冷静地思考招勒的事情，你相信我吗，还是相信你所听到的‘事实’？”

“在证据面前，你对我说这些是没有用的。招勒突然离开，你和我都很难过。”

“我也有证据！”我坚决地相信自己的判断，“招勒有很严重的幽闭空间恐惧症，严重到在室内工作和休息都不能关窗。不论刮风还是下雨，他家的窗户几乎每天都开着。这些，你应该从来都不知道吧。但是为什么他死亡的案发现场门窗紧闭？他去世前手掌上留下那行‘Kiss my palm’，我有充分理由怀疑文至粤。”

“你怀疑她什么？怀疑是她杀害了招勒？”李钟川苦笑着看我，“温藻，我看你脸色很差，要不然你先回去休息。”

“我没有在胡说八道。”我感到极其无力，我如此认真地在叙述一件事情，却被当成玩笑一样对待。

“你根本不了解招勒。你有见到过他因为幽闭恐惧症发作，而惊慌得无法入睡吗？你根本不知道，所以总是按照自己的理解来看待一件事情。”我继续道。

“那你以为你了解他多少？”

我紧咬着牙：“我了解他……很多很多。”

我回到家，煮了碗面。食物吃到嘴里却没什么感觉，吃了两口就觉得很饱，味如嚼蜡大概就是这种滋味。

吃了两口，我接到了成泽浩发来的文至粤的电话号码。我立刻起身拨出文至粤的电话，片刻后手机响起机械冰冷的女声：“对不起，您拨打的电话已关机。”

她突然一声不响地消失了，留下糟糕的局面给我。

我默默打开邮箱，翻到陌生的收件页面。心中充满着巨大的疑问，我回信过去：你是谁?

邮件发送出去，像是一滴水落进大海里一样悄无声息，跟刚刚拨出的那通电话一样毫无回应。我被巨大的疑惑和不安包裹住，回头望向书柜，上面摆放着我和招勒的一张合影，用褐色的木质相框紧紧镶嵌着。

这并不能算是我和招勒的单独合影，其中挤着几个穿着芭蕾舞蹈服的女孩子。我安静地注视着镜头，招勒和我一样，脸上不带任何情绪，看向前方的眼神清冷得像是一缕烟。

这张照片拍摄于我十三岁的时候，那年招勒十五岁。

窗外响起“嗡嗡”的声音，从天降落的淅淅沥沥的雨水将玻璃窗打湿了。明明是这么久远的事，偏偏我还记得，像刻在心里那样清楚。面条被我搁置在桌上，慢慢变凉。我越过它走到窗前，雨水将外面的世界模糊了，我像是被困在牢笼里，看不清外面的世界。

回忆涌上脑海——

有人拍了拍我的肩膀，我回头时，看到妈妈手握着厚厚的围巾，将它缠在我的脖子上。

“怎么突然就下起雨来了！”妈妈对着窗外的雨叹气，随后拉上了窗帘。

“一会儿带你去见妈妈跟你说过的张叔叔。”妈妈蹲在门口系鞋，我从她身后钻出门去，躲在一边打量她。她今天穿上了那件她一直很喜欢的格子大衣，脚上的皮鞋擦得锃亮，头发也漂漂亮亮地盘在脑后。

我跟着她到了地下室，钻进车内，使劲拉开安全带系上。

车子平稳地驶出地下室，我还在一边摆弄那条勒得我浑身难受的安全带。很快，我就被雨水拍打车窗的声音给吸引了注意力。车窗外骤雨突至，噼里啪啦地拍打着车窗，天色瞬间暗下来。

妈妈转着方向盘慢慢往后倒车，我缩进厚厚的大衣里，陷进座位上，用胆怯的目光打量着四下漆黑。嘈杂的雨声将我们包围住，车窗外慢慢远去的街道在雨幕里呈现出一种灰暗的模糊状。

“温藻，跟你说话呢？有没有认真听！”

我趴在车窗边看窗外的雨，妈妈的声音在耳边逐渐发大，似乎有怒吼的征兆，我这才惊醒似的反应过来：“你跟我说话了吗？”

“你这样不认真可不行啊！见到长辈要有礼貌，一会儿主动跟叔叔和奶奶打招呼，记住了吗？”

我试探性地询问：“我可不可以不去？”

“不可以。”立马被反驳回去。

我不再说话，沉默地坐在座位上，听妈妈在一旁絮絮叨叨：“明明不是台风快要来的季节，怎么比刮台风还冷呢。”

车子在半小时后驶到了目的地，我从车窗向外望去，撑着一把蓝色雨伞的男人站在酒店门口。见到我们停下车子，他撑伞走来，主动帮我拉开了车门。

当他凑近时，我才看清他的长相，三十多岁，眉目柔和，面颊干干净净的，可不像爸爸，下巴上都是硬邦邦的胡子。我还在打量他，下一瞬，他已经单手帮我解开安全带，把我从车上抱下来：“冷吧？先跟叔叔进去。”

初次见面，我被怪叔叔的热情弄得有些不知所措，但似乎也并不是很反感。妈妈看着他时，满脸都是温柔的笑意，这是我从前很少见到的。她难得开心，我替她欣慰，内心却又有些隐隐的酸楚。

这是场大人之间的饭局，饭桌上，我见到了妈妈口中的奶奶，是叔叔的妈妈。她坐在我的对面，一直在打量我。我埋头吃着碗里的菜，故意避开她的眼神，听到她问妈妈：“这是你的小孩吧？”

“是，她叫温藻。”妈妈语气一转，我听到她喊我，“温藻，快叫奶奶。”

我抬头，看着那张完全陌生的面孔，僵硬地吐出两个字：“奶奶。”

“这孩子好，长得蛮俊的，看着也机灵。”

“哪里，这孩子不爱说话，见人也不会主动打招呼。”

“小孩子嘛，都认生的。”

我安静地吃着饭，听着桌边大人闲聊着结婚以后的事情。离我最远的桌角，放着一碟老酒烧黄鱼，这是我最喜欢的一道菜。

站起来夹菜似乎不太礼貌，又不敢打扰大人，明明是这么简单的事情，我却在心里认真思考了很久。我默默扒拉着碗里的米饭，抬头瞥了眼妈妈。

“你怎么了？”

如果我把想法说出来的话，会很尴尬的吧！我将话默默咽下，继续低头扒着米饭。

“你看，温藻很乖的吧。”我听见妈妈跟叔叔夸我，“只是不怎么爱说话。”

“长大就好了。”

我将嘴里的米饭默默吞下去，又抬头看了看桌角的老酒烧黄鱼。一直到聚餐结束，我都没能吃上一口。

回家的路上，是叔叔开车送我们。我躺在后座上昏昏欲睡，妈妈在和叔叔小声说着什么，前座偶然传来嘻嘻哈哈的笑声，他们好像处在春天一样，而我感知到的却是冬日的严寒。我忍不住裹紧了身上的大衣，将耳朵埋进坐垫里去。

当天晚上，叔叔搬来和我们同住了。夜晚我躺在床上准备入睡，听见门外传来窸窸窣窣搬家的声音，还有妈妈跟叔叔听不清楚的窃窃私语。

陌生的男人突然变成了家庭成员，也即将成为我名义上的父亲。我明明做好了准备，但在见到他时，扑面而来的却是对未知的恐慌。

忽然之间，我变得更加不爱说话了。

和我一样不爱说话的，还有那个叫李招勒的男孩子。每周六的芭蕾舞蹈课，休息的时候，那个男孩子靠在窗边，小口抿着水杯里的水。对比四周打打闹闹的孩子，我和招勒像是空气一样沉默着。

他真像是一只猫，我忍不住偷偷观察他。他似乎总和我一样，每次都是留在舞蹈室里最后才离开。

又到了傍晚时分，暮色四合，从窗外洒进薄薄的光线来。我坐在门口磨磨蹭蹭地收拾书包，穿好袜子。招勒已经从更衣室走出来，穿着黑色的外套，经过我径直推开了门。

他穿过傍晚间扑下来的稀薄光晕离开了，我没有听到一丁点儿响动。

“温藻，路上小心。”我刚站起身，老师从更衣室出来跟我道别。

“好。”

废弃工地处的那一片芦苇已经枯萎了，路边也逐渐看不到花草，慢慢变成光秃秃的一片，大多灌木即将进入冬眠的状态。

我低着头闷不吭声地大步走着，抬起头时，又远远地看到了前方的招勒。他走得很慢，我也跟着放慢了脚步，小心翼翼地跟在他身后，似乎谁都不愿意打扰谁一样。

突然间，他停下脚步，弯腰在路边蹲下。他低头盯着脚下的方向，似乎是在看什么东西。

直到我走近了，他还是保持着那样的姿势。我隐隐约约觉得他是发生了什么不好的事情，脑海里蹿出几条从报纸上看到的新闻，例如“乘客巴士上心梗发作昏厥”之类的。犹豫了片刻，我重新倒回到他的面前，试探地问：“你怎么了？”

他举起手指，做了一个噤声的动作。

我顺着他的视线往下看，有一群蚂蚁从他的脚边路过，顶着一小块白色的面包渣子，轮番接力，往蚂蚁洞行去。

“蚂蚁是群居动物，很会团队协作的。”我想起不知道从哪本书上看到的动物解说，有感而发，却又觉得情况似乎有些不对劲，抬起脸来，正好对上他的眼睛。

他正在看着我，眼珠透明得像是玻璃，清冷极了：“我见过你，在舞蹈教室。”

“我叫温藻。”我说话的时候，他似乎没有注意听，我看着他垂下眼睛，又重新去看蚂蚁了。

第三章
芭蕾舞演出

我从回忆里逃出来，窗外的雨还在接连不断地落着，我的心情也沉重极了，而想要再见到招勒，也永远只能在记忆中了。

晚间，我躺在床上每隔一会儿就检查邮箱。然而，除了静静躺在收件箱里的工作通知，没有等到那位陌生发件人再发来任何信息。

我迷迷糊糊地睡去，又迷迷糊糊地醒来。在这样焦虑的状态下，一直煎熬到天色一点点亮起。我重新拨打文至粤的电话，依旧处在关机状态。

必须要有一个突破口才好，我不得不重新换角度思考。接触过这段监控视频的，除了警方，还有监控室的管理人员。从警方手中流出这段视频的可能性几乎为零，那么就只剩下另一个源头可以去调查。

想到这里，我顿时茅塞顿开，从床上爬起来，简单地绑了头发，洗了把脸。

招勒搬到新居时，曾经给过我一把钥匙，告诉我遇到急事可以直接过去找他。我为了避嫌，不便打扰文至粤和招勒，一次都没有主动叨扰过。

那把钥匙被我搁在书柜的抽屉里。取出钥匙后，我驱车赶去招勒家。

晨曦从天边散开，后视镜里也被染上了颜色，清冷的早晨，路上的行人也极其稀少。我疲倦地支撑着身体，开着车。即使疲惫，也没有一丁点儿睡意。

招勒的居所坐落在郊外的一个小区，是一幢三层楼房。我曾在他乔迁新居时被邀请过去喝茶。招勒喜欢桂花，在院中栽了一棵桂花树。一楼是书房和卧室，二楼被他开辟成了一个摄影棚，三楼空空荡荡的，被当成废弃楼上了锁，有金属楼梯从一楼直通到天台。这些都只是记忆中的样子，我也已经很久没有见到了。

汽车驶过一条荒凉的公路，周围只剩下两旁光秃秃的稻田。转到小路上，又行驶了将近十分钟的车程，一排排错落有致的楼房渐渐在眼前清晰起来。

这次来主要是为了查监控，顺路想去招勒家看看。也不清楚他给过我钥匙后是否换过锁，毕竟我从来没有用这把钥匙开过招勒家的大门。

我怀着惴惴不安的心情，在招勒家门口停了车，拿出钥匙来插进大门的锁孔里，轻轻一拧，院子的门开了。

我走进去，又开了大门。

屋内冷冰冰的，许久未来人的样子，地面积了厚厚一层灰尘。招勒生前就喜欢用冷色调的家具，显得屋内没有人烟味儿。他走了之后，屋内更是毫无生气了。

我捡起掉落在茶几角落的水杯进了厨房，将水龙头拧到热水，流出来的却是“哗啦啦”的冷水，冲在手背上生疼。我翻开橱柜找热水器的开关，反复试了几次后也依然没有反应。我无奈地站起身，就着冰冷的水洗着水杯，下意识掉出眼泪来，招勒走后，连热水器都坏掉了。

这么久以来，我第一次哭出来。比起见到招勒尸体时那种直观的冲击，现在更让人难受。这时候，我才能确切地感受到他好像真的不存在了。

曾经离他最近的地方，连他生活的一丝气味也不剩下。他不会再对我说话，不会再喊我的名字，永远只会存在于我的记忆中，和那一张张冰冷的照片里。我洗着水杯，心口疼得难受。

我接了一桶水，沾湿了拖把，将屋子里里外外拖干净。招勒搁置家具的位置，我没有舍得动。书房里的书柜也积满了灰。我一本本地把书拿出来，再一本本地擦干净放回去。

招勒喜欢看一些历史题材的书籍，也有外文的原版书，我翻看了几页又重新放回原位。柜子里放着一沓厚厚的报纸，除此之外还有一本八开大小的相册集。土黄色的纸质封皮有些破旧，看得出有些年头了。

翻开看，是一些乱七八糟的照片，一些照片构图也不是很完善，应该是他学摄影之前随手拍的一些东西。

相比较那些完整而商业的摄影，这些照片很有趣，充满了生活气息。翻到中间，我被几张蚂蚁的照片吸引住了，一共四张照片：第一张是一群蚂蚁在马路的一边，顺着大路的另一边爬去；第二张是它们已经爬了一小半；到了第三张，大路中央只剩下一半蚂蚁；最后一张，仅剩下的两三只蚂蚁终于爬到大路的另一边。

又翻开几页，看到了一张我的照片，拍摄时我正是十三岁的年纪。我坐在餐厅的角落里，望着窗外出神。

我怔怔地望着这张照片。

照片上的我穿着白色的羽绒服，里面是单薄的芭蕾舞服，乌黑的头发梳在脑后，露出一张稚嫩的脸来。

我也是第一次见到这张照片，没想到招勒将它保留了下来。

我记得很清楚，那时候我正在跟大家怄气，除了招勒，没有人注意到我敏感的情绪。

2006 年的末尾，舞蹈室忙着准备一场青少年芭蕾舞节目的商业演出。

排练中途，我临时替补一个中途退出的女孩子，一起参加演出。

同一个动作反复练习到傍晚，冬天在开了暖气的舞蹈室里我热得大汗淋漓。天黑时回到家，叔叔已经准备好蘑菇虾面。

妈妈还没有回来，叔叔盛好了汤面叫我来吃。隔着浴室的玻璃窗户听到他的呼声，我快速冲了澡从浴室里出来，捧起碗坐在桌边大口吞咽着面条。

耳边响起了开门的声音，回头看到妈妈推门而入，正在弯腰换鞋。

“下班了？”

“是啊。”妈妈一边换鞋，一边絮絮叨叨，“本来能早点回来，路口看见卖鸭蛋的阿公和一个男人在吵架，就停下车多看了一会儿。”

“怎么回事啊？”叔叔问。

“好像是那个阿公的推车撞到那个人了。”

“妈，我被选中参加一个舞蹈表演。”我将嘴里的面条吞下，弱弱地插话。

“是吗？”她像是有些不可置信，半天吐出三个字来，“真不错。”

“定了一月十号演出，你来吗？”

“要求家长也要去吗？”

“没有，但是她们的家长好像都会去。”我想了想，又补道，“我问过了。”

妈妈起身，翻开挂在墙上的日历：“那天好像是工作日啊！去的话要跟公司请假，工作上的事情还有一堆呢。”

我沉默地挑着面条，心中还是隐隐希望她去的，但似乎感觉到这件事又让她为难了，就默默噤了声。

“确定那天的话，我请假去好了，在哪里演出啊？”

“真的吗？”我雀跃起来，“在客宿酒店，很近的。”

“那好，但是你要好好表现。”

我一边乖巧地点着头，一边大口吸着面条，转瞬就将一碗面吃得干干净净了。

即使课程再繁忙，每天放学后我还是会抽一两个小时的时间去教室排练舞蹈，经常晚上开着台灯趴在桌上做作业。时常写着写着，我就对着台灯打起了瞌睡。

我的肢体极其不协调，基础又不扎实，有些动作老师重复了许多次，我仍然记不准确。懊丧之余，我一遍遍对着镜子认真练习着，舞蹈教室里的人快走尽了。音响里播放着轻柔的舞曲，我抬起下巴，面对镜子踮起脚，转过身，看到门被推开了一条缝隙。

我转回身，面向镜子。镜子里，门被推开后，招勒走了进来，顺手脱下身上穿着的羽绒服，在我的对面坐下来。教室里有两个女孩子围过来跟他说了些什么。我看着镜子里，身后的招勒垂着眼睛，耳边漆黑的碎发被修剪得整整齐齐。

他用手掌托着下巴，在听女孩们说话，偶尔点头，但是都不应声。

轻柔的芭蕾舞曲在耳边响着，我踮起脚尖，转过身去。他在这时抬起眼睛看向我，慵懒的模样，打量的神情。我的心“咯噔”了一下，扫过他的眼睛时，像是看到一汪深不见底的湖水。

我紧张得脚尖都在颤抖，转身面对镜面，招勒已经将视线移开了。我慢慢放松下来，专注地跟着音乐跳下一拍的舞蹈。

漫长的音乐停止，我缓缓放下胳膊，一旁响起老师的掌声，负责排练的安老师从我身后走过来：“可以啊温藻，除了动作还不标准外，一个拍子都没有错。”

我不好意思地用手掌擦掉额上细密的汗，看向招勒的方向时，他已经不在了。

墙上的钟表显示现在已经是晚上六点整了。我走到休息室脱下被汗浸湿的衣服，塞进背包里，又从柜子里摸出毛衣和羽绒服，动作迅速地套上。

跟安老师告了别，打开教室门的那一刻，我踉跄了一步，屋外的世界漆黑得像是掉进了黑洞。路灯像是下一秒就会灭了似的，我的眼睛大约只能看清面前几米的路面，冬日的天黑得极快，这才是刚刚过了晚上六点的时间。

冷风从毛衣领口灌进身体里，我哆嗦得浑身僵硬。

我逆着风沿着小路疾步往前走，远远地看到前方有一束灯光缓缓地移动。我仔细看过去才发现是招勒握着手电筒走在前面，柔和的灯光从他手掌向外洒出。我也放慢脚步跟在他身后，我们始终保持不远不近的距离，直到在小路分岔口，我们才各自朝相反的方向渐行渐远。

商业演出那天，我一大早起床，去舞蹈教室抓紧时间进行最后一次排练。

叔叔送我出门：“下午我和你妈妈再过去，她和公司请了下午的假，你们是下午三点开始表演是吗？”

叔叔再三跟我确定时间，又帮我把背包拉链拉好：“行了，路上慢点。”

到了舞蹈教室，推开门，看到几个老师正围在一起整理租来的芭蕾舞服。一条条雪白的舞蹈纱裙被整齐地挂在单杠上，白得耀眼。我们抓紧时间又排练了几遍今天准备表演的舞蹈，挨到中午时分，我和其他女孩子吃了老师买来的盒饭。才休息一会儿，我们就被老师一起带进更衣室换上舞蹈服。

头发被老师动作娴熟地在脑后盘成一团，紧接着脸上被涂上了味道呛人的粉和腮红，我看着镜子里的自己，因为擦了粉底而比平常显得更加惨白的脸色，看起来真的不大好看。

顶着一脸看起来有些奇怪的妆容，我紧跟着老师的安排上了一辆负责来接送的面包车。

面包车上很拥挤，我坐在最后一排角落里，女孩们的说话声在耳朵里进进出出。透过黑色的车窗，我看到窗外的世界也是灰蒙蒙的一片。

路边枯老的树枝在风里无力抖动着，路上一闪而过的破破烂烂的邮政局，街边推着小车正在卖红薯的大叔，坐在路边抱着水杯暖手的环卫工，这个冬天没有表现出半点儿热闹。

面包车驶到了酒店的门口，我们穿着单薄的裙子，顶着冷风下了车。

“一会儿上台千万不要紧张，把台下的观众都当作木头人就好。”老师一遍遍叮嘱我们。

我们在候场室里安静地等待着，大半个小时过后，听到舞台上传来主持人报幕的声音：“下面由我们的青少年芭蕾舞团的小演员给大家带来《蝴蝶生死》。”

“该我们了，来……快起来。”老师随即带着我们快速来到入场口，又嘱咐，“一个一个地进，有条不紊的，别急。”

我跟在前面一个女孩子身后入了场，跟平时排练时一样，等音乐声缓缓滑入。我紧张得手心冒汗，四周的音乐缓缓响起。我跟着前面的女孩一起踮起脚，从脑海中努力拼凑舞蹈片段。

偶然间视线扫到台下，黑压压的一片，我迅速移开目光，大脑却开始一片空白。我不知道该将视线投向哪里，下意识地伸出了左腿，却猛地瞥到别人抬起的右腿，刹那间意识自己跳错了舞步，一时间手忙脚乱，连着几个拍子都跟不上来。我后面跳得磕磕绊绊，紧张得浑身发冷。音乐声停止，我慌张地跟着身边的女孩子摆出谢幕的姿势。

在主持人上来之前，我们排好列队下了台。

我气喘吁吁地擦着脸上的汗，进到后台时，看到一群家长拥了上来。我被挤在人群中间，听到他们叫着自家孩子的名字。

我从人群里挤了出来，环顾后台，没有看到叔叔和妈妈的身影。也许他们在前台看节目，我想着，从后台跑到观众席去。我穿过一排排的观众去找，直到被人握住胳膊拉了一下。我下意识地以为是妈妈，有些激动地顺着那人握我胳膊的方向看去，看到招勒在我的身后，正在看着我：“怎么了？”

见到不是妈妈，我瞬间有些失落。看样子招勒是来看节目的，我对他摇了摇头：“没事。”

回到后台时，看到老师和家长们在寒暄。沮丧的情绪蔓延开，我不断回想起刚刚在舞台上的失误，心情慢慢跌进了低谷。独自晃荡着穿过酒店的走廊，拐角处放置着一只红色的水桶。经过时无意间碰撞到，随即水桶后的门打开了。

狭小的房间堆放着拖把和扫帚之类的工具，像是杂物间。想独自冷静的念头已经攀升到了顶峰，我走进去将门反锁住，在角落里坐了下来。

将脑袋埋进膝盖，我一遍遍回想在舞台上忘记动作的窘迫，又联想到被妈妈和叔叔遗忘的事情，胸口堵得难受。即使我努力想控制好自己的情绪，可还是很快被悲伤的情绪占据了上风。我难受地哭出来了，能感觉到湿漉漉的眼泪从面上滑落，弄得脸颊黏糊糊的。

大概此刻，大家都在忙着庆祝演出顺利结束，没有人会注意到我的缺席。

我沉默地在原地缩成一团，情绪慢慢得到缓解，不知过了多久时间，望着墙上的窗户，黑暗已经从窗外扑了进来。

有人敲了敲门，我听出来是老师的声音：“有人在里面吗？”

我抿着嘴唇，没有吭声。

门又紧接着被敲响，是老师的声音：“温藻！是你在里面吗？”

“监控里看到她确实进去了。”门外有人在说话。

“温藻！你在里面干什么呢？快点出来！”门被人“哐当哐当”地砸着，似乎是妈妈。她的脾气一向火暴，像是下一秒就会把门砸烂似的。

外面的一群人咄咄逼人，而此刻我的情绪全是抗拒，又隐隐有些害怕。我待在原地，盯着面前被砸到乱响的门，不知道该怎么做。

“咚”一声重物落地的闷响，我猛地顺着声源处望去，有人从窗外跳进来了。黑暗里，那个半蹲在地上的人慢慢起身，向我走来。

“别怕。”他说。

我心慌意乱，想往后退，却在听到他的声音时瞬间安心了不少，他是招勒。

“温藻，你听到就快点出来！”妈妈依旧在门外大喊。

我慌乱地看向招勒，却听到他镇定地开口：“一会儿你什么都不要说。”

我跟在招勒身后，看他径直走到门前扭动门锁，门轻轻被打开了。刹那间从外面洒进来大片光亮，但并不让人觉得刺眼。妈妈、叔叔、舞蹈老师，还有几个陌生的大叔正站在门口。

“你在里面干什么呢！叫你是没听见吗？”妈妈向我冲过来，招勒往我的身边移动了两步，挡住了我。

他的肩膀在我的头顶上方，完全遮住了我的视线。尽管如此，妈妈还是越过了他，一把抓住我的胳膊，将我拉了出来：“我们差点报警，你知不知道？”

“门内的锁坏掉了，她打不开。”招勒说。

我诧异地看向招勒，却听到妈妈放缓了语气问我：“真的吗？”

我犹豫了一瞬，顺着招勒的话点点头。

“早知道这样你进去干什么呀！以后别乱跑了。”妈妈的怒气消了一大半，转而是半责怪又半心疼的语气。

冬天的夜里，我穿着单薄的裙子，早已经起了一身鸡皮疙瘩，这时候放松下来，又忍不住打了个冷战。

“你冷吗？”招勒似乎发现了，轻声问我。

我还没有来得及回答，叔叔脱下羽绒服，招手示意我过来：“你先穿上吧。”

我接过叔叔宽大的羽绒服，像耗子一样钻了进去，羽绒服带着他滚烫的体温，让我找回了一些温度。

深夜里这场闹剧并没有到此终止，事情以退学作为结束。我们下到二楼餐厅，妈妈和老师找了个靠窗的位置，坐下来商量着退学费的事情。

妈妈的怒火还没有消失，质问着老师："你们这样，我怎么放心把孩子交给你们？"

"温藻妈妈，我们没有不管她的。"

我坐在桌边听她们说话，肚子饥饿，手脚冰冷，心情也郁闷极了，赌气地看着窗外。李招勒在一边摆弄他的相机，耳边响起几声相机"咔嚓咔嚓"的声音，我侧过脸看他，发现他正拿相机对着我。

灯光下，他低着头正在检查相机。漆黑的头发和眉毛，眼睛垂下，面颊稚嫩，此刻他看起来像一只干净的猫。

他突然抬起头来，我立刻转过了脸，假装在看窗外的风景。

听着大家的喃喃声，我逐渐打起瞌睡来。

"温藻，回家了。"叔叔叫我，顺便招呼招勒，"同学，坐我们的车吧，顺便送你。"

招勒没有拒绝，下了楼，和我一起钻进了后座。

车里开了暖气，招勒坐在我的身旁，我侧过脸看到他靠在座位上，闭着眼睛睡觉的样子。即使这样躺着，他的背也依然挺得直直的。

我也渐渐打起瞌睡来。中途，招勒下了车，和他告别后我继续迷迷糊糊地睡觉。

"温藻，温藻。"妈妈喊我，现在她说话的语气已经温和了很多。

“嗯？”我迷迷糊糊地答应她。

“下午我不舒服去了医院，所以没有赶上你的表演。”

“没事吧？”我终于清醒了一些。

她说话的口吻变得温和起来：“没有事，是一个好消息。你马上就有弟弟或者妹妹了。”

我睁开眼，睡意全无。路灯光线穿过车窗，照在我的脸颊上，我的双眼顿时被刺痛得什么也看不清了。眼眶有些温热，我不动声色地擦掉了快要溢出来的泪。

“开心吗？”妈妈问。

我没有回答。

第四章
多年后，久别重逢

我又往后翻了几页相册，是一些花花草草的风景，照片拍的是早年前的一些建筑。黑瓦白墙的房屋在河流两岸坐落着，门前有“泰山在此”的石像。这些老房子，在现在的城区，已经很少看到了。

我合上相册，将它归置到原位。

从招勒家出来已经是中午了，我去找物业调监控，负责监控室的是一个四五十岁的大叔。敲开门时，他正坐在监控室的电脑前咬着火腿肠吃泡面。

空气里弥漫着浓郁的面条香味，我倒是没有很饿的感觉。在门口站了几分钟等待他把面条混合着汤“呼噜呼噜”吃完，我才上前跟他搭话：“我想跟你打听一件事情。”

“什么事？”大叔狐疑地皱起眉。

“住在这个小区 65 号的业主李招勒你知道吗？”

“他呀！你是？”

“我是他很好的朋友。”我说，“他出事后，除了警察以外，还有人来这儿调三号楼门前的监控吗？”

大叔用犹豫的神情看了我片刻，才继续回答我：“前不久倒是有个男的，说他丢了一块手表，来这儿拷走了一段监控。”

“那他是几号来的？”

“一个星期前。”

“能说清楚具体的时间吗？”

“问这么清楚，是有什么事吗？”

“他可能是我要找的一个人，希望你能告诉我。”

“是下午的时候来的，具体是什么时间我就记不清了。”

根据目前的情况推断，这个男人应该是目前我要寻找的最大嫌疑人了。我问大叔：“可以让我看下那天的监控吗？”

大叔颇为不好意思地笑了笑：“如果你不是这里的业主的话，这恐怕不行。”

“真的请你理解一下，那个男人可能是我要找的很重要的人。我看看就行，我也不拷走，你看可以吗？”

大叔思考了一会儿，同意了。他抱起泡面桶，起身把凳子让给我：“你自己调吧，你会用吗？”

“我试试。”我坐下后调出了监控室内的监控，画面对准的是监控室门口的位置，我把可疑时段的监控调出来慢慢查找。

看到第五段监控视频时，画面里终于多出来一个人影。

男人高高的个子，穿着一件黑色大衣，走到大叔面前低头交流了一会儿。我将监控画面慢慢放大，看着他在画面里模糊的脸。

那张脸，我再熟悉不过了，没想到居然能在这里见到他。从我回来之后，不管是在警局还是招勒的葬礼上，他都没有出现过。而此刻，竟然能在监控视频里看到他，我总觉得这并不是巧合。

大叔弯腰越过我的肩膀，我看着他用粗大的手指在屏幕上戳着：“就是他！”

我站起身，跟大叔道谢后告辞。

接近傍晚，扑面而来的冷风将我呛得咳嗽起来。我在呼呼的风里穿过小路，耳朵里闷闷的，像是嘈杂的鼓风机。自从之前患上过急性耳鸣后，我的听力就一直不大好。

我找到停靠在小路边的车子，打开门钻了进去。开了暖气，我搓了搓被冷风冻得发疼的耳朵。

也许是空调散发出的热气使胸口烦闷起来，我觉得浑身蓦地闷热得坐立不安，脱下外套，调低了车内的温度。

我翻出宋戈的电话，犹豫了很久，电话拨出去，响起片刻忙音后，意料之中被挂断了。

在招勒的事情上，容不得我有一点儿羞耻心了。我微微抬起脸，透过前视镜看到自己那双眼睛，乌黑的瞳仁旁散开血丝。

我抬起手，将皱着的眉毛抚平。依稀还记得宋戈的住址，我按照记忆中的路线慢慢摸索着。漫长的路程，车子从白天穿梭到黑夜，我惴惴不安地打探着前方曲折的小路。

穿过十字路口，眼前的一座小楼格外熟悉。楼房的玻璃窗户并没有灯光散出，我熄了火，坐在车内等待宋戈。

车内闷热，我趴在方向盘上昏昏沉沉地打盹儿，偶尔硬撑着清醒地抬起头，透过车窗玻璃向外打探。

时间挨到了深夜，猛然一瞬，有刺眼的光打在我的手背上。我抬起脸，顺着光源方向看见楼门口的吊灯亮着冷冷的白炽光。站在门口的男人正在从口袋里掏钥匙，拧开门把的一瞬间像想起了什么似的，回过身看向我的车。

我这才看清他，这个我在监控画面里刚刚见过的男人。他剃着和记忆里一样的爽朗发型，穿了一件黑色的羽绒服，以及他没有情绪时的一脸不屑的模样，浑身散发着生人勿近的气息。

他还在看着我的车，用一种疑惑的神情。

我打开车门下了车，看见他慢慢皱紧了眉头，像不可思议一样，瞪着我。

我们僵持了一会儿，他看起来并没有想跟我说话的意思，我先厚着脸皮打破了僵局：“可以让我进去坐一会儿吗？”

他把我丢在客厅，径直走进卫生间了。

不大一会儿，卫生间传来“哗啦啦”的流水声，我不知所措地在沙发坐下，从茶几上拣起一本杂志，心不在焉地随意翻看。

流水声响渐渐消失，我侧过身瞥见宋戈从卫生间走出来，他随手脱下厚实的羽绒服，才对我说：“我该休息了，你差不多可以走了。”

我愕然愣住，早该想到他对我是这样的态度了，所以我心平气和地接受：“可以跟我好好谈谈吗？”

“我没时间。”他说话的语气充满了不耐烦。

“就给我一点时间，可以吗？我不会打扰你太久。”

他审视着我，在沙发对面坐下来：“你这么低声下气，连尊严都可以不要了。我想，是因为招勒吧。”

“我只想和你谈一谈。”

“但是我有什么理由要配合你呢？”

我惊讶地注视着他，见他无所谓地回望着我，身体往前倾着，呈现出对我抗拒的姿态。这种复杂的状态，让我的心颤动了一下。我避开他的眼睛：“我知道我没有资格再去要求你什么，但招勒一直都是你很好的朋友。”

宋戈打断我：“他早就不是了。”

他的话一出口，我吃惊极了：“什么时候开始的？”

“很久了。”

“你和招勒之间是发生了什么吗？”

“你该走了。”他起身去打开门，从门外灌进来的冷风瞬间将我冻得打了个冷战。我坐在沙发上看着宋戈，他的面容略微疲倦，神色疏离。

“我在招勒小区的监控视频里看到你了。”我不得不率先将疑问说出来，站起身走到他面前，“你突然出现在那儿，是为了什么？”

宋戈嘲讽地看我，调侃而又轻浮的口吻：“如果我告诉你，你能给我什么？毕竟我没有义务回答你的任何疑惑。”

他这样说，倒是让我愕然了。我踌躇着思考，见他越过我的肩膀，拉着门把，做出关门的姿态，我只能退出来。

门在我面前被重重关上，把我隔绝在外。

低头能看到从门缝溢出来的柔和的光，在寒冷的空气中，我能感到脖颈处的汗毛似乎都快被风吹得要立起来。

我弯腰在门口坐下，并没有离开的打算。胃里痉挛了一阵，有些生疼，我只能蜷缩起来将自己挤成一团，咬着牙把自己的脸埋进膝盖里取暖。

打了一会儿瞌睡，身后的门打开了。

“你进来吧。”宋戈叫醒我。

胃痛从腹部蔓延，浑身软得像是没有重心，我努力站起身，身体佝偻着像只虾米，摇摇晃晃了两步，被宋戈一把拉住。他问：“怎么了？”

“胃痛。”

“先进来。”

我摇摇晃晃地重新进了客厅，弯着腰席地而坐。宋戈倒了杯热水，拿出一盒药搁在我面前的桌子上：“止痛药，将就着吃吧。”

他放下药，又从我身边走开了，再次回到我面前时，丢下几个面包和饼干。

“谢谢。”我摸过面包，撕开包装袋，狼吞虎咽地把冰凉的面包塞进嘴里。明明没有想吃食物的欲望，因为生理原因还是不得不进食，味如嚼蜡大概就是这样吧。

吃了止痛药，胃的痛感减缓了许多，让我有力气直起腰来，我歇息了片刻问：“我看到你拷贝走了招勒小区的监控视频，今天我来找你只是想问清楚这一件事情，你说清楚我就走。”

宋戈似乎不耐烦起来：“我是见你可怜，才叫你进来吃面包的，因为我不想明天被警察传唤到警局，说我的门前冻死了一个人。”

我被他的话惊得愣住，多年的牙尖嘴利如今丝毫未减。

“你为什么一定要这样跟我说话？”

他咬着牙：“温藻，你对我做过的事情，你难道一直问心无愧吗？”

我哑然，一时间竟然无法解释。对于宋戈，我一直是愧疚的。

“你是说，不小心把你砸流血，然后扔下你的事吗？”我很用心地想了想，似乎是因为这件事，我们才分道扬镳的，“我真的不是故意的，当时我以为招勒发生了意外，所以才没有顾得上你。”

宋戈冷冷地笑：“我并不想听到你的这些借口。”

他垂下脑袋，像是困了，揉了揉眼睛，起身往卧室的方向走去：“明天早上我不希望再在这里看到你。”

我不敢再多说什么，只怕再惹他不快，被他赶出去。

卧室的灯很快被关了，大约是宋戈已经睡下了。我摸索着将客厅的灯关了，窝在沙发的一角休息。

客厅没有暖气，我抱着靠枕缩在沙发里会暖和一些。奔波了一日，疲劳不堪，但窝在宋戈家里，又格外不自在，我心中牵挂着招勒的事，半睡半醒。

直到被耳边的窸窣声吵醒，睁开眼时外面已经亮起来了。太阳从玻璃窗外直射进来，打在眼睛上蓦地让人觉得刺眼。我下意识地伸手挡了一下，透过手指缝隙看到宋戈站在卧室门口系领带。

我从沙发上爬起来，他看到我时皱了皱眉，不过并没有多说些什么，低头继续笨拙地系着领带。

“我帮你吧。”我说这话的时候，他愣了一瞬，却也没有拒绝我。我上前解开他的领带，重新系好。

“你昨晚要问我什么？”

我抬起脸，看到他在看着我，随即又赶紧低下头去：“我想问你关于招勒家门口那段监控录像的事。”

见他没有再抗拒我的提问，我拿出手机找到邮件中那段监控视频播放给他看：“一个陌生人发给我的视频，除了警方，我只看到你从监控室里拷走了。”

宋戈一边低头穿鞋，一边回答我：“不是我。那段被我拷贝走的监控录像，一直存在我的电脑里，我没有给任何人看过。”

他的回答显然并不在我的意料之内，我又接着问他：“那你为什么要去拷贝监控？”

“我的目的和你不是一样的吗？”他穿好鞋，抬起脸反问我。

他的话在我的脑袋里转了一圈，我才慢慢体会到他话里的深意：“你也觉得招勒的死另有蹊跷？”

“这是我的事。”宋戈停下手中穿衣的动作，用淡漠的神情注视着我，“我已经把你想问的告诉你了，没什么事，你是不是也该走了？”

我跟他道别，他没回应我。应该是刚睡醒的缘故，所以他的脾气顺毛了不少，只是不搭理我而已。我推开门时，听到他在身后喊我：“温藻。”

我回头看他，见他直愣愣地站在我身后看我：“你其实喜欢招勒，对吗？”

我被他突如其来的问题说得愣了一下，下意识地回答：“没有。”

我说完，关上了门。

第五章
荒唐的传闻

昨晚我没有睡好，又被招勒的事情折磨得精神萎靡。回家路过一家咖啡店，我把车停在路边，下车去买咖啡想要清醒清醒。排队的时候，脑海里还时不时想起宋戈问我的那个问题。他问我的时候，我没敢对上他的眼睛，匆匆回答了他，随后动作迅速地关上了门。

我强迫自己清醒一些，迅速打包了一杯拿铁出了咖啡店。站在路边就着纸杯猛喝了几大口，苦涩的味道从舌尖上蔓延，我才稍微缓过神来。

咖啡不小心沾到了下巴，想把它擦干净，却发现身上没有带纸巾，我转身往路边的报亭走过去。报亭里的老板正在看电视，我从货架上抽了一包纸巾："多少钱？"

"一块五。"

我丢下一张十元的纸币，等待老板找钱的工夫，我随便扫了一眼挂在报亭货架上的报纸，却再也移不开眼睛了。

我在报纸上看到了招勒的名字，似乎是有关于他的报道。我又拿了一份报纸，收好了钱转身钻回车内。

匆匆忙忙回到家，我将报纸摊开放在桌面上。借着室内并不通亮的光，我看到报纸的娱乐版块上赫然写着"李招勒曾卷入深夜私会的风波，细说李招勒生前那些事”。加粗的标题在我的脑海里一瞬间晃了晃，让我猛地打了个激灵。

这样的污蔑实在有些过分可笑，招勒的人品我是相信的。我持着随意看看的态度往下接着看，文字解说的一边配着关于招勒的照片，照片拍得有些模糊，不过确实是招勒。

照片里，招勒身边站着一个短头发的女人，两人正一同进入酒店大门。

女方被网友指出是《风度》的杂志主编，叫郑若姒，已婚。

这件事我丝毫不知情，自从去日本工作后，整日忙得日夜颠倒，没怎么关注过这些事情，也没有人来告诉过我。

我迅速上网查找了关于这件事的新闻，这件事发生在半年前，就在我刚离开不久。爆料人在一个摄影论坛上发了关于这件事的帖子，指责李招勒插足女方感情，导致女方婚姻关系破裂。

随之而来的是网上铺天盖地的指责。我随手翻了两页评论，全是污言秽语和一些莫须有的辱骂。实在是看不下去了，我关了电脑。

这到底是怎么一回事，我现在是一头雾水。而招勒和宋戈之间究竟发生了什么事，我也完全不知情。

斟酌了片刻，我还是拨通了成泽浩的电话，我有满腹的疑问想要了解。电话通了，我说：“我是温藻。”

“是你啊！有什么事吗？”

“我想问你一些关于宋戈和招勒的事。”

“宋戈？”明显听见成泽浩拉长了带着疑惑语气的尾音，像是惊叹似的，“怎么是他啊？”

我此刻能想象到对方像是嗅到一盒鲱鱼罐头拧着鼻子的表情，我问：“宋戈和招勒，他们之间是不是发生了一些不愉快的事？我跟宋戈提起招勒，他似乎不愿意听到的样子。”

“这样啊……我倒不是很清楚，你这么说的话，宋戈之前总是会隔三岔五来找招勒先生。但是好像最近这一年，都没怎么见过宋戈。”成泽浩自顾自嘟囔着，“不过之前每次来，宋戈都摆着一张臭脸，也只跟招勒先生说两句话，其他的人一概不理的。所以我所知道的他们之间的事，实在少得可怜。”

“我刚刚看到一个关于招勒的新闻，半年前，听说他在深夜和《风度》杂志的女主编一起出入酒店，不知道是不是有这件事？”

“这件事啊，不太好说。当时网上全是骂声，招勒先生他也没解释过。但是我总觉得他不会是那样的人。”

我沉默了一瞬，突然有些难受。

我一边打着电话，一边在网上翻找着最初发帖的摄影论坛，搜索页面显示的是一个“数码之家”的论坛。我点进去又翻找了一会儿，才找到当初爆料的那个帖子，发帖用户叫“洞庭湖小喇叭”。

“你认识做网络技术的朋友吗？”我问。

“认识啊，怎么啦？”

“我在看当初发帖的论坛，叫‘数码之家’，我想问你有没有人可以用技术手段帮忙查一下发帖用户？”

“是那个论坛啊？论坛的运营人我认识，以前招勒先生跟他一起合作过，我们都叫他‘灿哥’。我可以帮你问问能不能查后台数据。”

“那拜托你了。”我又问他要了郑若姒的公司地址，才挂了电话。

差不多将近中午的时间，没有心情好好吃一顿午饭，我迫切地想要知道这个关于招勒的新闻的真相。我开车来到郑若姒的公司，问了前台办公的小姐：“能帮我联系一下你们主编吗？”

“有预约吗？”前台小姐问。

“没有。”

“请问您叫什么名字，我帮您问问看。”

“我叫温藻。”

前台小姐打了一个半分钟的电话，略微抱歉地告诉我：“主编助理说不认识您，不太方便跟您见面。”

我承认这样确实有些莽撞了，没有办法再继续纠缠，只能在一楼的休息区坐了下来，希望能等到郑若姒。

等了很长的时间，一直看着面前的人来来往往，我强撑着提起精神，想要守株待兔。大约等到了下午四点多钟，大厅的专用电梯门开了，从电梯走出来一个穿着蓝色西装的短发女人，踩着高跟鞋，脚步飞快地往门外走。

我认出她是郑若姒，来时在网络上查过她的照片，是个外表冷艳、雷厉风行的女人。但是现在见到真人，长相却明显比网上的还要明艳许多。

我追了上去，说：“郑小姐，我有事想要问你，可以给我点时间吗？”

她踩着高跟鞋，头也不回，径直走到大门外的停车位上，按了一下手里的车钥匙，面前白色的汽车响了两声。

我又说：“我是李招勒很好的朋友，我有些事情很想要问你。”

她正要开车门，这时侧过脸来打量着我：“什么事？”

“半年前关于招勒深夜私会的那个新闻。”

“你问这个做什么？”

“我有些事需要跟你问清楚，关于招勒的事。”

“你跟我来。”她转身带我来到公司楼下一家甜品店，要了一间单独的包厢。

我们在餐桌两边坐下，看向她时，发现面前的女人在观察我，像是猫在观察一只耗子。这样的感觉令我不舒服，我正要开口，倒是她先说话了：“你是李招勒的什么人？”

“朋友。”

她露出一抹不可置信的笑来：“我怎么没有见过你，而且李招勒这个人，是个工作狂。他只专注于工作，似乎朋友不多的。”

“我不怎么在他的工作里出现，所以你可能不认识我。”

“是吗？”

明明是我该问她的，现在倒是她来问我了。我硬着头皮，还是把心里的疑惑向她全盘托出：“我是最近才知道你和招勒曾经的那篇新闻，报道上说，你和招勒曾经深夜一起出入过酒店。我想知道，你和招勒的关系是不是像那篇新闻上阐述的一样？”

“男女朋友的关系吗？”她问我，又自问自答起来，“确实，我和李招勒曾经产生过一段感情。”

我有些惊诧，没有接话，总感觉并不是这样，以招勒的性格，他并不是一个会乱介入别人感情的人。

“开玩笑。”她说，“我和李招勒只是普通的合作关系，我确实很欣赏他，不过也仅限于此。”

“那篇你和招勒的新闻又究竟是什么情况？”

“工作，当时我只是为了谈一个工作。那篇爆料是假的，当时在酒店的并不止我一个人，还有我的助理、负责那次拍摄的造型师，以及模特。当时我曾经发过声明，但是没有人相信。网络就是这样，舆论引导，跟风而上，随便一点添油加醋，都可以让大家迷失判断。清醒的人也有，但还是被一些刻意的人把池子里的水搅得乌漆墨黑。”

“原来是这样，但既然是造谣，你们又承受了这么多舆论攻击，你和招勒为什么没有选择报警呢？”

“说起这个，我也感觉疑惑。为什么在我要选择对那个爆料人起诉的时候，李招勒会打电话来阻止我。他让我不要去追究，他一向是不管这些事情的。我对此也十分困扰，一直都没有想明白。当时，我和前夫也正打着离婚官司，分身乏术，就没再管这些事。”

这确实是一个令人困惑的问题，面前的一切如同郑若姒所说，像是池子里被搅黑的一团污水。

“所以，你今天来问我这个问题，是为了什么？”她问我。

“我有一些问题想要弄清楚。”我有些垂头丧气，面前的一切像是洋葱，一个问题被扒开了，却还有另一个问题在等着我，“招勒去世了，可是在他背后我却看到了很多奇怪的东西。”

“招勒的事情我知道，相关报道我也看了，意外煤气中毒，挺可惜。”

“并不是这样。”我想反驳她，但是又没有证据。

“谢谢你肯抽出时间来。”我对她表示感谢，“那我就先走了。”

跟郑若姒告别后，我开车回去。

顺着郑若姒所说的回想，我离开的这半年，招勒究竟发生过什么，才会导致他被污蔑，却没有选择追究。宋戈又为什么会和李招勒的关系变得像现在这样糟糕？而文至粤在招勒去世的那晚出入招勒家，这中间发生了什么事？她又为什么和招勒分手？我想得头痛，却没有答案。

犹豫了一路，回到家，我从报纸上翻出编辑的联系电话打了过去。

电话是一个男人接的，对方客气地问我：“你好，这里是‘走岸娱乐’编辑部，请问有什么事吗？”

“你好。”我把报纸拿起来，好看清一些，“我看到近期在你们的报纸上发布的一篇关于李招勒的文章。我想说，这篇文章完全没有一点真实性，全都是诽谤和污蔑。如果可以的话，能不能撤下这篇文章。”

电话中传来一声轻蔑的笑：“报纸都已经发行了！还有，请问你是谁啊？说这篇报道的内容不真实，你有什么证据证明是假的啊？”

“那你又有什么证据证明那是真的呢？”

“你真的是好笑。有证据的话，麻烦就去报警，别来打扰我们工作了！”

我还想继续说些什么，电话被毫不客气地挂断了。

我茫然地看着手机屏幕，努力保持镇定。身在泥潭时，清清白白的人为了撇开脏水，要扒掉一层皮才能自证清白，而站在舆论制高点的人才不会管这些，他们只想在这场狂欢里吸上满满一口血。

我还想再拨回去，电话却在这个时候插进来了，是妈妈打来的电话。我叹了一口气，接起了电话。

“听李钟川说你回国了。”

我没有出声，听到电话里又说：“晚上回家吃个饭吧，你弟弟也想你了。”

我犹豫了片刻，没有回答，那边又说：“好久没有见你了。”

我答应下来："那好。"

我并没有恋家的习惯，一年半载之中几乎很少回家。比起和关系不太亲密的叔叔以及严厉的妈妈在一起，我更喜欢一个人自处。

我磨磨蹭蹭直到饭点才赶回家去，途中从路边的水果店挑了一些水果，走到家门口时，听到屋内传来大声说话的嬉笑声。我站在门口，搓了搓冷掉的手，等待吵闹声安静了许多，才轻轻叩了叩门。

大门被拉出了一条小缝隙，张未蒋探出了头，看到我时"咦"了一声，随后扭过头朝里面喊："妈，爸，姐姐回来了。"

一年多没见面，张未蒋比我高出了一个头。十二三岁的男孩子，面部的轮廓还带着一些稚气，但五官已经比上次见面时深邃了许多。

"姐姐给你带了点水果。"我进了屋内，解下围巾，将水果递给他。

"怎么这么晚才过来？饭早就做好了，一直等你回来呢。"看到我进来，正坐在客厅看电视的妈妈转过了身，欣喜的神情从眉眼处溢出。

"温藻回来了。"叔叔一边跟我打着招呼，一边从厨房端菜出来。

张未蒋在身边打着岔："爸，酱排骨好了吗？我想吃酱排骨。"

"在后面，先别急。"

一顿饭吃得有些局促，我并没有多说什么话。妈妈盘问着我的近况，我心不在焉地吃着东西，有一搭没一搭地应付着。她顺道往我的碗里夹了一块鸡肉："多吃点。"

我握着筷子愣了一瞬，诧异地看了她一眼。我从小不吃鸡肉，但是她似乎并没有在这件事情上多操心过。我吃了一口米饭，将鸡肉小心地扒到一边。

客厅的电视机正在播放一部特摄电影，刺耳的声音在耳边持续不断地响着。张未蒋抱着碗，坐在电视机前一边目不转睛地盯着，一边往嘴里塞着米饭。

我吃完了饭，坐在沙发上看着电视，盘算着等一会儿就离开。

“别离电视这么近，想近视吗？再这样我就把电视关了。”妈妈上前，拽住张未蒋的衣领往后拉了一把。

张未蒋靠着椅子往后仰了一下，手里的碗差点儿砸在身上。

“爸！”他转头向叔叔求助。

“你让他看完这集嘛。”

我端起桌上的水喝了一口，烫得我将水吐了出来。我慌忙擦了擦喷在衣服上的开水，下意识地看了一眼坐在旁边的妈妈，说：“我先回去了。”

“不再留一会儿？”妈妈有些惊讶。

“开车回去也要一个小时，已经很晚了。”我收拾好东西，妈妈和叔叔将我送到门口，告别之后，我上了车。

附近的路况都变了，我也好久没有回来，不大认得清路。黑暗里，车灯扫过两边陌生的建筑物。明明是儿时那么熟悉的地方，再回来时，却陌生得让人认不出了。

车子在十字路口绕了两圈，却没有绕出去。我无奈地开了导航，却驶错进了一条狭小的巷子里。我停下车重新定位好之后转了一个弯，没想到却越开越偏僻。

车开到一个死胡同，四面都没有可以通车的路口，我往后慢慢倒车。车灯散开的光里，远远看到有个佝偻着背的男人在路边走着。我摇下车窗，问他：“大叔，哪里有大路可以开出去吗？”

男人看到我后，向我招了招手，又向车后方指了指，示意我跟他走。

我往后倒车，一时间没有看清楚后视镜，车尾不小心撞到了墙。

糟心的事接连而起，我解开安全带去车后查看情况，还好没有撞得多么严重，只是掉了一些漆。

我转回身时，刚刚向他问路的男人还在等着我，并示意我跟他走：“那边有路可以出去。”

我有些抱歉，裹紧围巾小步跑上去跟在他的身后。迎面的冷风吹得我面颊生疼，我边走边跟他说：“谢谢你，导航出了问题，附近我不太熟，就迷了路。”

我低头看着他的脚后跟，男人穿着单薄的帆布鞋，走路不算很快。四周极为安静，只能听见我们走路的沙沙声响。突兀地，面前的脚停了下来。我一刹那愣住，刚不解地抬起头，就被男人迎面的一拳头打倒在地。

我痛得脑袋全蒙了，视线一瞬间漆黑，耳边像有蜜蜂一样“嗡嗡”乱响，所有反应都跟不上来。我从残存的意识中，努力想要睁开眼睛。

他的拳头又恶狠狠地冲着我的脸颊砸了下来，痛苦已经占据了我的感官神经。几拳头下来，我几乎已经完全动弹不得了。

男人的喘息声在耳边是那样清晰，像是用音响放大了一样，贴着我的耳朵。我慢慢恢复了一些意识，睁开眼睛时，视线还是模糊极了。

那个男人喘着气，抓住我的头发，一路将我拖到犄角旮旯里。

后背蹭着水泥路面，即使穿着大衣，我还是能感受到从地面散发出来的寒意。但这种寒凉，也不及痛觉的十分之一。

他将我甩到角落里，解开我的围巾套到自己的脖子上，手掌从我的上衣口袋一路摸到裤子口袋。

我努力想睁大眼睛，好将面前的人看个仔细——五十岁左右的年纪，胡子拉碴的，头发剃得极短，几乎要露出头皮了。

黑暗里，他摸完了我所有的口袋，我模糊地感觉到他收好钱夹和手机，向巷口左边逃窜了。

第六章
跟我走

漆黑的夜幕里，我看着男人几乎要融于夜色的影子渐渐消失。眼前蓦地漆黑，一直高度紧绷的神经瞬间松弛，四肢像是瘫痪了一样，只有脑海中还有一团乱糟糟的思绪没有理清似的，招勤在这个时候突然蹦到我的眼前。在那样漫长而孤单的岁月里，他扛起了压在我肩膀上的一半重量，负重前行。

现在他不在了，我不应该倒下去，我还没有为他找到真相。

大脑里反反复复重复着这句话，我的意识稍微清醒了一些，可以睁开眼看清东西了，可是眼珠却僵硬得不能转动，身体也动弹不了。我休息了一会儿才终于可以慢慢喘气了。我扶着墙壁一点点站起身，朝巷口走过去。

巷口有一盏昏暗的路灯，我艰难地向前方挣扎着，巷口路过的一对男女被突然蹿出来的我吓了一跳，往后连连倒退了两步。

我终于扛不住跌倒在地上，目光看向上方的路灯，暖色的灯光向下散开，连身体也不知不觉暖和起来。身边的两人迟疑地向我凑过来，看到我面庞时吃惊地互相对望了一瞬，似乎被我的脸吓到了的样子。

我摸了摸脸颊，抬起手在眼睛上方打量，满手的血迹。我晕晕乎乎地说：“拜托帮我报警，我被抢劫了。”

我躺在地上睡了一会儿，迷迷糊糊的。直到救护车赶到，我被抬进了车内，才终于放心地安睡起来。梦从一开始就全是招勒，我也许是太过思念他了。

2007年，我从舞蹈教室退了课，但和招勒却出乎意料地相熟起来。

他的家和我住的地方在两个反方向的路口，只隔了一座桥。招勒家刚搬来没有几年，所以和大家都不相熟。

我遇见他的频率越发高了起来，尤其早晨。我在家门口附近的早餐店买了咸味的炸糯米团，边走边啃路过公交车站的时候，总会看到招勒。

公交车驶来，他很快上了车，我每次都恰巧赶在这个时刻。

这种频率一周会出现两到三次，我悄悄算了时间，他上学出门的时间会在六点五十分左右。我开始在这个时间段买完早餐后在路上放慢脚步，这样连续了半个月，我终于等到了他主动搭话。

走在路上小心地喝着豆浆，突然有冰凉的水落在手背上，我刚抬起头就被从天而降的雨滴砸在了脸上，连忙慌张地举起书包顶在头顶。我从这里跑到学校差不多需要二十分钟，小跑了两步，呛进了一口雨水。

“温藻。”有人在叫我的名字。

我被雨水模糊了视线，左顾右盼也没有找到目标。

“我在你的身后。”来人说话有条不紊的，我往后侧身时，招勒已经走到了我面前，一把大伞遮在了我的头顶上方。

“上学吗？”他问。

“嗯。”我放下书包，点点头。

“好像最近总能看到你。”

“嗯，好像。”我这样说着，想了想，“我不知道今天会下雨，所以没有带伞。”

“你在哪个学校？”

“二中。”我回答，又想了想，“你在哪个学校？”

“裕田一高。”

我们慢慢地走着，路过公交车站，招勒把伞递给我，快步钻到公交站台去了。

“你不用伞吗？”我握着手里的伞，有些意外，隔着雨冲他喊。

“我坐公交车，不需要。”

“那谢谢。”我踌躇着握紧手里的伞，看到公交车从远处驶过来，我避开车往旁边躲了两步。

招勒一把抓住了我，将我拉到站台下。我抬起脸，听他说：“我先走了。”

“好。”我跟他摆了摆手，看他上了公交车。

从那天之后，我们慢慢说起话来。

转眼间挨到了酷暑七月份，妈妈的肚子已经很大了，早晨醒来就听见她躺在床上呻吟着，似乎难受极了。

我从床上爬起来时，妈妈已经被叔叔手忙脚乱地扶上车。我追到门口，看着车子已经开出了院子。

“叔叔！等等我！”我一边喊着，一边手忙脚乱地锁了门和院子。

车子停了下来，叔叔冲奔过来的我喊了一句：“温藻，你先在家等着。”

我慢慢停下脚步，看着车子开出视线。原路返回推门时才发现自己忘带钥匙了，我有些懊恼地盯着自己的一身睡衣，脚上还穿着露着脚趾的凉拖。

在门口坐下，挨了一会儿就到了中午。正是阳光最烈的时候，我被晒得浑身淌汗，随手摸到口袋里竟然意外躺着一枚硬币，我想起桥头边的小超市，好像有老式电话机可以打电话。

我捏着硬币，一口气奔到超市里，跟坐在柜台处的奶奶说：“老板，我要打电话。”

我极少用这种老式电话机，拿起听筒时却犹豫了一会儿，想拨妈妈的电话蓦地想起来她并没有带手机。我在脑海里仔仔细细地想了几遍，才想起叔叔的电话号码，拨过去片刻被接起来：“喂？你是哪个？”

“叔叔，我是温藻，我忘带钥匙了。”

“你是哪个嘛，什么温藻？不认识！你找错人了。”

越加清晰的四川口音使我蒙了一瞬，有些抱歉地说：“不好意思。”

我默默回想了一遍电话号码，似乎是记错了。

我给老板付了口袋里唯一一枚面值一块钱的硬币，这下无处可去了，只能在附近晃悠了一会儿。看到桥下栽种的几棵巨大的老垂柳落下的一片阴凉，我跑过去躲在树下乘起凉来。

低头看着路面，有一只落单的蚂蚁像无头苍蝇般到处乱打转，这时，面前落下一束影子，我顺着影子抬起头，看到招勒提着一袋调料，正在看我。

“早。”我有些尴尬地跟他挥了挥手，忘记了这会儿差不多已经是正午的时间了。

“早。”他回我，“在这儿做什么？”

“乘凉。”我不知所措地摸了摸后脖颈，“这边风大。”

他漫不经心地打量着我，似乎也察觉出我穿着拖鞋和睡衣的窘境。我有些尴尬：“忘带钥匙了，家里没有人，所以回不去。”

招勒点了点头，转身原路返回。我长舒了一口气，他在这时候却又突然停下脚步，转回了身：“要不要先来我家？”

“可是……”

“在外面待久了会中暑。”

“那好。”

盛夏的正午确实酷热难耐，即使躲在阴凉处，也依旧浑身热得冒汗。

我跟着招勒，钻进了桥对面的十字路口。走了将近十多分钟，才到招勒家。招勒家靠在狭窄的马路右侧，入口的铁门半掩着，院中坐落着一座两层楼的小房子。

招勒推开了门，院子里的水泥路面很干净，角落里放着几盆铁树的盆栽。

我小心地跟着招勒进了屋内，低头换拖鞋的工夫，他已经从厨房走出来，递给我一瓶冰镇矿泉水。

我有些惊讶，但确实口渴得厉害，接过矿泉水，转眼就灌下了大半瓶。

“先到客厅休息好了。”招勒招呼我。

我跟着他走到客厅，这里的空调开得很大，我的热汗已经降下来一半了。

招勒去厨房了，我有些茫然地走到沙发边坐下去。刚坐下，我感觉臀下传来温热柔软的触感，身下传来大喊声：“谁啊？”

我吓了一大跳，从沙发上跳了起来。

身下的毯子被掀开，穿着白色短袖的男孩子从沙发上弹起来，一脸怒气。他眉头皱巴巴的，显然刚睡醒的模样。

他在瞪我，满脸不耐烦的表情。

“对不起，对不起。”我仓皇地跟他道歉，“我没看到你。”

他紧绷的神情放松了不少，转而问我：“我怎么没在招勒家里见过你？”

“我第一次来。”我有些拘谨。

招勒从厨房端了一碗面回来，搁在了我面前：“还有些凉面，吃吧。”

我赶紧捧过碗认真吃面，低下头避开男孩子审视的目光。凉面里有我讨厌的鸡丝，我将它拨到一边，用筷子夹起胡萝卜丝塞进嘴里。

我听见身边的招勒在说话：“宋戈，你下午不是跟别人约了打羽毛球吗？”

“我差点忘了。现在几点了？”

招勒看了一眼手表：“下午一点钟了。”

“那我先走了。”宋戈捡起书包往屋外走，路过我时甩下一句话，“不吃鸡丝啊，还挺挑食！”

我默默听着，脸红了一瞬，用筷子在碗里小心翼翼地拨了拨，挑起一根鸡丝来，刚准备咬下，招勒劝阻了我：“鸡肉煮得有点咸了，还是吃面吧。”

我在招勒家待了整整一个下午，酷暑的傍晚，天色依旧通亮极了。我跟着招勒在书房看书，书房小小的一间，我在书架上找来找去，找到了一本紫色封皮的《浮士德》。

书是歌剧，我慢慢看了几章，有些口渴想要问招勒要点水，抬头看向招勒时，他靠着枕头坐在窗边，正低头看着一本杂志。

这时候的天色是一天中最梦幻的时刻，火红的色彩穿过云层，将所有的物体都染上一层淡红。

招勒的半个身子也浸在这样的光里，像是被染上了一层颜色。他翻书的动作缓慢，每根手指柔软极了，光随着翻阅书的动作在书页间流淌着，再流入他的手掌间。我小心地用余光去打量他，感觉他下一刻似乎就会随着晚霞燃烧干净。

我怕打扰到这安静的一幕，忍着口渴没有说话。等待着天色一点点黑下去，我看见淌在他手掌间的光慢慢变淡，随之消失。

他开了灯，屋内刹那间通亮，让我一时间恍了神，下意识地遮了下眼。

“眼睛不舒服？”

耳边响起脚步声，招勒已经走过来。

“没有。”我连忙否认，指着手里的书，“这本我还没有看完，可以借走吗？”

“可以。”

“那我先走了。”他这时候一接近，我就有些心慌意乱。

没敢再看他，我抓起书来仓皇地逃走了。

我回到家中已是晚上七八点钟的样子，妈妈和叔叔已经回来了。

我洗了澡，将一身热汗冲了干净，回到房间躺倒在床上，对面的房间并不隔音，隐约还能听见妈妈和叔叔小心说话的声音。

我在床上翻来覆去睡不着，一闭上眼，招勒看书的模样就浮现在眼前。我转手开了台灯，从抽屉里摸出从招勒家借来的《浮士德》，蜷缩在被褥里，借着灯光，开始接着看第三章。

耳边的说话声越来越小，书上的字也慢慢开始模糊，变成无数小小的蚊子，从书上翩跹而起，一股脑地钻进了脑袋里。

我困得歪头睡了过去。

暑假只放了短短的一个月，而《浮士德》刚看了一半，学校就通知要开学了。我每天都起得很早，刻苦地汲取着课本里的知识。尽管如此，我的化学跟数学还是不尽如人意。

早晨起床后，我发现脸上又冒出了一颗亮晶晶的青春痘。

“妈。”我下意识地喊她，“有没有药膏？”

话刚出口，我想到她是即将生产的孕妇，大概是没有心思再管我的事情了。

我继续独自上学放学。八月份的时候，在路上很难再遇见招勒了，他父母休假，带着他和哥哥去外地旅游了。

让我感到困惑的是，我明明是群居动物，却慢慢发现自己在家中的时候，和父母像是合租室友，我变成了最不起眼的那一个。

妈妈和叔叔隔三岔五往来家和医院，最近一个星期干脆收拾了行李，彻底搬进了医院。

我继续熬夜背英语、写数学题，作业和试卷摞成了厚厚一沓。连续一个星期下来，走路时脚下软绵绵的，感觉身体像是飘浮在半空中似的。等做完作业，已经十点多钟了，我还没有来得及吃晚饭。

从房间走出来，客厅漆黑着，屋内寂静，我在房间门口愣愣地站了一会儿，才想起来自己还饿着，于是拿了钥匙出去觅食。

这个时间附近的餐馆大多打了烊，只找到了一家还开着门的小吃店，远远看见老板拿着抹布在擦桌子，把桌面擦得泛着油光。

我进了店内，老板抬头看了一眼我又继续擦桌子：“没有了，小姑娘，东西都卖完了。”

我只好退出去，漫无目的地在街上转悠着。肚子瘪瘪的，想起招勒的凉面来，我鬼使神差地转悠到招勒的家门口，从院子往屋内眺望，全是黑漆漆的一片。

我原路返回，独自踩着脚下冰凉凉的水泥路。夜风冷冷地从衣袖处灌进来，时而能听到远处传来犬吠。走着走着，我听到身后响起轻轻的脚步声。

我警惕起来，一边走一边观察着身后，极轻的脚步声响像是“沙沙”的风声。我走到桥边，头顶的路灯灯光正是最亮的时候，我假装看向脚下的方向，身后黑漆漆的影子正被我踩在脚下。我停下的时候，黑影也停了下来。

寒意从脚底瞬间蔓延到天灵盖，让我猛地打了个激灵。我撒开腿大步往前跑，迎面的疾风直直地掀起我的头发，身后的脚步声也加快了起来。

冷风钻进喉咙割得我喉管难受，我急急刹住脚停了下来。刚喘了一口气，身后的脚步声又轻轻响起，我猛地回过头去，看到招勒在不远处停下来。

我瞬间双腿发软，坐在了地上。

“看到你一个人，本来想跟在你身后送你回家。”他说，“看来是吓到你了。”

看到我快到家了，他转身往回走了两步，像想起什么似的，又转回了身：“听说你快要中考了是吗？”

我将想要喘出的气狠狠咽下去：“嗯。”

他隔空对我点了下头，声音轻轻柔柔的：“注意劳逸结合，别太累了。”

我下意识地摸了摸脸上的痘，大概明白了他的意思，有些不好意思，不知道该说些什么，只答应着：“好。”

我看着招勒离开，身影在视线里变得越来越小，几乎要跟夜色融为一体了。好久没有见面，我有些想念他，却没有机会跟他说些什么。我终于站起身，忍不住喊他：“招勒！”

他停下了脚步，我抓紧时间追了上去，话到嘴边却一瞬间蒙住了。我低着头似乎能察觉到他注视的目光，来自头顶上方的呼吸声在耳边有条不紊地抽动。

刹那间脑海中空白一片，我努力想组织语言，话到嘴边也只是发出一些支支吾吾的声音。

“怎么了？”他问我。

鼻尖一凉，我顺手抹了抹脸颊，带下湿漉漉的水渍来。紧接着噼里啪啦，雨水点点滴滴砸下来。这下有了借口，我伸手指了指上空：“我想说，下雨了。”

“这样啊。”他哭笑不得，跟我摆了摆手，“你快点回去，我也要走了。”

我转身大步往回跑，拉开门钻进屋内，一头扎进了卧室。我手忙脚乱地翻找了一会儿，终于在储物柜的最下层找到了雨伞。隔着卧室的玻璃窗户，听见闷闷的雨声越来越大，我抓起雨伞快速地冲出了门：“招勒！”

招勒已经走很远了，我看到他的身影在雨中越来越小，像是一只小小的蚂蚁。我低头扫了一眼手中的蓝色折叠雨伞，没有将它送出去。

我看着他的身影彻底消失了，才转身回去关紧了门。屋外在下着雨，更显得屋内闷热极了。蚊子在室内一窝蜂似的“嗡嗡”叫嚷着，那持续不断的声音穿透耳膜，似乎在慢慢钻进大脑，让人心烦意乱。

我洗了澡，但浑身还是黏糊糊的。屋内闷热又潮湿，我一边擦着头发，一边开了电视。

本市的晚间新闻正在播报今晚台风登陆的新闻，主持人提醒大家注意防范。

我茫然地看向窗外，雨势似乎比刚才更加迅猛了，夹着暴风时而的怒吼，接连不断地冲撞着窗户。像是不大一会儿，窗户就会被它震碎。

第二天早晨醒来时，窗外依旧是嘈杂的雨声。我推开窗户向外看，路面已经开始积水。

屋外暴雨倾盆，大风过境。午饭后，我躺在床上看了一会儿历史书，慢慢睡去后又哆哆嗦嗦地醒来。实在太冷了，惊醒的一刹那我拉紧了裹在身上的被子，但是冷风依旧从四面八方蹿进来。细微的流水声在身边“汩汩”响着，我瞬间坐了起来。

屋内黑漆漆的，是傍晚了。

脚伸下床，触到了冰凉凉的水，我条件反射地缩了回来。顺手摸到桌边的手电筒，举起来往床边打探。

满屋子的水，几乎淹没了一半的床腿。塑料板凳、洗手盆晃晃悠悠地漂浮在水面上，四周狼藉极了。

是发内涝了。这座南方靠海的小城，每隔几年有暴雨的时候，就会发次内涝，低洼处会被淹没，直至几天后水才会慢慢退下去。

我挽好裤腿，小心翼翼地下了床，水几乎快要淹没到我的小腿膝盖了。我举着手电筒，借着昏暗的光线轻轻挪动了两步。

屋外的暴雨声仍旧在闷闷作响，我刚打开窗户，迎面的大风从屋外呼啸而来，带动着桌面上的作业本也被“哗啦啦”地吹飞在水里。

我赶紧用力一把关了窗户，窗户“砰”一声巨响砸得我耳朵发蒙。我又重新坐回了床上。眼前的情况，我不清楚暴雨还有多久才会停歇，只能暂时藏在床上这处安全的地方。

就这样过了一晚，从天边渗出一些白光，我躲在床上看着水势渐渐平稳。屋外的雨势也小了许多，只剩下“滴答滴答”的雨从屋檐垂落，在玻璃窗户上缓缓滑下，预示着整场暴雨已经进入了末尾。

“温藻？”有人在叫我，音色听起来像是招勒。同时伴随着水流浅浅的涌动声，有人走了进来。

“我在这儿！”

水流涌动的声响逐渐接近，昏暗的房间里，我看着招勒湿漉漉地从卧室外走进来。他的面容在昏暗的光线里看不太清楚，大腿以下全部淹没在污糟糟的水里。

“想到你一个人在家。”他不紧不慢地向我缓缓移动过来，“你家的门被水冲坏了，你再继续留在这里不安全。”

“可是我没有地方可以去。”

他镇定得像是一个大人，说话慢条斯理，但逻辑清晰：“我家二楼还可以住人，你先跟我走。”

“好。”

他并不像成人一样健壮结实，高高瘦瘦的。但看到他的那一刻，即使只是扫一眼他的面孔，看到他舒展的眉头，从头至尾镇定自若的眼睛，就足以让人安心了，他总是表现出超出常人的成熟。

我伸出脚探了探床边的水，然后轻轻下了床。

水淹没了我的膝盖，冰凉的感觉让我猛地打了个哆嗦，我踉跄了一下。

他一把拉住我的胳膊，我跟在他的身后走了几步，脚下踩到了硬邦邦的东西，扎得我猛地抬起了脚。

“怎么了？”招勒问我。

“水里有东西，扎到我的脚了。”

他转身在我面前弯下腰来：“我背你。”

错愕的情绪从心里瞬间攀升，我连连拒绝：“不用了，这点路我可以走的。”

“你光脚不安全。”他的语气温柔但坚定，没有可以商量的余地，“等到了水浅的地方我再放你下去。”

“那……谢谢。”我试着搂住他的脖子。

他抓紧了我的两条腿，将我背了起来。他很瘦，隔着薄薄的衣服可以感觉到他身上的温度，格外温暖和真实。

“招勒？”

“嗯？”

“如果累的话可以放我下来。”

“你很轻。”

十六岁的招勒，他说话时留给我的印象，似乎不属于这个年龄段的孩子。我对他的了解不多，他总是说话圆满，做事周全。

当你靠近他时，就好像被他所有的关照悄无声息地包围住了。但我却又隐隐约约觉得这不是真实的他，而我也说不出这丝怪异到底来自何处。

第七章
和招勒分别

屋外是蒙蒙细雨，招勒背着我走了一段路。离河边越来越远的路面，地势较高。积水已经比刚刚浅了不少，我小声地对招勒说：“我自己可以走了。”

招勒家积水并不严重，只是浅浅地没到了脚踝。一楼处从院子到室内，也都积满了水。我跟着招勒上了二楼，身上被雨淋得湿淋淋的。招勒给我找来了干净的短袖和长裤，又给我递了新的毛巾。

我抱着衣服进了卫生间，把湿漉漉的衣服脱了下来，换上招勒给我的衣服。

招勒见到我出来，反问了一句：“好了？”

“嗯。”

招勒进了洗手间，随即“哗啦啦”的水声从洗手间传来。

我百无聊赖地在地板上盘腿坐下，环顾了一圈四周。地板上铺着灰色的地毯，房间收拾得干干净净，所有物品都归置得整整齐齐，整洁得让人看不出这是一个男孩子的房间。

有人敲了敲门，我开门看到一个穿着褐色短袖的女人站在门口，黑白交杂的头发扎在脑后，看起来五十岁左右的年纪。

我大约猜到她是谁，立刻站了起来：“阿姨好。”

“是招勒的朋友吧？我是他妈妈。”女人说话的声音也轻轻柔柔的，“招勒很少带朋友来家里的，在这儿不要拘束。冰箱里有水果和零食，你饿了可以随便吃。”

“谢谢阿姨。”我局促不安地应付着她，说话时眼神不经意地越过她的肩膀，看到她身后的木质橱柜上，似乎有一抹红色的亮光闪烁了一下。

送走了阿姨，我坐在楼梯口吹风，水过两天应该会退得差不多。我心里盘算着，又想到叔叔和妈妈。不知道他们现在在医院是否安全，知不知道我的近况。

我心情莫名地低落，盯着楼下满屋子混浊的水静静出神。

“怎么不上去？”清清冷冷的声音在我的身后响起。

我转身看见招勒站在我的背后，似乎是刚洗完澡的样子，头发还是潮湿的。

“想吹会儿风。”我想了想，又开口，“可以借你家的电话用一下吗？”

“等一下。”他转身离开，又很快地回来，将手里握着的那款黑色的金属滑盖手机递给我，“给。”

我打开了通话页面，输入了叔叔的号码拨了过去。

“你好，请问哪位？”

“叔叔。”我小声说，“我是温藻。”

“温藻？白天我一直打家里的座机，拨了好多遍都没人接，你现在那边怎么样了？”

“我在招勒家。”我想了想，又补了一句，“目前很安全，家里全都是水。”

“你妈妈这几天准备待产，我走不开，要不然你先在同学家住几天？”

“可是……”

“没事。”叔叔略显犹豫，“你把电话给你朋友，我跟他讲。”

不知道他准备说什么，我疑惑地把手机递给了招勒。招勒对着手机说了两句，径直进了阿姨的房间。

我听到阿姨对着电话里的叔叔有条不紊地回应：“没事没事，先把孩子放在我这儿，没事的。”

叔叔拜托阿姨让我在招勒家暂时住下来了。

一楼的积水已经降下去了一些，阿姨进厨房做饭，招勒也去帮忙了。我坐在二楼玩招勒给我的游戏机，游戏机上只有《俄罗斯方块》一种游戏。

傍晚时，我听到楼下传来小声说话的声音。片刻后，招勒的爸爸提着公文包上了楼。

我局促地起身，招勒的爸爸看起来和蔼可亲的模样。他一边跟我打了声招呼，一边把湿透的裤子卷起来：“在这里别拘束，就当自己家。”

他放下公文包，进洗手间洗手去了。

晚饭是三菜一汤，招勒的妈妈做饭很好吃，最近我也一直没有好好吃饭，埋头专注地扒着碗里的米饭。

“吃肉吗？”招勒问我。

我点头，招勒给我夹了一大筷五花肉放到我面前的盘子里，又夹了些炒花菜。

招勒的哥哥回来得很晚，饭菜都快凉透了，才见到他拖着一身的疲惫回来了。他穿着蓝色的格子衬衫，戴着眼镜，看起来将近三十岁的年纪。我听招勒说他叫李钟川，在一家销售公司跑业务。

我拘谨地跟他打了招呼。

倒是他看到我时略微惊讶，问招勒：“你同学吗？”

“她叫温藻，是我朋友。”

“哦。”他拉过椅子，随意地坐下，夹了一块豆腐，“总算把这几天的单子都处理完了。”

“你们公司放几天假？”

“具体看通知吧，谁知道内涝什么时候才能退干净呢。”

我默默吃着自己碗里的饭，听着李钟川和阿姨谈论一些琐事。招勒和我一样不说话，只是安安静静，细嚼慢咽地吃着自己的东西。

晚饭结束，大家都没有离开餐桌，困意在这时袭上来，我也不好单独去休息，缩在椅子上强撑着不让自己打瞌睡。

招勒摇了摇我：“我带你去房间睡觉吧。”

我睡眼惺忪地点点头。

招勒带我进了房间，帮我整理好了床铺，又问我：“睡觉时要开夜灯吗？”

“都可以。”

我困得有些熬不住了，就着整理好的床铺先躺下准备睡觉了。开灯的声音在耳边响起，柔和的光散开，招勒又去把窗户关上了。

“有事叫我，我在客厅。”他留下这句话推门就离开了。

我听到门轻轻关上的声音，逐渐昏昏沉沉下来，慢慢睡去。

第二天一醒来，我推开窗户，内涝已经退下去不少。

出了卧室，屋内没有人，大家像是都出去了。

我站在客厅里，抬起头对面是橱柜，有红色的东西又闪了一下。我有些疑惑，搬了把凳子踩了上去。

橱柜上放了纸盒，红色的亮光是从纸盒里发出来的，我拆开纸盒看，见到盒子里粘着一只针型摄像头。

内心划过一丝惊诧，我回头看了看，摄像头的位置正对着招勒房间门口。

我还没有想清楚摄像头的事情，有电话铃声从招勒房间响起来。我猛地一个激灵，又把纸盒重新装回去了。

进了房间，看到招勒的手机在桌上响着，我凑近看了一眼，来电显示上写着“宋戈”两个字。我约莫对这个人有些印象，似乎是上一次来招勒家见到的那个男孩子。

我犹豫着该不该接这个电话，手机铃声却停止了。我刚松了一口气，手机紧接着又响了起来。

我想了想，还是接起了电话：“招勒不在。”

“你是谁？”

“我是招勒的朋友。”

“那你现在方便吗？”

“什么？”

“你过来也行，金城花园知道吗？我在这附近迷路了，你来接一下我。”

我正想找理由拒绝，听到对方留下一句“等你啊”便挂断了电话。

这人倒是格外自来熟。我认命地将裤腿挽高，出门去接宋戈。

上次见面，他留给我的印象就不算太好，说话带刺，脸臭得像是一条鲱鱼。他个子高高大大的，像是被欠钱随时准备发飙揍人的债主。

我很快出了门，双脚蹚进水里，慢慢地走了十几分钟，终于到了金城花园。

花园入口边的凉亭修葺得很高，没有被水淹没。宋戈正躲在凉亭里，低头专心地嗑着瓜子。

我从水里脱了困，转而进了亭子，腿上都是脏兮兮的水。正在嗑瓜子的宋戈斜视了我一眼，将脸别了过去，一丝嫌弃的神情从脸上掠过。

“宋……宋戈？”我不确定地小声询问了一句。

他像是被踩到了尾巴的耗子似的迅速转过了身，目光快速地在空荡的四周扫视了一圈后，面带疑惑地落在了我身上。我看着他的眼睛在我身上上下打量过后，问：“是你在叫我？”

“是，刚刚你打电话给我了。”

“你是不是上次我在招勒家见到的那个？”

话语间丝毫没有礼貌，我默默地忍下了：“是我，我叫温藻。”

“既然是熟人那就更好了，一会儿要麻烦你了。”他往亭外指了指，我这才看到亭子外的水里停了一辆黑色的电动车，“车开一半坏掉了，你需要帮我推。”

“谁跟你是熟人。”我在心里小声嘀咕着，又瞥了一眼陷在水里一小半的黑色的电动车，看起来笨重极了。宋戈上前踢开了电动车的支撑杆，握紧手把往前推动。

我快步走到他身后帮忙推电动车的后座，使出了自己最大的力气，沉重的电动车却像是粘在水底似的，几乎纹丝不动。

“你在后面再用点劲儿啊！”宋戈说。

“我用力了！”

我们吃力地推着电动车，在水中艰难地移动了半个小时，才把车子推到了招勒家。

把电动车停在院子里，我上了楼，抬头看到招勒站在楼梯口正在看我：“你去哪儿了？”

“你朋友让我去接他。”我侧过一半的身子，露出站在我身后的宋戈。

“宋戈？你怎么来了？”

“本来是想来找你借作业抄的，谁知道电动车开到一半扎在水里开不动了。”宋戈说着，又问，“你家附近哪里有修车的地方？”

招勒下了楼，似乎又想起什么似的回头嘱咐我：“我给你带了早餐，就放在桌子上，记得吃。”

“好。”我看着招勒和宋戈出了门，才回到二楼的客厅。餐桌上放着一盒打包好的皮蛋瘦肉粥，还有几个包子。

吃饭吃到一半，外面又下起了淅淅沥沥的小雨。

修车店离这儿不算太远，我在房间里找到了伞和钥匙，关了门去给招勒和宋戈送伞。

走了一会儿，听到路边岔道口的巷子深处有吵闹声，我往巷子口走了走，想看个究竟。

巷子里，一个高大的男生正在角落里堵着一个小男孩。

“就这么点钱？”其中的高个子问，一副气势汹汹的模样。

“能不能给我留十块？”小男孩声音里带着哭腔。

我当即反应过来是抢劫，当下的情况我似乎并不适合出现。我正要不动声响地溜走，却被喊住了。

“你，过来，小个子。”高个子喊住我。

我僵在原地，面前的男孩子个子高大，看起来又凶狠。

“我让你过来。”

迫于他的威慑，我小步上前，局促不安：“我身上没带多少钱。”

“自己拿出来，别让我搜，麻利的。”

我从衣服口袋里摸出一张五十块，他一把夺过来：“没了吗？”

“只有这么多了。”我身上本来就没带多少钱。

“回去别跟大人告状，不然我天天在你家附近蹲你。”他把手里的钱叠好，放进裤子口袋，“你家在哪儿？”

我没吭声，他催促了一遍：“问你话呢！”

“就在前面不远。”

“带路，不用走得太近，让我知道你住哪儿就行。”

痞子一样的人，倒是偶尔会在学校见到那么一两个。不过我一惯不擅长跟这些人打交道，遇见了也躲得远远的，这下如临大敌了。

我走在前面带路，像一个牵线木偶。我想趁他不注意时撒腿跑走，但又怕惹恼了他带来不好的后果。

走了几百米，远远地看到了招勒和宋戈，他们正走在我的前面，在低声说话。

“招勒！”我喊了一声，终于获救了。

招勒回过头来，看向我时脸色不大对劲。不过片刻，他已经走过来了，脸色不大好看，看向我身后的人：“又来抢劫了？拿了人家多少钱？还给她。”

“李招勒，这关你什么事？”那男生十分不爽。

“上次在学校门口也见到你这么做过，你不把钱还给她，那我就报警，上一次和这一次的一起算，你背着家长在攒钱买游戏机的事恐怕保不住了。”

那男生骂骂咧咧地掏出五十块钱塞给我，转身走了。

煎熬的恐惧终于结束了，我们往回走。我禁不住好奇，问招勒：“你们认识吗？”

“下次见到他，能躲就躲。”

“怎么了？”

“那个人叫胡有为，招勒小姨的儿子，我们几个一直不对付的。他父母不怎么管他，所以品行不太好。”宋戈在一边帮忙解释。

我倒是不知道这层关系，不过看当时的气氛确实不太对劲，我也不敢乱说什么。

这周过后，内涝已经退干净了。我结束了在招勒家蹭吃蹭喝的日子，重新搬回家里住了。妈妈和叔叔带回了一个小弟弟，小宝宝藏在软和的被褥里，我凑过去看了一会儿。小孩子白白嫩嫩的，蜷缩在被褥里酣然大睡。

家里变得成日都是小孩子的啼哭声，厨房里堆满了婴儿用品和大罐大罐的奶粉。

我无暇顾及这些，堆积成山的试卷和作业已经压得我喘不过气来了。我经常大清早起来，奔到包子铺买两个包子再一路飞奔到学校，好争分夺秒多背诵一会儿英语单词。

转眼隆冬而逝，几场降雨后迎来了春季。天气稍微开始暖和起来，而我也迎来了初中最后一学期的课程。

晚上抱着书回家时，在路上遇见了招勒。

我们虽然住得近，但是由于我早出晚归的缘故，我们这段时间很少碰面了。

“刚下课吗？”他问。

“嗯。”

“最近好像很少看到你。”

我不大好意思地抓抓头发：“最近课抓得比较紧，而且考试也很多。”

“还有。”我突然想起了那本从招勒家借来的书，“那本《浮士德》我还没有看完。”

“不着急，过段时间我们要搬家，那本书你留着慢慢看。”

“搬家？”我愣了一下，“那我怎么把书还你？”

招勒将背在身后的背包取下，抽出了一支黑色的水笔来：“我没有带纸，写在你手掌上可以吗？”

“嗯，好。”我不知道他要做什么，听话地把手掌伸到他的面前。

他握着我的手腕，在手掌上写下一串数字。笔芯摩擦着手掌，痒痒的感觉。他收回了水笔，合上盖子：“我的电话号码，有事可以给我打电话。”

“嗯。”我不知道该说些什么，不舍的情绪到嘴边只有一个浅浅的回应。

回家之后，我重新把电话号码抄在笔记本上。从书包里翻开英语笔记本，我读了两个单词后，眼前却浮现出招勒的样子。

不知道以后我们还会不会再见面了，我又没有主动联系他的勇气，想跟他打电话却又不知道该说些什么。

我沮丧地放下笔，背靠着椅子瘫坐下去，扫了一眼放在书架上的《浮士德》，还书的时候会有理由再见他的吧。

招勒真的走了，听说他家在市中心买了房子，举家搬走了。我放学后经过招勒家看了一眼，院子的铁门上了锁，隔着门栏向院内望去，院子里干干净净的，屋子门窗紧闭。

我很想再见到他，从确定他真的搬走了之后，这种念头异常强烈地占据我的大脑。

我犹豫了很久，填写中考志愿的时候，第一志愿写了“裕田一高”。

终于迎来了中考，考试那天下了场小雨，我发挥得还算稳定。

六月份的时候，我收到了裕田一高的录取通知书。紧绷了将近一年的神经，终于在这一刻松懈了下来。

妈妈打电话给叔叔报信：“今晚你多买点菜，早点回来。温藻考上了裕田一高，我这边刚收到录取通知书。”

电话里传来含混不清的声音，我坐在客厅里，拿着玩具恐龙跟小弟弟玩。

傍晚的时候，叔叔回家了，提着一大袋蔬菜水果。他把包随手放在沙发上，进厨房把菜放进冰箱。

我自觉地进了厨房打下手，从袋子里捡出鲫鱼放在池子里冲洗。叔叔从冰箱里取出一杯冰水转悠到我身后：“我记得你之前是不是跟李招勒那孩子走得近。”

我点点头：“不过他家搬走之后，我好久没见到他了。”

“我今天去市里买菜看到他了，他戴着帽子我差点没有认出来。”

“啊？”

“他上来跟我搭话了，还问我你最近怎么样，我说你最近挺好的。”

“是吗？”

将近半年没有见面，我没有想到招勒居然还记得我。我心不在焉地对着水龙头洗鱼，叔叔站在我身边切辣椒。

弟弟的大哭声在这个时候从客厅传过来，妈妈扯着嗓子喊叔叔：“小宝醒了，快点冲奶粉啊。”

“没事，这里我来。”我主动抢过菜刀，动手开始切辣椒。

叔叔手忙脚乱地开始烧热水，洗奶瓶，等着冲奶粉。

辣椒熏得我眼睛难受，我忍不住揉了揉，辣椒被揉进了眼睛，辣得我睁不开眼。

我闭着眼睛摸索着水龙头，对着水开始一点点冲眼睛，客厅里继续吵吵闹闹的。

晚饭吃得很早，吃完了饭回到房睡觉，我缩进被子里，将桌边的台灯打开。

昏暗的灯光正打在我的枕头边上，终于可以抽出时间看书，我从枕头下抽出《浮士德》，头顶的铁皮风扇飞速地旋转，发出“嗡嗡”的声音，吹动着书页也挣扎着来回翻动。我用胳膊肘将书页压得严严实实，顶着头顶的风，在读到第七章的时候，终于困得坚持不住，枕着书睡了过去。

第八章
你发烧了吗？

南方的整个夏季，潮湿而又闷热。

米袋里被闷出了虫子来，剩饭隔了一夜就会发馊。门外前不久才刚刷过的墙面，也不过一周的工夫，就长出了霉菌，生出霉斑。

叔叔被调离了岗位，指派到了外省工作。妈妈虽然没说什么，但我也知道她心里不太好受。

闷热的季节，糟心的事情，让人感觉不到愉快。我并不喜欢这个夏天，只盼望着赶快过去。

新生报到定在了八月二十号，有随之而来短暂的一周的军训。

从前只是在路过时远远看过裕田一高，而今天真的进入了这所学校。

开学时来送学生的家长很多，而妈妈要在家照顾弟弟，大家都无暇顾及我。

我一个人挤在人群里，像一只迷路的羔羊，迷糊了半天才找到学校的告示栏。告示栏上写着新生分班情况，我一行行地找着，终于在中间的位置找到了自己的名字：高一（2）班，温藻。

一群叽叽喳喳的家长领着孩子将告示栏围得水泄不通，我将书包从肩膀取下，抱在怀里，从人群里用力地挤了出去。

我去财务室缴完费，才赶去教室报到。

教室里已经有三三两两的同学坐了下来，凑在一起打着招呼，扑面而来的都是完全陌生的面孔，让我瞬间缩手缩脚起来。

我有些紧张地抬了抬手，做了一个打招呼的动作，见到没有人回应，又重新把手收了回来。

我挑了一个偏僻的位置坐下来，靠着窗户。往抽屉里塞书包的时候，我朝窗外看了一眼，楼下的一排梧桐树长得很高了，郁郁葱葱地温顺生长。

不过一会儿的工夫，戴着金丝边眼镜的中年男人背着手进了教室，啤酒肚被掩盖在身上的黑色的西装下，脚上穿着黑色的皮鞋，一看就是老师的打扮。

职业式的审视目光来来回回地在教室里扫视了一圈，随后落在黑板上，中年男人捏起桌上的白色粉笔，在黑板上写下“姜冬”两个字：“这是我的名字，大家可以叫我姜老师，我负责教大家的英文课。

“一会儿报到完大家回家早点休息，自明天起就是连续一周的军训，大家提前做好吃苦耐劳的准备。还有，一会儿发军训服，有尺码不合适的及时告诉我，我给你们调换。”

“好。”有人恹恹地答应着，有气无力。有人振奋地吼出声来，掺杂在众多声音里显得极为不和谐。

我领了教科书，又领了军训服，把书全部塞进抽屉，把军训服叠好装进书包，拎起书包出了教室。

裕田一高离家有些远，我要赶六点钟的末班车回家。

挤在放学的人群里往学校外走，听到身边传来打架吵闹的声音，场面变得有些乱哄哄起来。我顺着人群望去的方向看去，是两个高个子男生拌了嘴，一副正准备冲上去决斗的气势。

“干什么呢？干什么呢？不想请家长的话马上都给我散开！”教导主任已经从楼上冲了下来。

周围围观的学生纷纷作鸟兽散，我移开了眼，眼神在人群中扫过。一抹身影格外熟悉，在我的视线中掠过。我并不敢确信那是招勒，那人背对着我，身高是同样相似的高度，隐隐约约只看到背脊挺拔的身形，一只黑色的单肩包在他的肩膀上斜挎着。

一晃眼，他的身影已经模糊在人群中了。我在拥挤的人群中快步往校门口挤，出了校门后，匆匆扫了眼两旁的马路。面前的马路车辆川流不息，四下散开的学生三三两两地结伴而行。我仔仔细细地扫视了周围，并没有看到招勒。

我心里明白，大概是自己看走了眼。

穿过马路到对面的小超市，我用五角钱买了一根老冰棍。

上了公交车吹着从车窗外刮进的闷热的风，我撕开包装袋小口小口地吃着手上的冰棍，薄荷味儿甜丝丝的感觉在口腔中浸透。

回到家后，敲门并没有人开。

我在门口蹲着，看着天色渐渐暗下去，门前跑过来的流浪狗盯了我一会儿，耷拉着尾巴又跑远了。

身后的门突然打开了，我扭头看见妈妈站在我的身后，穿着那身蓝色格子的睡衣，头发乱蓬蓬地在脑后扎着，见到我时惊讶了一声：“我忘了你放学了，你怎么不敲门啊？”

“我敲了。”

“可能是我没有听见，进来吧。”妈妈赶紧嘱咐，“记得小声一点，刚把你弟弟哄睡，闹了老半天，好不容易睡着。”

我蹑手蹑脚地进了家，像是做贼似的轻手轻脚地把门带上。

到了晚饭时间，进了厨房看到一大堆没有洗刷的锅碗瓢盆乱糟糟地堆放在洗手池里。没有冲洗的奶瓶扔在开水壶旁，抹布也拧在一起被扔在角落里，我叹了口气，打开水龙头冲洗碗筷。

我尽量放缓动作，碗撞击着洗手槽还是发出“当啷”一声响。我心里“咯噔”了一下，快速将碗冲洗干净放进柜子里，但与此同时，弟弟的哭声还是从房间里飘了出来。

“温藻，让你小点声没有听见吗？”妈妈的怒吼声已经传来了，“你知不知道哄你弟弟睡觉有多难啊？”

弟弟的哭声继续愈演愈烈，妈妈的暴躁已经沸腾到极点了。在一阵号啕大哭的声音中，妈妈快步从房间里走出来，对着我一通指责：“你知不知道我多久没有睡过一个好觉了，你这么大了，连刷个碗都刷不好，你还能干什么啊你？”

我甩了甩手上的水出了厨房，看着她一脸愤怒的神情，一瞬间什么也不想反驳，径直越过她，反手将自己关在卧室里。

“有本事你就别出来！”

我站在漆黑的卧室里，心里烦躁。我无法理解她突如其来的暴躁，就像她也根本不理解我一样。

从那天晚上以后，我和她开始冷战了。

持续一周的军训开始了，我整天晕头转向地跟着大部队，听教官指挥做训练。阳光猛烈，几天下来，我的手臂在烈日的暴晒下，几乎快要掉了一层皮。

中途休息十分钟，我躲在树荫下喝水。

身边有人戳了戳我，我转头看去，见到一个编着两条辫子的女孩子坐在我的旁边，高高瘦瘦的，皮肤很白，鼻梁处虽然有些雀斑，却格外好看。她说：“我看你脖子都晒脱皮了。”

“有吗？”

“有啊，你看你后脖颈这里好大一圈。”她帮我扯开衣服，手指按在我的后脖子处，立刻一阵火辣辣的刺痛。

“我从我妈那里偷偷拿的防晒霜，你要不要用？”

“那……谢谢。”我接过来挤了一点涂到后脖颈。

“你第一天来报到的时候我就看到你了，你坐在我的前面。”

她这样提醒，我才约莫有些印象，不过之前没有怎么留意到她，就问：“你叫什么名字？”

“林洵。”

我把防晒霜还给她：“还给你，我涂好了。”

“集合了！我数十秒！”教官吹了口哨。

我慌忙起身，顺手拉起她，飞快地钻进队伍去。

一整天在烈日下的军训，折磨得我身心疲惫。

晚上回家洗澡，开大水龙头站在花洒下淋了半天，浑身的热度才降下去。

我披着湿漉漉的头发去客厅找吹风机，翻来覆去也没有找到，大概猜到是妈妈拿去房间用了。

已经是晚上九点钟，这个时候她和弟弟差不多已经睡下。我走到她的房间门口，从门缝向里望去，黑漆漆的，没有一点光亮，想推门进去但还是忍住了。我用厚毛巾将头发裹起来，转身回房间睡觉。

训练了一整天，身体一挨到床就瞬间放松了下来，枕着潮湿的头发就迷迷糊糊地睡了过去。

一大早我被闹钟吵醒从床上爬起来，脑袋有些隐隐刺痛。

我从冰箱里抓出了一包面包和牛奶，匆匆忙忙地塞进书包就去公交站赶车。今天是军训的最后一天，高一新生要向校领导们汇报军训的训练成果。

酷暑的高温已经突破了 34℃大关，这时候稍微站在阳光下一会儿，就热得浑身淌下汗。

我站在拥挤的队伍里，流着冷汗。不知道是不是昨晚没有吹干头发就睡觉的缘故，手脚有些发软，脑袋也痛得厉害。

我顶着太阳，感觉身体又冷又烫，勉强支撑着熬到了军训结束，晃晃悠悠地回到了教室。

已经到了午饭的时间，但我没有一点儿胃口。我枕着手臂，趴在桌子上睡了过去，直到林洵从身后把我戳醒："喂，马上要集合去礼堂看表演了，不要再睡了。"

我爬起来睁开眼。林洵看到我的样子，有些紧张了："没事吧？是不是身体不舒服？"

"没事。"我摇摇头。

"可是你的脸看起来很红啊。"

"我真的没事。"睡了一会儿，我感觉好了很多，虽然还是有些晕晕乎乎的。

我慢慢地跟在大家身后排好队，一起进了礼堂。

这是学校专门为高一新生安排的迎新表演，高二和高三的学生也在。礼堂里人满为患，老师把我们安排在礼堂的最后几排。

四周全是叽叽喳喳说话的声音，直到教导主任出来维持秩序，礼堂里才慢慢安静下来。

节目开场是乐队表演的一首摇滚乐，舞台上红蓝交织的灯光闪烁，我虚弱地坐在人群中间，看着前前后后的同学一边鼓掌一边尖叫。我勉强抬起手跟着大家鼓掌，胳膊却沉重得厉害，身上又开始渗出冷汗，此刻我只想能躺下来好好睡一觉。

煎熬了两个小时，节目进行到了最后一场，主持人出来报幕："接下来是最后一场压轴表演，由高二（7）班的宋戈和郑楚楚给大家带来的舞蹈。"

舞台上光线变得柔和，有钢琴声缓缓从音响里流淌而出。

身着白色紧身长裙的女孩在音乐中快速进了场，我的视线越过她，看到了在她独舞一段后，宋戈紧接着从舞台左边入场。

我险些没有认出他来，他的妆化得稍有些浓，黑色的舞蹈服宽松地穿在他的身上。他站在舞台中央，面无表情。我看着他，像是看到了招勒。

他的身体柔软得像是海藻，头顶的光穿过了衣衫，整个人都显得朦胧了。

他将手轻轻搭在女孩子的肩上，钢琴声如同泉水奔流而来，女孩转回身，握住他的手。两人像是翩跹追逐的蝴蝶。钢琴声越来越急促，两人在舞台上追逐、分离，随着音乐声结束，彼此紧紧地相拥在一起。

音乐声戛然而止，台下响起了热烈的掌声。

舞台上的灯光一瞬间全部亮起，我从臆想中回过神来，舞台上和女孩相拥的人分明是宋戈。

在掌声里，宋戈谢了幕，眼神扫到我的方向时，带着疑惑的神情，扫视一圈后又往我的方向深深看了两眼，走到舞台右侧猛地纵身跳了下去。

我看到他走到前排的座位，俯下身跟座位上的人小声说话。

座位上的人回过头往我的方向看过来，随后站起了身。隔着十几排的位置，我看见了站在宋戈身边的那个男孩子，是将近一年没有见面的招勒。他穿着黑色的外套，个子似乎比之前高了一些。

主持人讲完了谢幕词，已经到了放学的时间，大家有条不紊地从出口出去。

我跟着人群穿过走廊，下了礼堂的楼梯。

“温藻。”有人叫我。

我看到招勒站在出口处的花坛边，似乎在等我。

我勉强冲他笑笑，向他走过去。

“你考进这个学校了？”

“嗯。”

“你的脸怎么这么红？”

“可能是礼堂太闷了，很热，所以……”我跟他解释。

“你在这儿等我，我去买瓶水。”

招勒走后，我在花坛上坐下来，脑袋有些发晕，忍不住闭起眼睛打起瞌睡。直到一个冰冷的东西贴在额头，我才从朦朦胧胧的睡意里稍微清醒过来。招勒蹲在我的面前，正将手中握着的一瓶冰镇矿泉水贴到我的额头上。

他的手背在我的额头间探了探：“有点烫，你发烧了吗？”

“我不知道，就是有些晕。”

“难受吗？”他又问。

我垂着脑袋点点头。

“先别睡，我带你去医务室。”

他握住我的胳膊将我从花坛上扶起来。

学校我还不太熟悉，一路跟着招勒去了医务室。

医务室只有一个男医生，我配合着医生量好了体温，五分钟后体温计上显示着 38.6℃。

“发烧，先输液吧。”医生低头快笔在病历单上写着药物清单，然后把单子递了过来，招勒替我接了。

我进输液室休息，医生很快进来给我扎了针。

躺在床上睡了一会儿，我又觉得不安，睁开眼睛时看到招勒站在床边，低头看着手里的单子。

冰冷的液体从针头流入血管里，让人感觉舒适。我安静地躺在床上，看着头顶的输液瓶，液体一滴滴地从瓶子里滴下来。

我困到不行，一闭上眼，就立刻沉沉地睡去。醒来时，输液瓶已经撤下来，手背的针头也被拔掉了。我看向挂在墙上的钟表，已经是晚上八点多钟了。

输液室里没有人，只有孤零零的几张床整整齐齐地摆放着，显得冷冷清清。

我从床上爬起来走出输液室，医务室大厅里的灯很暗，我看见招勒坐在门口，背靠着墙睡着了，椅子边还放着一袋药。

看到他，我突然感觉特别安心。

我就这样看着他，不敢打扰，他却在这时醒了，看到了我："什么时候醒的？"

"我刚醒。"我想了想，又问他，"你还没走啊？"

"把你一个人放在这儿不太好。"

出了医务室，夜晚的路黑漆漆的。夏天的晚上，连风吹过来都是闷热的。输了液后，我感觉到好了很多。

我和招勒安静地站在路口等待着，远处终于缓缓驶来了一辆出租车。招勒抬起手帮我拦下来，出租车在招勒面前停了下来。

招勒随手将车门拉开："温藻，过来。"

我钻进了车里，冲招勒挥手："我先回去了。"

"嗯，药记得吃，到家了给我回个电话，你有我的号码吗？"

"有，你上次给过我。"

他冲我摆摆手，帮我关上了车门。

我靠在车窗边，汽车慢慢启动，我看着招勒的脸在车窗外慢慢滑过去。他低着头在街边走着，整个人慢慢淹没在黑暗里，慢慢在车窗外消失了。

回到家里，客厅的灯没有亮，只能看到隐隐的灯光从妈妈的房间往外散出来。我不敢开灯，怕又把弟弟吵醒。

我摸黑进了厨房，倒了杯热水。

身后的灯“啪”一下被打开了，妈妈从我身后走过来：“今天怎么回来这么晚？”

冷战了将近一个星期，今天晚上是她第一次主动搭话。

“学校有点事。”

“快点洗洗睡。”妈妈倒了杯水出去了。

我从书包里拿出药，掰开来就着热水一颗一颗地吞咽下去。最亲近的人在你的身边，却总有一种好像是在独自生活的感觉。

我吃了药，抱着家里的电话轻手轻脚地出了门。招勒的号码我私下看了无数遍，已经会背了。我拨通了招勒的电话，那边的人似乎刚睡着，声音慵懒：“温藻？”

我思考了一会儿，正在犹豫要准备说些什么，那边又问：“回家了？”

“是。”

“那好，早点睡，晚安了。”电话被挂断了。

“今天谢谢你。”我刚说出这句话，但电话里已经响起了忙音。

我将电话移开，握在手里，轻声说：“晚安，招勒。”

第九章

别跟丢了

早上醒来，我又量了一遍体温，已经退烧了。

我像往常一样出门买了早餐，搭上公交车去学校。

整整一上午的英语课，中午我想去找招勒，却想起忘记问他在哪个班级，在学校里也没有撞见他。

下午放了学，在公交车站等车，身后有人突然用力拍了下我的脑袋，我被推得晃了一下，回头发现是宋戈。他昂着下巴，冲我有些挑衅地瞧着。

“听招勒说你发烧了？”他问。

一碰上宋戈准没好事，这家伙太喜欢捉弄人了。我转过身不太想搭理他，只是勉强回应：“好多了。”

“你什么态度啊？我欠你钱吗？”

“我没有啊。”我有些心虚。

我低下头想避开他的眼睛，等他走开，却突然想起招勒，犹犹豫豫后抬起头，看到他已经走远了，我站起身大喊了一声：“宋戈！”

我小步跑了上去，问他：“今天招勒没跟你在一起吗？”

他露出一副可笑的表情：“我们两个又不是连体婴，他今天没有来上课。”

“没有来上课？”我想到昨晚他陪我陪到很晚，打电话时似乎声音也有些无精打采，想到这些突然有些紧张，问宋戈，“他怎么了，是生病了吗？”

“你想知道？”

我诚恳地点点头。

“请我喝奶茶。”

我同意了，让宋戈挑了一家自己喜欢的饮品店。

进门后落座，服务员上来把菜单递给我们。我点了一杯红茶，又帮宋戈点了一杯冰镇奶茶。

“现在可以说了吧？”我问宋戈。

“胡有为你还记得吗？”

“以前那个抢过我钱的人？”

“嗯。”宋戈说，“招勒家的关系说起来挺复杂的。招勒刚被领养的时候，胡有为看招勒不顺眼，经常找他碴儿。他们两个的关系本来就不好，因为你那件事，招勒跟他关系更差了。胡有为上个学期犯了点事，转学到招勒班了，最近一直暗戳戳地在找招勒麻烦。胡有为嘛，他这个人经常做事很混账，昨天体育课接力比赛，胡有为故意挤过来撞我，就被招勒绊倒了。”

“招勒……是被领养的？”这让我吃了一惊。

“说顺口了。”宋戈有些懊恼，“招勒不喜欢别人提这件事，你就当没听到。”

“我知道，那胡有为没有事吧？”

“他的牙断了两颗，本来晚上放学，招勒就要跟家长带他去看牙医的，不知道为什么没有去。今天胡有为和他都没有来，应该是因为这件事。”

“打扰了，你们的奶茶和红茶。”服务员端着饮料过来。

“谢谢。”我拿过红茶，埋头喝了一口。

昨天晚上，我趴在车窗上看招勒，总觉得他似乎闷闷不乐，原来是因为这件事。

我对胡有为不太了解，只不过是一面之缘，却没想到他的报复心这么重。

晚上一直在想着招勒的事，我有些入睡困难。我爬起来开了灯，读完了《浮士德》最后一页，把书装进书包里，准备等到在学校遇见招勒时，再把书还给他。

连续三天，招勒都没有来学校。我想打电话给招勒，又始终犹豫不定。

每天放学我都守在招勒班级门口，宋戈一见到我就喊：“又来？”

第四天，放学后我跟往常一样去找宋戈问招勒的情况，他跟招勒在一个班级。

我站在教室门口，等着人接二连三往外走，我看见宋戈单肩背着书包从教室里走出来，我跟在他的身后问：“今天招勒还是没有来上课吗？”

“在里面。”他站在门口，没有再继续走，目光望着教室似乎在等人。

这时候教室里人走得差不多了，我这才看到招勒正站在位置上整理书。

胡有为也在教室，招勒收拾好东西往外走的时候，胡有为叫住了他：“李招勒，没人了，不用装了。”

招勒冷淡地扫了他一眼，没打算再理他，拎着书包往外走。

“李招勒，你拽什么啊！我牙都断了两颗，你一句道歉都没有啊？你妈让你在家反省这几天怎么一点效果都没有？”

“你不主动来惹事也不会这样。”招勒转头，轻飘飘地甩下一句。

“我不知道你整天装什么，在我小姨面前可跟个小绵羊似的。我告诉你啊。就算再故意讨好人，捡回来的还是捡回来的。”

我小心翼翼地看向招勒，他此刻已经面无表情了。

胡有为看到了我们，转而冲我们吆喝了一声：“站外面的两个，傻愣着干什么？李招勒是被领养的你们不知道啊？是不是被吓傻了？”

我刚想开口，宋戈已经从我身边冲了进去，拎起书包往胡有为身上砸了过去：“胡有为你在这里叽叽歪歪什么！前几天体育课故意撞我们的事，我还没找你算账呢！今天是又想挨揍是吧？”

书包伴随着“哐当”一声砸在胡有为脸上，胡有为往后跌跌撞撞倒退了两步，他慌乱地扶住了桌子才勉强站定。两行鼻血从他的鼻孔蜿蜒流下。胡有为摸了一把鼻子，满手的鲜血惊得他大怒地向宋戈扑过来：“宋戈！你今天死定了！”

两个人很快就扭打在一起，宋戈反应极快，快速抱住了胡有为的胳膊，将胡有为压在了身下，暴风雨似的拳头砸在了胡有为的身上。

胡有为一边挣扎，一边在宋戈身上胡乱抓着，指甲在宋戈脖子处抓出了好几个血印子。

“你敢挠我？”宋戈气坏了。

在学校斗殴被发现会被记过的，宋戈和胡有为已经打昏了头，我冲上去抱住宋戈，想要将他拉开。胡有为趁机反扑了回来，扯住了宋戈的衣领子，猛地上去揍了两拳。

眼下再闹下去不好收场了，我抓着胡有为，却扯不开。

招勒上前推开了我，一把将胡有为拉了起来。

“放开！”胡有为甩开了招勒的手。

“胡有为，一会儿保安会来挨个检查教室的。如果你不想闹大，被学校批评记过的话，那最好到此为止了。”

“晦气！”胡有为摔门出去了。

“该说晦气的是我才对。”宋戈从地上爬起来，抹了一把脸，“这人下手真狠。”

出了学校，宋戈还是一脸怒气冲冲：“胡有为的手是狗爪子吧，下手这么狠。”

“很疼吗？”我问他。

“当然了。”他有些委屈，“能不疼吗？”

跟宋戈说话的工夫，招勒已经走远了，我喊了几声他的名字却没有得到回应。他今天极其沉默，从教室出来到现在，没有说过一句话。

“今天招勒好像不高兴。”我说。

“嗯，毕竟胡有为太毒，直击要害。”宋戈指了指脖子上的伤口。

“什么？”我不解。

“忘带钱了，你带我去买创可贴。”

我站着没动，宋戈扯了扯我的领子：“走了，我会还你的。”

我被宋戈拉着去药店，买了整整一盒创可贴。宋戈脖子上的伤口不深，但是看着却很显眼。

“你帮我贴，我看不见伤口。”宋戈把创可贴扔给我，“记得贴仔细点。”

我垮着脸撕开创可贴的包装纸，对准宋戈的伤口轻轻贴上，他皱着眉："轻点，千万别把伤口给露出来了，一会儿我就说脖子被蚊子咬了，不然回家被我爸发现我打架该扣我零花钱了。"

"那你还要打架？"

"那可是招勒，他以前也帮过我。"宋戈怼了我一句，又絮絮叨叨地补充着，"他这个人，看起来话少又不好接触，相处下来才会发现，他其实人很不错的，要不然我也不会跟他做这么多年朋友。"

"确实。"我附和，"当初我刚见招勒的时候，第一印象确实是觉得不好接触。但跟他搭话后，发现他挺温和的。而且，他心思很细腻。"

想了想，我又问他："你和招勒……是怎么认识的？"

宋戈想了一会儿："初一的时候，我记得那时候刚入学。不过那个时候我和招勒还不太熟，他就是那种家长和老师心中的模范生，反正是经常被大家夸奖的那种人，不管做什么事都特别优秀。我就不一样了，除了上课开小差我就只会打游戏。那时候可能是大家见我身上穿着名牌的鞋子和衣服，觉得我这样的人很有钱，学校里那些混混开始主动找我要跟我做朋友。"

他难得正经聊起一件事情，我也认真地听他说："但是我怎么会愿意跟他们这种人混到一起？所以我后来就被他们报复了，他们偷走了语文老师忘在教室里的钱包，用光了里面的钱后把空钱包偷偷塞进我的抽屉里，造谣是我偷的，还说我是个惯偷，经常用来历不明的钱假装光鲜亮丽。"

"没有报警吗？总有办法证明自己吧。"

"没有，那时候我又傻又倔，觉得自己没做就不怕别人说。

而且那时候教室都没有装监控，我空有一张嘴也没办法说清楚。当时我快要被大家的唾沫淹死了，谁知道招勒主动站出来向大家做证，说他亲眼看到了那几个混混偷拿了老师的钱包，跟我没有关系。大家平时都挺信服他的，所以自然也都相信他了。当时我挺意外的，我也是从那个时候才开始对他改观的。”

“他好像总是能观察出一些东西去保护别人，而且是不经意的。”我想到，之前他对我也是这样。我看不懂他，他的敏感超出常人，反过来想一想，隐隐中让人有些心疼。

时间不早了，我转身看了一眼挂在药店墙上的钟表，上面显示的是傍晚五点五十分，距离最后一趟回家的末班车只差十分钟了。

“来不及了，最后一班车了。”我把手里剩下的创可贴丢给宋戈，“我先走了。”

赶到公交站时，末班车已经开走很久了。我蹲在地上喘够了气，翻出身上剩下的所有硬币，数了数差不多够打车回家的钱。

我在街边招了一辆出租车上了车，将近傍晚的时候，通红的晚霞燃上西边的天空，染在散落的云彩上，呈现出一种破碎的美。

出租车平稳地在路上行驶着，绕了好几个路口后，我透过被晚霞染色的玻璃窗户，远远地看到了走在前面的招勒。

出租车停在了十字路口等红绿灯，我扒着窗户，仔仔细细地瞧着，走在前面的的确是招勒。

路灯亮起，出租车启动向招勒驶去，小小的身影渐渐在眼前变大，招勒一个人在路上慢慢走着。

“就在这里停车吧。”我看了一眼前座的打表器，从口袋里摸出零钱递给司机，背起书包下了车。

路边有零星的路人偶尔路过，这条不算热闹的小道，我默默跟在招勒的身后。

他走得很慢，消瘦挺拔的身体裹着衬衫，给我一种落寞极了的感觉，傍晚间晚霞浓郁的颜色将他整个人包裹住，像是要被吞噬掉了。

他有心事，我能感觉出来，我也慢慢变得难过。

他似乎在漫无目的地走着，我跟着他渐渐进入了码头的区域。

海边准备修葺的护栏还没有完工，因此总会有人爬上海岸，追逐、打闹。招勒从楼梯上了海岸，坐在地上，背对着我安安静静地看着茫茫的海面。

我正在犹豫要不要爬上去，招勒侧过半张脸来，问我："跟在我身后很久了吧？"

被他发现后，我不大好意思地上了海岸，在他身边坐下。因为是傍晚的原因，轮渡已经停运靠港。顺着招勒的视线往海面看过去，无数小轮船也井然有序地靠港停泊着。海面无边无际地肆意蔓延，晚霞的影子随着细小的浪花翻涌而破碎再重合。

招勒说话很轻："你跟着我多久了？"

"也没有多久，就是刚刚在路边看到你。"我吞吞吐吐，"我不太放心你，所以……所以跟过来看看。"

他打断我："你说的不太放心，是指胡有为说的那件事？"

他的声音不再温温柔柔，反而是带着质问的口吻。我疑惑地抬起脸，正对上招勒盯着我的眼睛。

我吓了一大跳，那样漆黑的眼睛像是一潭想将人狠狠绞进去的死水，招勒的脸毫无血色。

他大概是不想让人知道的，我轻声告诉他："胡有为说的事，我不会跟任何人说的，你放心。"

他的脸上飞快闪过一丝惊诧，又瞬间消失不见。

想起书包里还有中午从学校超市买的三明治一直没有吃，心情不好的时候吃点东西会舒服很多，我拉开书包，掏出三明治递给招勒：“给你。”

他有些吃惊：“这是……面包？”

“你吃吧，我就这一个，给你吃。”

一直低气压的氛围被招勒轻轻一声低笑给化解了，他有些好笑又无奈地看我：“为什么要给我这个？”

“我心情不好的时候就喜欢吃东西，吃饱了就会舒服很多。”

他接过我手里的三明治：“谢谢。”

“我能问你一个问题吗？”我说。

“嗯。”

“你什么时候发现我跟在你身后的？”

“挺久了，过马路的时候看到你的。”他撕开了三明治的包装袋，咬了一口，慢慢咀嚼着，“刚认识你的时候就发现你总是在我的身后，天黑也不带手电筒。”

“所以那时候你每次都是故意等我的。”我说怎么每次他都走得这么慢，原来是早就发现我了。

他默默吃着三明治，情绪似乎缓和了不少。

想到书包里装着《浮士德》，一直没有机会还给他，我拿了书出来：“书我看完了。”

“看懂了吗？”

我摇摇头：“感觉就是一个很魔幻的故事。最后浮士德并没有因为梅菲斯特坠入地狱，他被天使带进了天堂。”

“该回去了。”他站起身，把我手里的书接过来，装进了书包。

“嗯。”我跟着他下了海岸。

我走得很慢，一会儿发现他停了下来。

“怎么不走？”我问他。

“等你。”他的声音很轻，“别跟丢了。”

第十章
我已经对你没有感觉了

“耳边也有擦伤,涂药的时候记得涂到。”我听到有人说话了,是个温柔的女声。那双手摸着我的耳朵,格外柔软。

我睁开眼睛,面前站着一个女护士,她正在检查我的耳朵。头顶是晃人眼睛的白炽灯,我只能侧过脸去,好避开刺眼的灯光。手背上扎着针头,从输液管里流淌进手背的液体,是冰凉的,这不是在梦里。

“醒了?警察说一会儿就过来,刚刚去现场提取物证了。”妈妈也在病床前,泪眼婆娑地看我。

面颊的伤口还隐隐作痛,护士给我调慢了点滴,又要去查别的房了,临走前说:“有什么事按响铃就好。”

“谢谢。”我目送她离开,盯着天花板,再也没有睡意了。

我这时候才打量妈妈,像是风尘仆仆赶来似的。她穿着一件棕黄色皱巴巴的大衣,头发乱蓬蓬的。

我有些意外她突然出现,静静地看着她没有说话。她倒像是吃进了一肚子怒气一样,没好气地问我:“这么大的事,怎么也不跟我说一声?刚刚接到警察的电话,都快把我吓死了。”

“我也是刚睡醒。”我想了想又补充道,“而且我的手机也被抢走了。”

口渴了，我央求她："帮我接杯水吧！"

"你等等。"妈妈出了门，不大一会儿用纸杯给我装了一杯滚烫的热水回来。她搬了一把椅子在我的床对面坐下，一口一口地把热水吹凉。我很少见她在一件小事上如此专注地对我，印象里，她一直是一个粗心大意的人。

一刹那间眼泪几乎要落下来了，我对温柔的一些事情一向没有抵抗力。我不动声色地把眼泪擦掉，接过妈妈递来的水一口气喝了个精光。

妈妈帮我升高了床，扶起我坐直了身体，又帮我开了电视随后去楼下给我买水果了。

正看着新闻，耳边响起了敲门声，我闻声望去，见到两个警察从门外走进来。

领头的警察看起来四十多岁的年纪，警服在身上工工整整地穿着，显得一丝不苟极了，他的后面跟着一个比他稍瘦弱的警察。

为首的警察先问我："身体有没有好受一些？"

我将电视声音按小，回他："好多了。"

"我们是来问昨晚的事，能记得清楚吗？"

"可以。"

"我们调了监控，因为都是死角，所以看不清楚。发生了什么事，能详细，就尽量详细地告诉我。"

我瞥了一眼正在他身后做记录的警察，细细地回想起来："昨天晚上，我的手机导航出错了，拐进了一条死胡同。中途遇到一个中年男人，下车跟他问路的时候，他把我打倒在地，然后他把我拖进胡同角落，抢走了我身上的手机和钱包。"

"大概几点钟？你还有印象吗？"

我思考了片刻："大约是十点钟吧。"

“那个人的长相，有什么体貌特征，还记得吗？”

“圆脸，四五十岁的年纪。嘴唇很厚，如果我没有看错，他的鼻翼处有一颗痣。”我能十分详尽地回答，“还有，他穿着很薄的衣服，脚上还穿着秋季的帆布鞋。”

“我知道了。”他转身向身后的人嘱咐，“阿敬，你现在赶快打电话通知队里，让他们抓紧时间把沿途能用的监控全都调出来。”

“好。”被唤作“阿敬”的人应了一声，转身就出去打电话了。

面前的警察在随身带着的小本子上，快速写下一行数字，撕下来后递给我：“这是我的电话，有关于案情的事你可以随时联系我。”

“谢谢。”我接过纸，纸上写着一长串手机号码，号码末尾写着他的名字“孙立存”。

“我还有个疑问。”他收起了东西，随口又提了一句，“那么黑的晚上，你为什么可以对犯罪嫌疑人的外貌特征记得那么详细？”

“因为当时我很想活着，”我咬了咬牙，“所以必须要先看清他。”

他若有所思。手机铃声在这时响起，他走到一边接起电话。我听到他对着电话询问了一声地点。他匆忙挂断后对我说：“我还有事要去处理，案件有进展我会来通知你的，你先安心在医院养伤。”

“好。”

两位警察前脚刚出门的工夫，妈妈后脚就拎着一大袋苹果赶了回来。她将一堆用黑色塑料袋裹着的苹果甩在我病床前的桌子上，撂下一句话："温藻，我刚刚接到你弟弟的电话，他学校今天下午要开家长会。我现在过去，晚上再赶回来看你。"

"没事，你晚上不用来了，我有事直接叫护士。"

"那怎么能行。"

她接着帮我又调整了一下病床的升降，拎起背包，快速出了门。

我独自躺在病房里，偶尔能听到走廊里传来轻微的说话声，极速奔跑的脚步声，偶尔掺杂着几句孩子的叫嚷。

窗外的天色逐渐暗下，这些声音也逐渐弱下去。整间病房瞬间变得死寂，我辗转的时候能听到身体蹭到被子发出的摩擦声，以及自己细不可闻的呼吸。

我渐渐睡着了，迷迷糊糊的意识里，感觉黑暗中似乎有人在向我靠近。

我瞬间清醒了，猛地睁开眼向床边望去，在一片黑暗里，对上了宋戈那一双漆黑的眼睛。

他正坐在病床前，默默注视着我。

我打了个冷战，慌忙坐了起来："你怎么来了？"

"你被抢劫的事情今天闹得这么轰动，我听到了一些消息。"他又反问我，"你和招勒是约好了准备一前一后出事吗？"

我没有理会他的冷嘲热讽："那你怎么会知道我在这里？"

"打听你住在哪个医院，这点关系我还是有的。"

宋戈一向不喜欢按照常理出牌，对他这么做的行事作风，我也见怪不怪了。我没有多说什么，又重新在病床上躺下去。

"怎么了？发生了这么大的事，来个看你的都没有？"

我望着天花板，内心空空荡荡的："你今天来就是为了特地来嘲笑我的吗？"

躺在沉闷的病房里，我听着宋戈的冷嘲热讽，只觉得心口难受。我翻身下床，出了病房的门，慢慢穿过走廊，满大楼刺鼻的消毒水味道呛得我难受。

身后有脚步声，我知道宋戈跟上我了。我沉默地下了楼梯，出了住院部的大楼。迎面一阵寒风灌进了我的喉咙，汗毛瞬间竖起。

忽然间觉得有些口渴，我走到饮料贩卖机前，才想起自己身上并没有带钱。我向站在一边的宋戈求助："借我点钱，我会还你。"

"跟以前一样？"他问我。

"嗯。"我看着货架上的角落里那一罐孤零零的罐装咖啡，片刻后从架子上滚落了下去。宋戈弯腰将咖啡捡起来递给我。

"谢谢。"

猛喝了两大口，苦味在口腔里蔓延开，我想到了招勒，他一贯是最讨厌喝咖啡的。

宋戈突然出声："还记得你上次来找我，问我监控视频的事情吗？"

"什么？"我问他。

"这里太冷了，去我车里说。"

我站着没有动，他又补了一句："车停得很近。"

我随手将咖啡罐丢进垃圾桶，跟着宋戈往停车场走。他的车停在停车场入口，我打开车门钻了进去："可以说了吧？"

"把安全带系上！"他提醒我。

"安全带？"我大概意识到他要做什么了，反手去拉车门发现已经被锁紧了。

宋戈启动了车子，车子猛地倒退，我往后仰了一下，脖子处的伤口撞到了椅背，我痛得皱眉，反手摸向伤口处的纱布。

瞥了一眼正转着方向盘的宋戈，他正目不斜视地看着前方。车前亮了车灯，黑压压的路面瞬间通亮，车子从停车场快速冲了出去。

我顾不上脖子后的伤口，手忙脚乱地扯出安全带系好，压低了怒意低声说："宋戈，你这是要做什么?

"宋戈！你先把车停下来！我们有事好好说。"

他丝毫不搭理我，汽车快速驶出了医院，转眼融入了车流中。宋戈把车开得极快，我手忙脚乱地抓紧了安全带。宋戈的脾气一向急躁，是个很难听得进去劝的性格。

我知道我再多说什么也阻拦不了他，只能强迫自己冷静下来。

汽车转了小路，往前又开了半条路的距离才停下来。路边连半个人影都见不到，车灯扫过去的地方，只能模模糊糊看见梧桐树叶被冷风瑟瑟地吹着，显得格外冷清。

我从车窗外移回了目光，车灯在这时候被关掉，四下瞬间昏暗一片。

侧过身时，宋戈的眼睛就在我的面前，扑面而来的滚烫气息让人感到压抑，我往后车门边靠了过去。

"你害怕我？"他问，"是觉得我会伤害你？"

"你不会这么做的。"

他又往前逼近了一寸，突兀地咬住了我的下嘴唇。混乱的气息散开，这是让我讨厌的、抗拒的，带着侵略的意味，没有一点爱意，像是要把我杀死。

在我惊惧地先推开他之前，他倒是很快把我松开了。有盒东西从他的口袋处滑落出去，他手臂从我的肩膀处掠过，从我的座位下将东西拾起来。

“别以为你很了解我。”宋戈从盒子里抽出了一根烟，黑暗中响起打火机清脆的一声响，火苗瞬间跃然而起。宋戈动作娴熟地将烟点燃，按下了车窗。

“如果你今天来是为了算旧账的。”我咬住牙，“那么就一次说清楚好了。”

“你以为我还喜欢着你？”他弹了弹烟，向我看过来，“我已经对你没有感觉了。”

他掐了烟，顺手用大拇指擦了嘴唇。

我并不想继续和他毫无意义地争论下去：“既然没有什么事，麻烦你把我送回去，或是让我现在下车。”

“上一次你来找我问监控视频的那件事情，难道你不想知道了吗？”

“你不是说那段监控不是你发给我的吗？”

“的确不是我。”他说，“有一件事我本来不想告诉你，但看你为李招勒这么奔波辛苦，我就勉为其难透露一些。”

“你想说什么？”

“看到那家电脑维修店了吗？”他抬起下巴，示意我看向路口对面。

我跟着他的目光，看向车窗外。昏暗的夜色里，对面路口的的确有一家电脑维修店还在营业。

“下车。”宋戈开了车门，我推门下车，跟着他往电脑维修店走过去。

维修店内很冷清，店家坐在前台嗑瓜子。

“我来取电脑。”宋戈推门进去。

“你总算来了啊！我还想着，你电脑是不是不要了？”店家从柜子里提出一个沉甸甸的电脑包递给宋戈。

宋戈接了电脑，又掏出手机，打开了屏幕递到老板面前："还记得他吗？不知道你还有没有印象？"

手机屏幕上是一段视频，视频中一个高高壮壮的男人进了维修店后，跟店家说了一会儿话后，动手打开柜台一边的电脑，半个小时后付了钱才离开了维修店。

"这……"店家面露难色。

"我居然不知道，这里还有能出租客户电脑的服务。"

"不是，当时他说有急事要用下电脑。我想着也不是什么大事，就让他用了。不然……我退你一点维修费。"

宋戈从电脑包里抽出了电脑，打开后点开了那晚招勒家门口的监控视频："还好视频还在。维修费就不用退我了，我还要谢谢你呢！帮我引出了这条鱼。"

出了电脑维修店后，我走在宋戈身后，看着他提着电脑径直走到车边打开了车门，上了车。

他用这件事是想告诉我什么？我仔细回忆着刚才的事情，才后知后觉地反应过来。如果说，监控视频不是从宋戈和警方的手里流出来的，那么最接近监控视频的就是刚才的店家和视频录像里那个使用了宋戈的电脑的男人了。

"杵着做什么，我不想等人。"宋戈坐在车内，看着我。

我快步上前，钻进了车里，向他恳求："那个视频，能再让我看一遍吗？刚才我没有看清。"

宋戈没有拒绝，一边把手机递给了我，一边启动了车子。

我再次打开视频录像，这一次看得仔细了一些。视频拍摄的距离有些远，视频里的男人戴着一顶黑色的毛线帽，走路的姿势格外熟悉。直到屏幕里他转过身，露出半张侧脸，我惊诧地脱口而出：“是胡有为！”

“那天我送电脑去维修，把车钥匙忘在了店里。回去取的时候正好就撞见了他，当时不知道他想要做什么，就顺手录下了视频。你来找我之后，我才想到整件事的端倪似乎就出在这里。”

“所以，我收到的那份监控视频，很大可能就是胡有为发过来的。”

宋戈没有否认，提起胡有为这个人，大家都有心照不宣的默契。

“他什么时候从监狱里出来的？”之前听到这个名字，已经是七八年前的事情了，以至于令我觉得惊诧。

“你问我？”他讥讽地对我说，“我怎么会清楚？”

提起胡有为，难免会想到一些令人难堪的事。我和宋戈都没再继续聊下去，即使如此，当他的名字在脑海里浮现，也依然勾起了过往一些不好的回忆。

车稳稳地停在了门口，看到面前灯火通明的医院，我这才从思虑中回过神来。

“那我先回去了，谢谢你今天告诉我这些。”我对宋戈道了谢，才拉开车门下车。

“温藻。”他叫我，“我今天愿意告诉你这些，只是看在你受伤住院的面子上，不想让你继续像无头苍蝇似的四处碰壁而已。就像你刚刚看到的那样，这事情并不简单，你最好不要插手。”

我没有接话，关上了车门。

隔着玻璃车窗，他还在看我，像是等着确定我的答案。

“招勒的事，我是不会不管的。”

他抽回了目光，像是叹了口气。他没再看我，发动车在我面前驶过去。

我总觉得，他还是对招勒有感情的，就在前几天还恶狠狠地撇开招勒的人，现在却肯绕了一大圈去调查关于招勒的事情。对于他这样的做法，我并没有感到意外。

第十一章
损坏的手表

我在冷风中打了个喷嚏，才发现自己还穿着单薄的病服，匆忙返回了病房。我打开灯，面前孤零零的一张病床，雪白的床单被褥显得冷冷清清的，桌子上还堆着白天妈妈买来的苹果。

我从塑料袋里挑了一个，用袖子随意擦了擦，凑到嘴边咬了一口，慢慢咀嚼着。苹果肉很硬，难以下咽，我弯腰把嘴里还没有咀嚼几口的苹果肉吐到垃圾桶，掀开被子翻身上了床。

头陷在柔软的枕头里，我才感觉身体慢慢开始疲惫，但脑袋里却丝毫没有睡意。我满脑子都在想着关于胡有为和招勒的事，折磨得我无法入睡。

后半夜，身心开始松懈，我终于小睡了一会儿。等我再睁开眼睛时，天已经大亮了。

起床洗了脸，我从床边的柜子里找头绳扎头发，打开抽屉却发现了上次孙警官留下来的电话号码。想起来这件事情还没有着落，想打个电话先询问一下事情的进展。

出了病房，护士站的护士正在整理东西。

“打扰了，可以借一下手机吗？我想打一个电话。”我走过去，询问她。

“啊？是想打电话吗？”

“嗯。”

“这里有座机，用座机吧。”她给我指了指一边的电话机。

我按照孙警官留下的电话号码拨了过去：“你好，我是温藻，就是昨天跟你在医院见面的那个人。”

“我知道，我也正打算联系你。昨晚我们一宿没睡，半夜才把他抓到，连夜审完的。本想着等一会儿再去找你，这里没有你的联系方式。”

“不用这么麻烦，我现在过去。”

结束了通话，我随手穿上外套出了住院部。天气一如既往的寒冷，医院离警局并不算远，在寒风中步行了半个小时后终于到了警局。

“来了。”孙警官跟我打了声招呼，领着我向审讯室走去。

时隔两日，隔着审讯室的玻璃窗户，我在警局里又见到了他，那个夜晚袭击我的男人。此刻他坐在桌前，手上戴着手铐，正低头打着瞌睡。上一次遇见他时夜太黑，并没有仔细看清楚，现在仔仔细细地打量，跟大多数中年男人一样，这人长着一张再普通不过的脸，走在人群中也许都不会让人多看一眼。

然而，恰恰是这种人，最能通过良善的伪装，以骗取别人的信任。我莫名想起了胡有为，左眼皮跳了一下，避免胡思乱想，我低头揉了揉眼睛。

“看清楚了？是他吗？”

“是他。”我回孙警官，“我不会忘记他的样子。”

配合着警方登记资料，我却心不在焉极了。明明是在处理这件事，却总能想到招勒和胡有为。

“这个是你的吧。”孙警官把一部用塑料袋封着的手机递给我，“这是我们在他身上找到的。”

“谢谢，是我的。”

接过手机，打开发现有好几个来自成泽浩的未接来电。

我起身走到角落里，将电话拨回去，成泽浩的声音从电话另一端传过来：“这几天你怎么没接电话啊？”

“我生病住院了，所以不太方便接电话。”

对方磕磕巴巴地追问：“那你……你现在还好吗？”

“我没事，你给我打电话，是因为上次我拜托你的事有消息了吗？”

“对，上次爆料的论坛用户，其实他的信息早已经查出来了。我也是问了才知道的，招勒先生以前通过灿哥联系过他，不知道为什么后面就不了了之了。”

“也就说，招勒其实是查过这件事的？”

“是，这件事说起来有点复杂，电话里一时半会儿也说不清。我跟灿哥提起这件事，但他没有把信息透露给我，他知道你一直在打听，说想要见你。”

“见我？”我有些疑惑。

“是啊！你要现在有时间，我帮你联系。”

“我随时都有空。”

“那我打个电话问问他，一会儿回复你啊！”

“那麻烦你了。”我挂了电话，站在大厅有些失魂落魄。招勒为什么没有选择深究下去？这中间到底发生了什么难以言喻的事情？

孙警官正坐在位置上吃早饭，见我还徘徊在原地，上前问我：“怎么还不回去？是有事吗？”

我满心都是招勒的事情，忍不住想要问他：“我能问你一个问题吗？”

“没事，你问。”

“如果一个人意外去世，却有诸多诡异的地方表明着他并不是死于意外，但在无数有力的证据面前，似乎这些诡异之处并不成立，但又确实存在。那我该相信证据，还是相信这些诡异的地方？”

“你的意思是怀疑这个人的死另有原因？”

我犹豫了片刻，觉得确实是他理解的这个意思，迟钝地点了点头。

“办理案件确实要讲究证据，只有证据才能定罪。不过，所有凶案，就算是看起来堪称完美的案件，都不可能天衣无缝。”他指了指手里用塑料袋套着的水煮蛋，“你看它，是不是完好无损？”

“嗯。”

“你再仔细看。”他扒开了塑料袋，把鸡蛋凑到我的面前，轻轻地转了半圈。

鸡蛋上有很小一丝裂缝，如果不细看以至于根本察觉不到。

“看到了吗？”他动手按住了裂缝口，鸡蛋壳从缝隙处往四面裂开，“虽然离远了看去，它是个完整的鸡蛋。但是你靠近它，仔细观察，就会找到那条裂缝，裂缝会越来越大，而那就是真相。”

他动手剥开了鸡蛋，一口吞掉了大半个：“不过，你问这些是遇到什么事了吗？有事一定要告诉我们。”

“一点小事，我只是随口问问。”我想了想，又补了一句，“真是谢谢你了。”

他冲我摆了摆手，转身端起桌上的水猛喝了好几大口。

处理完事情，我出了警局，头脑有些发蒙。

我步行了一段路，开始体力不支，气喘吁吁地在路边的长椅上坐下来休息。

正犹豫着是否该回医院时，成泽浩的电话来得很及时，接通之后对方大大咧咧地在电话里喊："搞定了。"

"那我现在过去。"

"在中南路21号，灿哥工作的地方，我也已经往那边去了。"

"那一会儿见。"我关了手机，随手放进了口袋。

这条路段的出租车有些少，我随手拦下一辆，跟司机报了地址，躺在后座里休息。

司机开着车，扫了一眼后视镜，对我说："哎哟，你的脸是怎么了？用不用送你去医院啊？"

"没事，我走路的时候不小心摔的，已经看过医生了。"

"大冷天的走路要当心啊，这摔一跤可不好受的。"

"嗯。"我看着前座的后视镜，从住院到现在都没有照过镜子。镜子里的这张脸上有一大片瘀青，左半边肿得厉害。嘴角有伤口正在结痂，脖子上还缠着纱布。

此刻我本来是该躺在医院的，但是一想到招勒的事，哪怕是睡觉都无法安心。

十几分钟后，我终于下了车。

敲了门，片刻后有人来开了门。

门开后，成泽浩站在门边冲我咧开嘴笑了笑："来得很快啊！"

"挂了电话我就来了。"我进了门，室内很暖和。办公区很狭小，十几个员工挤成两排，正在电脑前办公。成泽浩带我穿过办公区，进了拐角处一间办公室。

"灿哥，温藻来了。"成泽浩喊。

办公室的茶水区边，那位被叫“灿哥”的男人正在接开水。他穿着一件黄色的毛衣，毛衣穿得有些起球了。他回过身，我看见他戴着一副黑框眼镜，大约三十多岁的年纪，他在我身上瞄了一眼，迅速跟我打了招呼：“我是徐灿，你就是温藻吧。”

“当初那个发帖的用户，你需要的资料已经调出来了。”他转身走到办公桌前坐下来，点开页面，“你来看。”

我凑过去，电脑屏幕界面登记着一串编码，下面写着注册信息和用户名字。

“胡有为。”我看着用户信息，默念出声，“怎么会是他？”

对于这个名字和这个人，我是再熟悉不过了。

“我知道他，之前有天下班的时候，我在停车场撞见招勒和他说话，我听见招勒先生叫了这个名字。”成泽浩说。

“我们论坛都是实名制，他是用邮箱绑定手机号码注册的，这里是他的手机号码和邮箱。”徐灿指着电脑屏幕给我看。

我打开手机，对着屏幕拍了一张存下来。

“你找我来，是有事想告诉我吗？”我问。从进门时，徐灿一脸欲言又止的神情，已经让我看出问题了。

“我确实是有些事情想要跟你说。”他对我和成泽浩指了指一旁的沙发，“先坐吧。”

办公桌一边的木质书架上，似乎没怎么清理过的样子，落了一层的灰。徐灿走过去，动手擦了擦桌子。

“这件事情说起来有些复杂，既然你能找我，肯定也看过了论坛上那篇关于李招勒的文章了，这件事成泽浩也知道。”他说着，看向一边的成泽浩，“当时事发后，也是他代替李招勒来联系我的。”

“没错。”成泽浩点头附和，“那篇爆料发生后，招勒先生就让我来联系灿哥了。因为大家之前也有过照面，招勒先生本来是想拿到证据后就直接报警的。”

“那为什么后面就不了了之了？”我脱口而出。这个埋在心底的疑问始终没有得到解答。

徐灿像是有些顾虑似的，在这时候又噤声了。他捧起保温杯喝了口水，茶叶流入唇舌间，他咂了咂嘴，弯腰将口里的茶叶吐到了垃圾桶里。

“我想也许是因为那件事……是真的？所以后面招勒先生才没有追究。”成泽浩随着心中的猜测开口。

“不可能！”我斩钉截铁地否认他，“我已经去问过当事人了，那篇仅仅靠着一张图片编造的文章，根本是子虚乌有。”

“其实那个叫胡有为的，”徐灿说，“当时我也见过。”

“什么？”我脱口而出。

徐灿起身走到门口，探身往门外望了一眼，压低了声音：“这里不太方便，我们去楼顶说。”

徐灿推开门，我跟着他穿过狭小的走廊。我的心情忐忑到极点了，默默跟在徐灿和成泽浩的身后爬上楼梯。

楼顶的地面湿漉漉的，坑坑洼洼的，都是几天前的积水。

“楼顶排水一直不好。”徐灿说，“过段时间要找人过来修修了。”

“南方就是这样，隔三岔五就是一场雨水。”成泽浩接了话茬，“我家最近都快发霉了。”

“我记得之前胡有为和李招勒见面那一天，雨下得还挺大的。”徐灿用脚蹭了蹭地面，“是我跟他们对接的，这件事一直埋在我心里很久了，有时候想起来总会觉得有些地方很奇怪。”

“能详细说一下吗？或许这些线索对我很重要。”我问。

“其实之前李招勒来找过我，就是在成泽浩拜托我后的那天晚上。我刚处理完工作，在后台查完发帖人的信息，就把东西发过去了。我本来打算回家的，谁知道李招勒直接过来了。他说要找我亲自确认一下信息，我看到他当时的表情挺奇怪的，我想也许是对我发给他的那些信息有些意外吧。”

“大概和我一样，都没有想到是胡有为。”我说。

“胡有为这个人怎么了？为什么我看到你和李招勒对他都挺惊诧的？”

提起胡有为，我的心情总有些沉重：“我们很早之前就认识了，现在三言两语说不太清。”

徐灿说：“这样啊，不过我也只见过他一面。就是在刚刚的办公室，那天的雨挺大的。李招勒跟胡有为打了电话，外面不太方便，就近约在我的公司见面了。办公室隔音不好，我在外面听见他和李招勒的谈话了，不过当时听得不太清楚，现在也记不得多少了。”

一楼除了办公室，其他的地方都没有开灯。徐灿站在饮水机的角落里接热水，周围黑漆漆的，他费劲地从抽屉里找出了几包速溶咖啡，回头隔着磨砂玻璃门，看到两个模糊的黑影映在玻璃门上。

跟影子一样模糊不清的还有声音，徐灿意识到，他们在交谈一些私密的事情。

徐灿倒了咖啡粉，将包装袋卷起来在水里搅了搅，端起来走了过去。办公室传来的声音激烈起来，这一次他听清楚了。

是胡有为在说话：“如果你报警的话，那我就把证据交出去。”

总觉得这时不该进去打扰，徐灿瞥了一眼锁紧的玻璃门，停在了原地。

片刻的沉默后，传出招勒隐忍的回复：“我答应你到此为止，把它给我。”

徐灿退了回去，把咖啡倒回了一旁的洗手池，打开了水龙头假装冲洗咖啡杯。身后传来推门的声响，他回头看时，胡有为已经出来了。徐灿只看见他的背影，往大门口走去。

徐灿进了办公室，看到招勒坐在沙发的一角，低头慢条斯理地系着衣袖的纽扣。

眼前的情形总让人觉得有些怪异，却又说不清楚。虽然曾经和招勒有过业务上的合作，但在徐灿的印象中他是一个沉默寡言、不好接近的人。当下的情况有些尴尬，徐灿想了想，找了个话题：“要不要出门喝一杯？对面有一家烧烤店。”

招勒没回应，徐灿又补了一句：“我请客。”

招勒抬起脸，神情很平静：“今天谢谢你，不过我要先回去了。”

“外面的雨还在下，一时半会儿停不了，要不然再留一会儿，等雨小了再走？”

“不麻烦了。”

招勒很客气，既礼貌又疏离。徐灿送走了招勒，回到办公室锁门窗。他整理沙发时，摸到了沙发的缝隙里夹着一块冰凉的东西。徐灿顺着沙发缝隙把东西摸出来，借着办公室的白炽灯光，他看见手掌里躺着一块冰冷的石英表。

“说起这块表，我不清楚是谁落下的，问了员工但是没有人认领，我就想也许是李招勒的或是胡有为的，但是断断续续耽误了一段时间就忘了这件事了。”

“只有这些吗？”我问，“你还听到什么话吗？”

“没有了，时隔这么久也就记得这些。”

“很奇怪啊。”成泽浩说。

“是很奇怪，他们之间应该有秘密。”这是我的第一感觉。

下了楼，徐灿从抽屉里拿出了一个纸盒，打开是块掉了半条表带的石英表：“你们谁认识吗？”

手表有些旧了，只剩下一边的表带，带着褐色的斑，看起来脏兮兮的。

“我没见过。”成泽浩否认了，“不过看这表的款式有些年头了吧。”

“很熟悉。”我从徐灿手中拿过手表，手掌触到冰凉凉的表身，才从模糊的记忆里想起来，我之前有过这样一块表。秒针已经停止了旋转，我盯着它认真地看了一会儿，心情复杂得乱成一团，“以前我也有过一块，不过我不确定这表是不是我的，毕竟这么多年了，我都记不清楚了。”

“你再看仔细一些。”

我将手表翻过来，背面刻了一道很深的划痕，我这才确定是我的：“这块表是我的，这道划痕是我之前用刀子不小心划的。”

这块手表是招勒在我生日时送我的，我一般很少戴，只不过不知道为什么之后就突然不见了。

回到医院差不多快到傍晚的时间了，尽管不喜欢被药水味儿腌制透了的病房，可暂时不能离开。

在楼下买了点土豆炖肉，坐在走廊里用勺子舀土豆吃。

土豆很甜，压住了口腔里的苦味。我飞快地吃完了东西，去茶水间接热水喝，动手翻相册，照片中有我从徐灿那里拍摄下来的胡有为的信息。我找到胡有为的电话拨过去，意料之中手机已经停机了。

我咬着纸杯看着手机上显示通话结束的界面，虽然是意料之中，但难免有些怅然。胡有为似乎在躲着什么似的，直觉里他和招勒之间隐藏了一些不可见人的秘密，以至于让招勒可以放弃追究。

我从口袋里摸出那块冰冷的手表，又仔仔细细地看了一遍，它已经坏掉了。

有效的线索并不多，我反复检查从徐灿手中拿到的那些资料。手机号后还写着胡有为的邮箱，我想试着发邮件跟他取得联系。在邮箱里输入几个字母后，收件人一栏自动提示了一串邮箱地址。

我有些错愕，对着资料又检查了一遍，确实是胡有为的邮箱。顺着邮箱地址点进去，前几天我收到的关于文至粤的视频，是胡有为的邮箱发来的。

舌头猛地被烫到，我反应过来时，热水已经洒了一身。我抖了抖上衣，倒吸了一口冷气，接着又检查了一次邮箱，确定了向我发送文至粤视频的人的确是胡有为。

所有琐碎的线索到现在，开始一点点拼凑起来。胡有为的确是从宋戈电脑里拿到监控视频，并且将它发到了我的电子邮箱。

稍微反应过来，我迅速点开了通讯录，拨了宋戈的电话。

“什么事？”那边懒洋洋的口吻。

我紧张得有些发抖：“我找到证据了，前几天你给我看的那个录像。胡有为确实是从你电脑里拷走的监控视频。”

“你确定？”对方问我。

“我确定。我查到他的邮箱了，那份视频就是从他手里发给我的。”

如果说之前对招勒的死因只是单纯的怀疑，而现在我敢断定这一切并不简单。漏洞越撕越大，我在招勒的背后看到那一团漆黑的影子，正在逐渐张牙舞爪地向我靠近。

宋戈沉默了一会儿后在对面冷笑：“看来胡有为在背后做了小动作。”

“目前只能先把他找出来，我联系不到他，你知道他最近的近况吗，或是家庭住址？”

对方没有回答：“你还在住院？”

“嗯。”

“那你先在医院待着好了，这件事我去办。”

我拒绝了：“不行，我好不容易追查到这里，剩下的任何蛛丝马迹我都不想丢掉。”

“明天。”电话中冷场了一会儿，宋戈才回复我，“明天早上我去见你。”

“好。”

第十二章
“爱”是什么？

我看着走廊对面，那个刚刚打翻热水的小男孩。就在一分钟前，他活蹦乱跳地在妈妈面前捣乱，被警告后的下一秒就打翻了妈妈手里的热水。女人怒气冲冲地举起手，一巴掌拍在他的后背上。

走廊里小孩子的哭声绵长又嘹亮，热水溅了孩子一身，裸露的胳膊处已经开始泛红了。孩子的妈妈气愤又焦急，拎起孩子直挺挺地冲进卫生间去了。

提起“爱”这个词，人们对它的第一印象，是温暖的、靠近的。因此大多数人被表面所吸引，奋不顾身投入其中。

直到舔开表层的糖浆，才发现爱是极度复杂的。

我猛地咬了一大口手里的面包，差点儿噎住，举起拳头用力地捶了几次胸口才终于咽了下去。抬头看了一眼墙上的挂钟，是早上七点多钟。

昨天查到胡有为后，我更加确定自己要留下来调查招勒案件真相的决心。我给人事发送了辞职的邮件，到现在他才回复，批准了我的离职。

我一边出神地嚼着面包，一边想着工作的事情，从今天开始，我就正式成为无业游民了。

“好吃吗？”

我抬起头，看到是宋戈。他低头俯视着我，总有一种居高临下的压迫感。

“不知道。”我低头看着手里用塑料袋包装好的肉松面包，“我的舌头是苦的，吃什么东西都没有味道。”

他皱起了眉头：“走了，抓紧时间，我中午还有一趟航班。”

“是要去出差吗？”

“是。”

坐上了宋戈的车，两人都沉默着，一路不发一言。我已经没有上次那样惊慌失措，他也丢掉了对我的抗拒。两个人没有了戒备，却还是像陌生人一样有种不熟悉感。

“快到了。”他提醒了一句。

车子驶进了分岔路口的左侧，车窗外的街道两边坐落着大大小小的店铺，环卫工人正在打扫卫生。一大清早，街头的行人并不算多。

车子停在了路边，下了车，宋戈走到一户人家面前抬手敲了敲门。

“这就是胡有为家？”我问他。

“昨晚打听到的，应该不会出错。”

宋戈又敲了敲，大门紧闭着，无人回应。我看到门边有门铃，动手按了按，也没有任何反应。

“胡闫出去了。”隔壁有人冲我们吆喝了一声。

旁边是一家早餐店，大清早，摆在门前的蒸笼散发着浓烈的热气，那个人正站在一片白茫茫的热气里捡着包子，我看得不太清楚。

走近了，才看清是一个围着红色围巾的阿姨，面颊被热气熏得发红。

“那他一般什么时候回来？”我问她。

她抬起头看了我一眼：“不清楚，才刚出门不久，应该是去菜市场买菜了，可能还要好大一会儿吧。”

“要一笼包子！再来两碗豆腐脑。”宋戈已经越过我进店了。

“好，豆腐脑要加糖吗？”

“放半勺糖。”他转而看向愣在原地的我，“你呢？”

“正常糖量就好。”

餐桌上油腻腻的，动手擦桌子的工夫，热气腾腾的包子和豆腐脑已经端上来了。

我咬了一口包子，嘴里只有油腻的腥味，肉汁充斥在口腔里，却并没有让我产生任何饥饿的感觉，只感到油腻的反胃。我赶紧低头舀了好几勺豆腐脑塞进嘴里。

“你们来找胡闫什么事啊？”

见到老板娘开口，我抓紧问了两句：“胡有为知道吗？我们其实是来找他的。”

“你们找他啊！”对方意味深长地打量了一眼我和宋戈，“前段时间倒是见过，最近就不知道了。”

“他现在一直不住家里吗？”

“不大清楚，反正最近一直没有看见他。”

我用勺子搅了搅碗里的豆腐脑，抬头看到对面的宋戈一言不发地吃饭，从头到尾并没有搭话。

我喝着豆腐脑，又往身后的街边望了望，店铺门口的电瓶车一闪而过。

老板娘冲他嚷了一句：“胡闫，怎么这么快就回来了？”

“车快没电了，先回来充会儿电。”

我放下碗冲了出去，电瓶车在门外停下了。扶着车的中年男人，裹着一件黑色的外套，戴着一顶毛线帽。

“请问是胡有为的爸爸吗？”我试探地问了一句。

男人僵住了半刻，转过脸看我，看起来有些不耐烦：“有什么事？”

我曾经见过他一面，不过是很多年前了。此刻我差点没有认出来，他的体态比之前臃肿了不少，额前的白发稀稀拉拉地从帽子里露出来。

他把电瓶车停好，转而从口袋里慢慢摸索着钥匙准备开门。

“我是胡有为的朋友，我找他有些事。”

“我怎么不记得那小子还有这样的朋友。”

“叔叔，我找他确实有些重要的事。”

“他不在，谁知道去哪儿了。最近他快半个月没有回家来，现在连电话都打不通。”他骂骂咧咧了两句，推着车进了门。

“我确实找他有要紧的事。”见他准备关门，我上前两步抓住了车后座，“你真的不知道他去哪儿了吗？”

胡闫露出一丝懊恼：“李钟川你认识吗？”

“认识，我知道他。”

“前段时间那小子找过他借钱，之后就不见人影了。”他看着我欲言又止，“还有，你如果找到他，跟他说一声让他赶紧回家，不然以后也都不用回来了。”

“好，谢谢你。”

门就在眼前被关上了，今天来找胡有为，胡闫从开始听到这个名字时，表情就没有好看过。我回到早餐店，宋戈还在一边吃着包子，一边用手机处理邮件。

“谈好了？”他头也没抬。

“胡有为不在家，他爸爸也很久没有见过他了，一点音信也没有。一会儿我可能去找李钟川打听一下，胡有为最后和他见过面。”

“知道了。”他起身收拾东西，“这是我最后一次帮你，我一会儿还要去机场，就互不打扰了。”

我说：“宋戈，我还以为你真的放下了。”

“你多想了，我只是顺路来吃个早饭。”

出了餐馆，宋戈去开车，我站在路边远远地看着他。他跟之前不一样了，没有了年少时的稚气，又学会藏起了锋芒。但是如果接触，还是会摸到一排冰冷的獠牙。

他拉开车门后，像是才想起了我似的，跟我客气地告了别：“不顺路，我就不送你了。”

我冲他摆了摆手：“没关系，我打车。”

目送宋戈离开，我沿着街边慢步走了一会儿。

我出来得有些急，打开手机时，才发现已经没电关机了。

街边有一家钟表店刚开始营业，我下意识地摸了摸口袋里那块坏了的手表。

钟表店不算大，我进了店，有个背对着我的男人正在用抹布擦拭玻璃。

听到了动静，他回头看见了我：“买手表啊？”

“可以修手表吗？”

“哦，可以。”他转身走进柜台，从抽屉里摸出眼镜戴上。

我把手表掏出来放到他面前：“不会转了，你看看是哪里的问题？”

“这表挺旧的，款式也挺老的，用了多久啊？”他接过表，翻过来看了一遍。

“应该挺久的，我也记不清了。”

“换过电池吗？”

“还没。”

我打量了一圈店内，看到墙上有电插孔：“可以借一下你的充电器充一下电吗？”

他低头摸出了一个充电器递给我：“你试试看行不？”

“谢谢。”我插了充电器，打开了手机。

我翻开通讯录，扒拉了一页，找到了李钟川的电话。

我和李钟川上次在招勒的葬礼上不欢而散，闹得不太愉快。我也有将近半个月没有再见到他，他似乎很不喜欢提起招勒案件的事情，我心中难免有些忐忑。

但我还是按下号码，拨了过去，很快，电话被接起。

“是我，我是温藻。”

“是你啊，最近过得怎么样？”

“还好，可以见一下面吗？我有些事想找你谈谈。”

对方静默了半分钟：“下午的话，一点半左右我会有一小时的休息时间，这个时候可以见面。”

“你看我们约在哪里对你来说比较方便？”

“就我公司楼下的咖啡店吧，我到时候在那里等你。”

“好，我会准时过去的。”

我挂了电话，转身去看那块石英表时，发现手表已经被拆开，店家正在检查：“不是电池的问题，应该是石英振子损坏了。”

“现在修不好是吗？”

“急不来。”

我看着他手里拆得七零八碎的手表，付了钱，说：“我回头再来拿。”

接近下午的时间，我提前到达了咖啡店。此时已经是饭点过后了，咖啡店里的客人并不多。

我从书柜上抽出一本金融杂志，坐在座位上一边慢慢看着，一边等待李钟川。

耳边响起渐渐清晰的脚步声，桌对面的椅子被人拉开，我顺着椅子抬起头看见李钟川已经坐了下来。他穿着一身黑色的西装，面色有些憔悴，下巴的胡子也没有剃干净，眼睛里还泛着血丝。我能猜到他最近的状态不是太好。我正要问他，倒是他先开口了：“你身上的伤看起来有点严重。”

“没有大碍，只是一点小伤。”

“我已经听说了，这个时候你不是应该还在住院的吗？怎么突然跑出来了？”

“我来找你是因为有些事情想问你。”我有些不安地摩挲着手里的咖啡杯，怕自己期待的答案会再次落空，同时又害怕他会抗拒回答我这件事情，“是关于胡有为的。”

“胡有为？他怎么了？”他的神情中闪过一丝诧异。

“我听说他最近突然失踪了，我去找过胡有为的爸爸，他说胡有为跟你借过钱。我就想，也许你会知道点什么？”

他低头倒了一杯白开水喝了几口：“那你是想来问我什么？”

“我想知道，你知不知道胡有为最近住在哪儿？”

李钟川又低头喝了一口水才将水杯放下来，抬头面向我，语重心长的口吻：“我是不建议你去找胡有为的，他这个人，你也知道，总是会做出一些不像样的事情。那年因为过失伤人被判入狱，去年才出来。你是招勒生前最要好的朋友，想必他也不想让你去接触胡有为。”

李钟川说得不错，我沉思了一会儿，但想要找到胡有为的想法还是丝毫没有动摇。我斩钉截铁道：“我没有关系，你尽管告诉我。就算你不打算跟我说，我也一定要把他揪出来的。”

对方沉默了很久：“你还在调查招勒的事情？”

“是。”

“其实我很不喜欢这样，也许是我太自私了，想起这些事总觉得难受，我很不想再提起招勒的事情。”

我这才有些明白李钟川的想法，他是想要躲避，所以才一直闭口不言关于招勒的事情。

我看着面前低着头的李钟川：“我查到了一些事情，现在还不能完全清晰明了地告诉你。但是我敢肯定，关于招勒的事情肯定是存在问题的。”

“他已经走了，难道一定要打扰他，把所有证据推翻，再重新翻到桌面上让他难堪吗？”

“我不觉得这是难堪，难道因为有些事过于痛苦就要去选择逃避吗？这样做，也只会一直龟缩在逃避的影子里，胆怯、纠结，再继续痛苦。如果招勒的死因真是像死亡报告上陈述的那样，我是不会继续纠结的。但正是因为看到了那些疑点，我才不能选择视而不见。我不想让他的痛苦没有得到解决，如果我选择漠视这些，那我永远都不能原谅自己。”

李钟川沉默着，又低头喝了一口水。

“李钟川，招勒是你名义上的亲人，现在胡有为是离真相最近的人，我必须要找到他。”

“我最后一次见到胡有为是在一个麻将室，我过去给他送过五千块钱。”李钟川终于选择将知道的实情坦露给我，“地点有些复杂，我写给你。”

他从随身的公文包里摸出笔记本和钢笔，撕下一页纸后，在纸上写下一串字。

我从他手里接过纸，拿出手机正要搜索路程，被他打断了：“你不会是打算今天去吧？”

“如果可以的话，我今天就想要去看看。”

“你过去也已经是傍晚了，那片比较乱，三教九流的晚上都出来活动了，而且你病还没好不是吗？我还是觉得你应该先好好休息，等病好了再去也不迟。你现在把身体搞垮，后面又有多少精力可以用？”

今天一大早，我是从医院溜出来的，伤口没有换药，也没有提前跟护士和医生打过招呼。

想到这里，我选择妥协了：“那我先回医院了，谢谢你今天愿意把胡有为的事情告诉我。”

“没事，那你路上小心点。”

我对李钟川点头示意，走出咖啡店的时候，回头往里面望了一眼，这个四十岁的中年男人，此刻全身瘫软地靠在椅子上，低头用宽厚的手指摩挲着眼角的位置，不知道是在揉眼睛还是在擦眼泪。

我又回到了医院，推开病房的门，就看到被收拾得整整齐齐的病床。

电视开着，是新闻频道，正在播放一则国际新闻。妈妈见我进来，用遥控将电视声音按小：“你今天去哪儿了，怎么都不跟我说一声？护士来找你好几次了，昨天也是莫名其妙找不到人。”

“出去了一趟。”

妈妈起身去护士站找护士，我刚挨着床边坐下来，就看到门边有两个护士推着放满药瓶的小车进来了。

上半身只是一些轻微的擦伤，我脱了衣服背过身去，任由护士帮我上药。伤口触碰到冰凉的药膏，有些刺痛。我盯着窗外随着冷风来来回回飘荡的树叶，不知不觉放松了下来。

冰凉的液体又趁机擦拭进来，难闻的气味在身边散发。此刻我感觉自己像是一个任人摆弄，正在上机油的机器。我默默忍受着，直到护士说了声“好了”，我这才松了一口气。

护士交代：“记得睡觉的时候尽量侧躺，别压到伤口了。”

“我知道。”我捡起丢在一边的衣服穿上，靠着床边小心地坐了下来。

“昨天公司临时有要紧事，实在走不开，所以也没能来。不过这两天我请了假。”妈妈问我，“想吃什么？我去买。”

“我不饿。”胃里还是肉包子那令人反胃的味道，最近我只是因为生理原因，才会不断地进食。

妈妈拉过椅子在床边坐下来，似乎想和我讨论什么。她欲言又止了好久，才终于开口：“你怎么都不愿意跟我说了？”

“我想说的时候你不在。”

“前天你弟弟在学校和同学打架了，事情处理到了很晚，所以我也就没来。昨天工作上临时出了岔子，也没能有时间来医院。今天我特意跟公司请了假。”

“我知道。”我叹了口气，每次都是大致相同的理由，让人感觉麻木，“你这套说辞已经百听不厌了，工作和弟弟，每次都是拿这个来搪塞我的。”

妈妈瞠目结舌了一会儿，才说："当年我和你爸爸离婚后，我一个人带你，确实很累。再婚以后，压力很大，还丢了工作。有时候难免会控制不住情绪。这么多年你不愿意回家，我也不好受。"

我诧异地看了她一眼，又迅速地把脸转了过去。

她是个要强的人，很少把软弱的心思摊开，也从没有跟我说过这些话，而我们已经有好多年没有坦诚地好好说话了。

"我去楼下帮你缴住院费了，你就在医院里好好住着，别到处跑了。"

耳边响起轻轻的关门声，我闭上干涩的眼睛，眼睛酸痛得厉害。

她现在谨小细微对我的好，我能感受得到，但越是这样，我的内心越酸涩。我们像是两个不太相熟的陌生人，彼此不敢说错话，不敢做错事，连关切都是带着有距离感的礼貌，没有比这个更糟糕的事情了。

午休的时候，电视上播着午间新闻，我靠在床上，用遥控调高了电视音量。

"太吵了，小声一点。"

我瞥了一眼坐在隔壁空床上的妈妈，她正在用手机和老师沟通。最近两天，她仿佛在盯梢似的，除了吃饭的时候，很少离开病房。我把声音又重新按小，盯着电视，心思却不在节目上。

后天才可以出院，但是好不容易拿到胡有为的这条线索，容不得我再在病房多躺一刻了。但是此刻，妈妈在医院里盯着我，难得才有的相处时间，我不想再让彼此发生矛盾。

她还是和以前一样，健谈极了。也不过是短短几天的时间，隔壁的陪床家属都隔三岔五地来这儿大谈特谈，我经常被吵得睡不好觉。

晚上躺在病床上，身边是妈妈的呼噜声。黑暗中，我看不清她的样子，却感觉意外的安心。

早上醒来，我闭着眼下意识地摸了摸伤口，已经结痂了。

我看向一旁的空床铺，被子叠得整整齐齐。我起身去卫生间洗脸，把乱蓬蓬的头发在脑后扎成一束。镜子上映着我的脸颊，脸色蜡黄，脸上还有瘀青。

我随手用水把镜面打花，关上了水龙头，捞过毛巾擦脸。

我使劲用毛巾搓着脸，却感觉不到疼痛。也不知道是因为什么，突如其来的无力感和失落感让我觉得心口很闷。

卫生间外响起了动静，像是有人进来了。

“我买了粥回来，还买了薯夹。”

心里像是被这个声音锤了一把，莫名其妙地有些紧张，我故作冷静地往外探过半边身，妈妈正在往床边的柜子上放东西。

她没有离开，这几天住院，我身边难得有生活气息。平常工作的时候，回家之后我大多一个人独处，更多的交流也就是对着手机处理工作消息。

像是回到了小时候，我们已经很久没有这样平静地相处了。

我很珍惜这样的平和，认真地吃完了饭，办完出院手续准备回家。

妈妈还开着她那辆用了好多年的车，车门都被刮花了也没有重新喷漆。室外的气温还是一如往日的严寒，我戴着她拿来的一条厚厚的围巾，坐在后座包着毯子取暖。

车子开到了十字路口，红灯亮着，妈妈看了一眼后视镜：“你的车给你停在公寓的停车场了。”

“嗯。”

“什么时候回去工作？”

“我辞职了。”我敷衍着回答她。

绿灯亮了，她开着车行驶了好长一段路。车内沉默了半天，她问：“温藻，我听说你在查李招勒的事？是因为他吗？”

有些意外这突如其来的疑问，我抬头看向她：“谁告诉你的？”

“李钟川给我打了电话，他都跟我说了。他说你这段时间在国内，一直在查这件事。”

我叹了一口气：“这件事我三言两语说不清楚。”

“警方已经定性了。我知道你和李招勒关系要好，但是不该管的事情你不要管。你们只不过是朋友，又不是亲人，还掏心掏肺的。有些事情最好跟我商量一下，我有经验，你又不懂。”

烦躁的情绪突然涌上来了，我不耐烦地说：“我没有跟你商量的习惯。”

“那你做错了可别后悔，说了多少遍了从来也没有听过。”

“我说了我没有跟你商量的习惯。很多事，跟你说了你也帮不了，都是我一个人解决的，那我跟你讲还有什么用？一开口全是责备，根本没有一点儿商量的意思。”

“无药可救了你！以后做什么都不要告诉我！我也不想知道！”

车内的气氛瞬间降到冰点，沉静得可怕。没有人再说话，我死死盯着车窗外，妈妈从头到尾沉默地开着车。

车开到公寓楼下，我下了车，走了几步突然想到了脖子上的围巾。我重新折回去，将围巾解开塞给她：“还你。”

第十三章
会议中的林洵

回了公寓，我乘电梯上了楼，心情郁闷到顶点。一直以来，调查招勤的事情不过是自己的坚持，而在别人看来这一切不过只是我多管闲事。

回到家门口按密码锁，不知道是谁在门把上抹了油漆。我摸了一下，油漆已经干了，转过头看了看走廊，两边的住户大门紧闭，这层楼安静得连走路声都能听得分明。

走廊的油漆味儿很重，我推开安全通道的门，门后放着几个油漆桶，墙刚刷了一半。

这下清楚了。我拧开门，脚下似乎踩到了什么东西，弯腰捡起来发现是一张叠起来的传单。

关上门后拆开传单看，上面也沾了油漆，应该是谁发传单的时候不小心沾上的。顺着宣传单往下看地址，是一个距离很远的超市。

总觉得当下的状况有些奇怪，我蹲下来查看大门底下的缝隙，伸手探了探。

这份传单能发到这里实在有些反常，但也许是我多想了。

夜里没能睡个好觉，我一直睁着眼睛茫然地看着天花板。一直以来自己坚持去做的事情，究竟是对是错，没有人告诉我答案。

我尝试着入睡，脑袋里却乱七八糟搅和成了一团，换好了药的伤口已经开始发痒。

我从床上坐了起来，漫漫长夜却已经没有睡下去的念头。去厨房倒了一杯热水，经过客厅时，我下意识地看向大门。可能是最近经历过太多奇怪的事情，所以对任何一件事都不自觉地保持高度的警觉。

还是无法想通为什么会有人往住户家里投放传单，门口之前安装过摄像头，只是一直没用，当下也无法入睡，我去书房打开了电脑调监控。

这层楼几乎很少有人来，我把监控视频一点点往后推，时间倒退到两天前。傍晚五点四十分，监控里出现了一个小女孩，扎着两只马尾，看起来八九岁的年纪。看样子倒不像是路过的，她径直走到我家门口，然后把手里的传单顺着缝隙塞了进去。

难道是小孩子的恶作剧吗？我皱起眉，又把监控放大了一倍。小女孩身后像是有人似的，她走了几步路又回了下头，频频往身后看去，像是在跟谁确认似的。

我瞬间毛骨悚然起来，快速关了电脑。

回到客厅，不知道是天气冷的缘故，还是害怕，我浑身汗毛竖起，手脚冰凉。

走到大门前，我透过猫眼往外望去，门外黑漆漆的一片，像是被什么东西糊住了，黑得发闷，连一丝透亮都没有。

我握住门把拉开了门，走廊很安静，我咳嗽了一声，声控灯亮了起来。借着走廊的光亮，我看到门后的猫眼处被贴上了一张两寸大的照片，完完整整地将猫眼糊住了。

我扫了一眼四周，快速将照片撕了下来，反手锁住了门。

照片拍得有些糊，不过我还是认出来了，是胡有为。我倒抽了一口冷气，手忙脚乱地再次打开电脑。

监控视频拍摄到是傍晚的时间，依旧是那个背着书包的小女孩，在我回家之后，把照片贴到了门上的猫眼处，然而我丝毫没有察觉。

傍晚是放学的时间，恰好利用一个放学的孩子，又准确地知道我的出院时间，说明那个人已经观察我多日了。

握着胡有为照片的手逐渐开始发抖，我按住自己抖得厉害的手背，将照片一把塞进了抽屉。

我一直以为自己才是主导者，是自己在一条条排查线索，追寻真相。现在看来有人一直站在我的背后引导我，我才是被动的那一个，是被暗中观察的对象。

他也知道我查到胡有为了？看到我迟迟没有动静，这是在提醒我不要忘记?

我之前对自己的决策有所怀疑，却在此刻确信了。有人和我一样在关注招勒的事情，我只需要相信自己的决策就好了。不管背后的人是出于哪种目的插手这件事情，至少证明我目前的判断是正确的，我只需要找出胡有为就好。

次日我起了个大早，去钟表店取了手表回来。

手表已经修好了，时间校正得很准，我又从店里买了一条手表带换上。换了表带后，手表戴在手腕上也看不出多旧了。

上网查了关于这款手表品牌的信息，却一点消息都没有找到。

今天的天气不大好。乌压压的云朵接连一片，连一丝带着颜色的光线都无法透出来，沉闷极了的色彩，像是下一刻整条街道都会被暴风雨掀翻。

手机里的天气预报软件，也提醒着今天有暴雨预警。

糟糕的天气依然没有改变我去找胡有为的计划。中午开车出去，不大一会儿就被突如其来的雨势袭击。连绵不绝的雨声噼里啪啦地响着，吵得我头痛。

李钟川给的地址是在城中村那一片，地址写得复杂极了，我耐心地一边查着地图，一边开车找着。

大雨里路边没有行人，想找个路人打听也没法找到。我把车停在一边，撑伞下了车。四周的街道是一条条串连起来的巷子，前后交错。风雨很大，迎面而来，吹得伞都要握不住了。噼里啪啦的雨水砸在脚上，裤子都溅湿了。

巷子里有简陋的饭馆还有小超市，我跟着手机地图来来回回绕了一大圈路，才终于在一条巷子里摸对了地方。巷子的一边是两层楼的老旧建筑，墙壁脏兮兮的，画着五颜六色的涂鸦。

底下一家小店挂着“明霞理发店”的牌子，我推开玻璃门，合上雨伞在门外抖了抖水，小心地问坐在沙发上正在看电视的中年女人：“打扰一下，我想问问麻将馆是不是在这儿？”

她往屋内指了指：“里面。”

我把伞靠在门外，进去推开了门，穿过走道，理发店后有一个不算大的麻将室。屋里吵吵嚷嚷的，小小的空间内摆放着三张麻将桌，一群人围着桌子，吆五喝六的。

我看不懂麻将，只是钻进人群里，仔仔细细辨认每个人的脸，想确认胡有为有没有在这儿。

“阿佳，你耍赖是不？”跟前坐着的男人作势在桌子上重重拍了一巴掌，猛地站起身，一把将我撞得连连往后倒退了两步。

男人转过身来，嘴里絮絮叨叨的，像是下一刻就准备蹦出刺人的话来。他看到我时，眼里却蓦地浮现出疑惑，嘴里吐出来几个字："怎么没见过你？"

"我是来找人的。"

大概是看我一身窘态，男人反问："找人？找谁？你确定不是自己跑错地方了？"

"他叫胡有为，前段时间来这儿打过麻将。"

"那小子啊？他不在，最近都没怎么看到他，神出鬼没的。"男人重新在桌边坐下来，继续专心地搓着麻将。

"他最近一次来这儿是什么时候？"我问。

"一个星期前吧。"

"那你知道怎么联系他吗？他住在哪里？"

"我怎么知道，他也就是有时候会来搓盘麻将。你找他有事啊？用不用等他来了我跟他说一声？"

"不用了。"眼见在这些人嘴里也问不出什么有用的信息，我在屋里徘徊了一圈，确实没有看到胡有为半点影子。

我在麻将室等到深夜，除了来来往往打麻将的人，并没有见到胡有为。这是他最后出现过的地方了，在有限的线索下，我别无他法，只能用最笨拙的方法选择守株待兔。

大雨在两天后才淅淅沥沥转小，我也在麻将室蹲了两天，依然毫无收获。

下午看着麻将馆关门，我才拖着疲倦的身体回去。一直以来都没有睡好觉，昏昏沉沉地回了家。

等电梯的时候，我靠着墙边眯了一会儿，睁开眼时电梯门已经开了。我揉了揉眼睛进了电梯，电梯上的人陆陆续续下去，前方只剩下了一个小女孩。

电梯终于到达了，她先出了电梯门。看着她的背影，我总觉得熟悉，她往我家的方向走过去，经过我的门。

书包也和监控里的一模一样，个子也差不多高，途经的路线跟监控一样。

我几步上前抓住了她的书包：“你等一下。”

小女孩被扯住了书包带，有些惊慌地转过身。

直到看到她的脸，我才确认是监控视频中出现的那个往我门里塞广告宣传单的小孩子。

“你是不是往我家里塞超市的宣传单了？”我问。

“啊？”

“还在我门上贴照片？”

小女孩一脸紧张，结结巴巴地否认：“不是……我。”

“别怕。”我意识到她有些紧张，在她面前蹲下身，“姐姐家里有零食，你好好说，我给你拿些零食吃。我保证，也不会跟你家长告状。”

她愣了一会儿，才点点头。

冰箱里空空如也，我又在屋内扒拉了半天，才找到几包薯片和一包棉花糖。

小孩子贪吃，不过面前的小女孩还算矜持，一包一包地把零食往书包里塞。

“为什么把传单塞我家里？”我问她。

她想了想，告诉我：“有个姐姐给我的，她说让我把那张纸塞到你家里。”

“姐姐？她长什么样子？”这显然有些出乎我的意料。

“她很漂亮，还给我买了蛋糕。”

“那个姐姐多大？你还记得吗？”

“好像和你一样大。”她认真地回答我，“反正比我大。”

能和这件事有联系的人并不多，我当下想到了文至粤，打开手机在网上随便搜索了几张她的照片，递到小孩子面前：“是这个姐姐吗？”

小女孩几乎要把脸贴在屏幕上了，才犹豫着回答我：“长得有点像，好像是她。”

“早该猜到是她了。”我把手机收起来，从一开始就应该预料到，除了她没有别人了。谁还会如此关心招勤的事，现在发生的一切对于我来说都毫不意外了，只不过她这样做的目的是我暂时想不明白的。

她到底观察我多久了？又是从什么时候开始的？撒谎出国留学是为了掩人耳目，借机偷偷留在国内才是事实。

那么，她这个时候肯定也在关注我现在调查胡有为的进度。

文至粤的事无法推进，关于胡有为也再没有半点线索。我每天往返在家和麻将馆之间，接连半个月，从开始时的焦虑到慢慢被磨掉了脾气。

天气时而闷热潮湿，时而暴雨倾盆，再过几天就挨到了五月份了，是即将立夏的时候。

吹了冷风连着咳嗽了几天，晕晕乎乎醒来时已经是下午了，我起来冲了杯感冒颗粒，猛喝了一大杯。

擦鼻涕的纸到了晚上已经扔了半个垃圾桶，高中老同学打来电话，说是要办同学会。

“咱们那一届，在国外工作的好几个，结婚的也有离婚的。对了，你结婚没有？”对方问我。

“没有。”我老老实实地回答。

这个老同学叫方子启，说起来我跟他也不怎么熟识，不知道这会儿他怎么有兴致打电话过来了。

本来也无事可做，便约好了两天后休息日见面。到了酒店包厢，一进门发现才不过十个人，屈指可数。一直到酒席散会，也都没有再来人。

“这怎么都临时放起鸽子了。”方子启走到包厢外打了几通电话，回来就直接入座了，“没事，先吃吧。都有事，人是来不成了。”

我默默地坐在角落里吃菜，时不时应付几句。

觥筹交错间，大家一边谈几句高中的趣事，一边又聊几句现在的工作境况。

谈到我时，问我：“现在在哪儿工作呢？”

“待业。”我勉强笑了笑。

吃喝到最后，大家也都放开了。方子启不知道从哪儿找出了一大堆照片，像是高二体育运动会上拍的，挨个指着照片说着趣事：“那天我拿着相机拍了好多呢。”

翻了一会儿看见林洵的照片，她拿着奖杯站在领奖台上，脸上尽是热汗，眉宇间却是藏也藏不尽的兴奋。

“这是跑步比赛吧，我记得林洵拿了第一名。”

“是啊，好像当时我们班参与的运动项目就她拿了第一名。”

真是意气风发，我看着照片上的林洵，脑海里晃过这个念头。

“可惜了。”大家谈到这个话题，都觉得惋惜。

林洵，高二时因为意外溺水去世了。

聚会到傍晚就散了，大家各自有着自己的事情要去忙。我去了趟洗手间，在公共洗手池边遇见了方子启，他正对着镜子整理头发，见到我时收敛了动作：“回家啊？”

“是。”我抽了张纸擦手。

“我想问你件事。”

“嗯？”

“高中的时候你和林洵关系好，我手里不是有她很多照片嘛，我就想着给她父母送过去，但是我又找不到他们住哪儿。”

“这样打扰，恐怕不合适吧。”毕竟是过去很多年的事情了，我说，“睹物思人，恐怕会让人难受。”

“我天天看着照片也难受，照片放在我手里也是闲着，发挥适合的价值才好吧。说不定人家真的需要呢！”

我听他这样说，愣了一会儿。怪不得我们这样不熟悉的关系，他会主动给我打电话闲谈，邀请我过来赴约，原来有一半的原因是因为这件事。

“你是哪种人？”我问他。

“啊？”他有些不太明白。

“如果你的至亲或者挚友去世了，你会因为害怕面对或者睹物思人，就绝口不提？还是会因为舍不得，把他的每件事或者留下的东西都放在心上？”

方子启思考了一会儿，说：“嗯……我想我大概率属于后者吧。”

“我最近倒是遇到了前者，他不喜欢我提起来。”说起这个，我又想起了招勒的事。在这件事情上，我也是第一次见到像李钟川这样的人，打破了我以往对于人惦念逝者的印象。

“不是很明白，就算再闭口不言又能怎么样。心里的思念又不是假的，就算再逃避，也总会在不经意间想起来吧！倒不如把这份感情好好整理。除非他是愧疚，所以不愿意面对。”

“愧疚？”我倒是没往这方面想，“也许他是想忘掉过去，好好向前吧。”

“好好向前跟怀念逝者又不冲突。”

他说这句话倒是猛地点醒了我，我愣了一会儿。身在局里的我，有些看不透状况了。最近因为招勒的事，对任何事情都小心翼翼的。

我说：“把照片给我吧，我去送一趟。”

“没想到啊！会不会麻烦你？”

“没事。”我从方子启手里拿到了照片，塞到了包里。

“你住哪儿？要送你吗？”他跟我客气。

“不用，我开车来的。”

半夜睡不着，我开了灯看方子启给我的一沓照片。

运动会上，林洵穿着一件紫色的运动套装，头发扎得很高。即使一身热汗，皮肤依然白得发光。如果她现在还在，一定出落得漂亮极了。

失去了招勒之后，我才明白思念的意义，慢慢懂得珍惜。那时候我并不懂得失去的情感，只是单纯觉得惋惜。

但是，这世界上也有人一直在思念她。我把照片用盒子包好，准备明天送过去。

次日醒得早，我开了半天的车才到林洵家。

我敲了半天的门，才听到屋内有了响动。我紧张而又踌躇，如果一会儿见面他们拒绝了我，也只能算我和方子启自作多情了。

门开后，见到的是一个阿婆，掩着半边门问我：“怎么了？”

“我找林洵的父母，有些事。”

“林洵是谁？”

我愣了一瞬："他们不是住这里吗？我之前来过这儿的。"

"怎么了这是？"门内传来另一个声音。

我透过门缝，见到一个个子高大的中年男人一边穿着外衣，一边往这里走过来。

阿婆回应："找错人了，说找林洵，哪里认识喽。"

"林洵？"男人明显诧异了片刻，"你说的是房东的女儿吧，他们一家早就搬走了，现在房子租给我们住。"

"走了吗？"我有些失落，"你们知道他们搬去哪里了吗？"

"他们回老家住了，祁舟镇成前港村，具体的地址我也不清楚。"

"谢谢。"

我站在街边，犹豫着是先去麻将馆蹲胡有为，还是先去找林洵的父母。

看着手里包好的照片好一会儿，我才做了决定。回家收拾行李、身份证件，上网查票发现最近的只有凌晨两点的一辆长途客车。

我拎着包到了车站，等到凌晨两点，终于上了车。车上只有零零散散三四个人，我抱着行李包坐在后排。

我搜了一下地图，距离到达成前港村还有将近九个小时，打开手机翻了翻曲库，调了一首《A Lifetime》，便戴上了耳机。

车上开了暖气，所以不算太冷。客车出了站，慢悠悠地开了一段时间，随后上了高速。车速加快起来，我透过玻璃，看着窗外漆黑但不算沉闷的夜色。

林洵的事已经过去这么久了，没有想到还是被旧事重提。她的模样在我的记忆里已经很模糊了，但提起她，总觉得她还是那样年轻。

夜，像是人心中那一抹宁静，我慢慢闭上了眼睛。

第十四章
借刀杀人

2009年，我升入高二，课程繁忙得厉害。

晚上熬夜写作业，第二天一觉睡到了早上八点。迟到虽然没有那么可怕，但恐怖的是这已经是一周内连续两天迟到了。

赶到时，英语课刚进行一半。

姜老师瞪了我一眼："先进来上课，下课后到我办公室来。"

刚坐下来，背后的林洵戳了戳我："你来这么晚，我们还以为你出事了！"

"我怎么会出事？"我反问她。

"你不知道吗？今天早上听到别人说，昨天傍晚的时候，住宿的学姐们去浴室洗澡，好像是被人偷拍了。"

"那……人抓到了吗？"

"抓到我就不会问你有事没事了。"

还想再聊些，姜老师的目光已经扫了过来。我赶紧从书包里摸出英语书，低头跟着黑板记笔记。

尽管不想下课，但跟着抄了半页语法笔记后，下课铃声及时响了。我识趣地跟在老师身后进了办公室，一进门看到两个女孩子正哭哭啼啼地在姜老师的座位边站着。一个短头发的女孩哭得很凶，另一个扎着高高马尾辫的女孩子比她稍微镇定一些，周围围了好几个老师，正在安慰她们。

姜老师问我："温藻，你怎么回事？早自习迟到不说，打你家电话还没有人接。"

"我家电话坏了。"

他拧着眉毛，随手撕下一页纸，丢给我一支圆珠笔："写检讨，写满为止。"

我拾起纸，找了个角落里的位置坐下来写检讨。

身边絮絮叨叨的说话声和小声抽泣的声音传入耳朵，我转身看去，那个短发女生还在哭。

"我们正在换衣服，就看见身后好像有闪光灯闪了一下。"高马尾的女孩子说着，心情低落地垂着头，"我们就听到几声手机拍照的声音，正疑惑谁会在浴室里拍照，我就追过去看，发现一个男生从浴室里跑了出去。"

"看清他长什么样子了吗？"站在她们身边的女老师循循善诱地问。

"没有，当时太紧张了，他跑得也很快。见到是个男生，我们赶紧躲了回去。"

"当时浴室还有其他人吗？"

"好像就我们两个。"

"怎么办啊，老师？"短发女生擦着眼泪，情绪有些崩溃，"是不是抓不到他了？那些偷拍的照片被别人看到该怎么办？"

"没事的，老师们都会想办法的。"

我正看得专注，面前的桌子被姜老师叩响，我冷不丁地回过头来，看到他盯着我："怎么还不快写检讨？"

"我现在就写。"

我埋头写完一页诚恳的检讨书，又做了保证，姜老师这才放我离开办公室。临走前，两个女生还继续待在办公室里哭哭啼啼。

女生浴室被偷拍的事情尽管被老师们私下里要求保密，但还是有小道消息在暗地里疯狂地传播。

女生浴室一连整整一周，都没有人再敢去。偶尔路过女生浴室，远远地就会看到一两个男老师在附近守株待兔地徘徊。

放学后，我趴在桌子上整理文言文的翻译，背后的林洵在对着镜子整理刘海，絮絮叨叨地对我说："我觉得那个男生是不可能抓到了，你说哪有这么光明正大逮人的，我要是那个偷拍的，早就坐火箭跑路了。"

我回她："说不定真的能抓到呢？"

"不可能了，你看老师们都放弃了，这两天都没去浴室外守着了！"

"唉，一起回去吗？"我问她。

"不用了，一会儿我爸爸来接我。"

我把写完的错题本装进书包，背起书包向她告别："我先走了。"

这时候学校的人很少，刚出教室，远远地看到招勒站在校门口，他似乎也看见我了，抬起胳膊冲我招了招手。

"招勒。"我小跑上前跟他打招呼，"你怎么还没走？"

"刚好就看见你了，也不急着走。"

我隐隐有些开心，一会儿又听他说："温藻，以后放学如果落单了，可以来找我的，这段时间我会晚走一点。"

我这才反应过来，他大概是因为最近女生浴室的事情。我问："那件事你也知道了？"

"嗯。"

“其实不用多担心，这里是学校。”

“但还是尽量小心点。”

“我知道。”

女生浴室偷拍事件渐渐平息了下来，周五放学，我和林洵约着去学校附近新开的漫画店看漫画。

我跟着她在漫画店的前台存了书包，从书架上挑了几本漫画，窝在角落的沙发上看。

漫画店很安静，囫囵吞枣地看完两本漫画时发现天已经黑透了。

我伸了一个懒腰，小声地问林洵：“你不回家吗？”

“等我把这本看完就走。”

“那我先走了。”

“嗯。”她还聚精会神地盯着漫画书，头也不抬地应付着我。

我从前台那儿取了包，在店门口等了半天也不见来一辆出租车。漫画店这一片位置偏僻，周围还有未施工完成的建筑工地。出租车一般很少从这儿经过，再加上晚上的缘故，这下一辆也见不到了。

我一路走着，一路寻找着车辆，不知不觉走了半个小时，也不知道自己绕到了哪里。

前方终于驶过了一辆出租车，我伸手拦下来，打开车门上了后座。

报了目的地后，我打开书包找零用钱，扒了扒却连一个硬币都没有扒出来，倒是摸到了高三语文书、数学书出来。

我拎起书包打量了一下，长得倒是一模一样，不过我的书包链子上挂着一个毛绒玩具，这个书包上并没有。

“师傅，不好意思，我想下车。”我有些窘迫，“我拿错书包了，要回去一趟。”

一路折回漫画店，我气喘吁吁地跑到时，面前的店门口悬挂着“休息中”的木牌，从玻璃门往屋内看，里面已经熄灯了。

没有想到会发生拿错书包这样的失误，借着路灯昏暗的光，我从书包里翻出语文课本打开。课本上的笔记写得歪歪扭扭的，错记漏记，看样子不是个好好学习的人。翻回第一页，纸张正中央赫然写着“胡有为”三个龙飞凤舞的大字。

我愣了一瞬，又把课本再凑近一点，才确定自己没有看错。

抽出数学课本，第一页的名字写的也是“胡有为”，真没想到会有这样不巧的缘分。

书包里除了两本课本，还塞了一些纸巾、作业本和圆珠笔，以及一本课外读物，叫《动物图鉴》。随手翻看着，书页里倒是夹着不少照片。我抽出了一张，是一个女孩子，她的手抓着衣服的边角，准备换衣服。

她身后的背景很眼熟，我仔细想了想，却吓了一大跳，这是学校的女生浴室。

我手忙脚乱地把照片都翻了出来，一共有十五张，是同一个女生换衣服的照片。

前段时间，女生浴室偷拍的事件至今没有抓到偷拍者，没想到今天在误打误撞的情况下，我却拿到了第一手资料。

我除了惊诧，随之而来的还有不知所措。

举报还是送回去呢？我没有答案，在街边原地踌躇了几圈，也没有想到合适的办法。

也许可以回家跟妈妈商量，但是最近因为弟弟的事，她忙得焦头烂额，也不怎么理会我，根本没有精力去处理这件事。

如果我跟老师举报，他也无非是被教育批评。但是依照胡有为记仇的个性，我恐怕会被他一直针对了。

这个烫手山芋此刻在我的手里，让人心烦意乱。

回到家，妈妈和弟弟已经睡下了。我站在她房门外犹豫了好一会儿，想和她商量的想法还是被扼住了。

直到周一，关于那些照片还是没有找到合适的处理方法，我也不想再把它交给胡有为，斟酌了一会儿还是把那些照片锁进书桌里。

我忐忑不安地去了学校，早自习一下课，就听到同学喊我名字了："温藻，外面有人找。"

我往窗外看过去，胡有为正站在走廊里，肩上背着我的书包，看模样似乎有些焦急。

我提着他的书包出了教室："还你。"

"你没有没乱动我东西吧？"他脸色不太好看。

"没有。"

他接过书包，也没检查东西，一声不吭地拎着自己的书包回去了。他有些心不在焉的样子跟以往的嚣张跋扈的状态相比简直判若两人。

等胡有为走远了，我才松了一口气。我已经想到了对策，如果胡有为发现丢失了照片，找我来质问，我一定咬死矢口否认。

预料到胡有为不大一会儿就会回来向我要照片，我忐忑不安地等待着，然而过去了大半天，他也没有丝毫动静。他今天举止有些反常，除此之外，反常的还有林洵。认识她一个半学期了，印象中她从未请过一次假，但是直到下午上课，也没见到她。

下午第二节课时，姜老师让班长把我叫到了办公室。

我英语一向不好，想到早上刚交上去的英语试卷可能让他大动肝火了。

进了办公室，果然第一眼就见到姜老师愁眉不展的。我站在门口不敢向前，犹豫着要不要进去，被他发现了。他说："站在那儿干什么？过来有些事要问你。"

我小步慢吞吞地走了过去："老师。"

"你和林洵玩得比较好，是吧？"他问。

没想到一开口居然问的是这个，我不知所云，顺着他问的话点了点头。

"林洵失踪了，听同学说看到你们周五在一起是吗？"

我蒙了好一会儿，才回他："是。"

"你们去了哪儿？"

"明怀路的漫画店，我们在那儿看漫画，等晚上我就回家了。"

"漫画店已经找过了。"他嘟囔了一句，"我听她父母说，最近林洵和他们吵了架，所以心情不好。这边警方不排除离家出走的可能性，你和她相处的时候，觉得她最近情绪怎么样？"

"还……好。"我倒是没有察觉出她有什么怪异的地方。

"我知道了，你先回教室去吧！我给她父母回个电话。"

走到办公室门口，他又喊住我："这件事先别往外传。"

回到教室，我看着林洵空空荡荡的桌子，频繁出神。我没有想到那晚和她分开后，居然发生了这样的事情。

接连两天，林洵都没有来学校上课。

关于她失踪的消息不知道被哪位好事者捅了出去，开始小范围地传播了起来。

下午时楼廊挤满了人，警车来了学校，引得不少人都去围观了。我挤在人群里，看到几个警察跟着老师进了办公室。听说有人在钓鱼的时候，在河里捞起一具尸体。经过确认，死者是林洵，警察来是为了调查的。

我没有想到会是这样的结果，心情沉重，上课也开始心不在焉。

体育课自由活动，我独自坐在树荫下看蚂蚁。身边坐下了一个人，我看过去时发现是胡有为："谈一谈？"

我下意识地紧张起来，手忙脚乱地起身离开，被胡有为拉了一把又坐了下来。

"照片呢？"

"什么照片？"我局促地应付。

"我夹在《动物图鉴》里的照片，你把书包还给我后，就不见了。"

"我没动你的书包。"说出这句话时，我已经开始心虚了。

"这样好了，你把那些照片还给我，我以后不会再来打扰你。我们就当什么也没发生。"

他这样追问照片的事，倒是让我联想到林洵了。

"周五的那天下午你也去了漫画店，你见到林洵了吗？"

胡有为挑起了眉毛："她是谁？和我有什么关系吗？"

大半个学校都在传这件事，而关于林洵的名字几乎到了尽人皆知的地步。他却说自己并不知道，让人有些意外。

"趁着我好好说话之前，把照片还回来。"胡有为的声音很轻，却是威胁的口吻，"我这个人最不喜欢别人在我背后嚼舌根，所以和我无关的事可不能乱说。不然被我知道了，你以后就要多受我的关照了。"

我浑身发抖，他摸了摸我的头发，盯着我不断躲闪的眼神：“我就在你看不到的地方看着你呢！所以不要帮我主动惹事。”

我紧张地屏住了呼吸，在他的抚摸下浑身起了鸡皮疙瘩。

直到他走了，我才开始大口大口喘气。这个像魔鬼一样的人，我算是领教到了。

体育课后有一节化学课，现在因为林洵的事已经没办法上了。我配合着警方做调查。

“你平常和林洵关系怎么样？”警察问我。

“还好，偶尔会一起吃饭。”

“那天晚上你是几点离开漫画店的？”

“大概八点。”说到这儿，我想到胡有为，斟酌了片刻还是没有把他说出来，毕竟是没有必要的麻烦，“我走的时候林洵还在里面看书，然后我就再也没见到她了。”

警察又问了一些问题，班上的同学挨个都被询问了一遍，漫长的调查才过去。

受了胡有为的影响，一整天我都心不在焉的。

放学时，学校门口有卖自制冰激凌的，秋天的天气不算太热，这个季节买冰激凌的人很少。想起来林洵很喜欢吃这家的甜筒，我上前要了一个草莓口味的甜筒。

盯着搅冰激凌的机器出神，店家做好了冰激凌递过来我也没接。四下气氛尴尬，我反应过来慌忙接过，正准备付钱，倒是有人先帮我付了。

“在想什么？”招勒付了钱，看了我一眼。

“有些事，不知道该怎么做才好。”

“说说看。”

我转了转手里的甜筒，咬了一口，冰冷的冰激凌冻得舌头发麻，这才让我清醒了过来。

招勒送我去公交车站，等到人少了我才开了口：“周五我去漫画店看书，和胡有为互相拿错了书包。我在他的书包里……发现了一些照片，那些照片是他在女生浴室偷拍的。今天下午他来找我，说了一些威胁的话，让我把照片还给他。”

“你把照片留下了？”

“嗯，我不知道该怎么处理，只能先放自己那儿。”

招勒的神情有些严肃，像在思考，等送我到了公交车站才开口：“明天你把照片给我，我把它交给胡有为。”

我犹豫了一会儿，同意了，虽然不知道招勒想做什么，但对于他的处事方式我一直是放心的。当下他的态度，似乎是想把照片归还给胡有为准备息事宁人。

招勒的班级在另一栋教学楼，往来也需要十几分钟的时间。我把照片包在纸袋里，特意挑了大课间的时候去找招勒。

胡有为这时候不在班里，这倒让我长舒了一口气。教室很安静，班上的人都在睡觉，招勒正在座位上整理试卷，而隔他几个位子的宋戈此刻趴在座位上睡得更是连口水都流出来了。

我小声喊了一句“招勒”，他往外扫了一眼，看到我了。

“这是照片。”我把包好的纸袋交给他。

他低头撕开了纸袋的封口，抽出照片快速扫了一眼，又放了回去，语气平静：“我知道了，你先回去吧。”

下了楼，我还是有些不放心。招勒和胡有为的关系一向不好，我很怕再闹出事了。

我返回去想稍微叮嘱一下招勒，却看见招勒正在慢条斯理地撕开那个纸袋，随后把一沓照片塞进胡有为的书包，连带着顺手把身边桌子上放着的一块玉石吊坠一起塞了进去。

我本来想喊他的名字，只是见到他这样古怪的行为，让我有些不懂了。

大课间的休息时间很长，也不担心一会儿上课会迟到。

我耐心地在教室外站了一会儿，透过教室的玻璃窗户，我看见招勒在座位上坐下，继续整理试卷。

片刻后，陆陆续续有几个女孩子结伴回了教室。其中一个短发的女孩子在招勒身边的座位上坐下来，摸了摸脖子，又扒起了抽屉，像是在找东西。

找了一会儿，她干脆把抽屉里的书一股脑地搬到了桌面上："我的东西呢？"

"怎么了？"招勒偏过脸，问她。

女孩子找得急躁，声音也很是响亮："我平时戴在脖子上的那个吊坠不见了，那可是我奶奶给我买的。"

也快到上课的时间了，被女孩子吼了一嗓子，睡觉的同学也醒了不少，有些不知所云地往招勒那边看去。

"是上次你让我看的那个玉石吊坠吗？"

"是这个。"

"应该在胡有为那儿，你可以找找。"招勒说话还是不紧不慢的，更像是运筹帷幄，"刚刚我看到好像是他从你这儿拿走了。"

"谢谢啊。"女孩子走到胡有为桌前，动手去翻他的书包了。

翻了一会儿，像是没有找到，女孩子把书包从抽屉里拉了出来。

上课铃声在这时响了，胡有为分秒不差，嘴里咬着还剩一半的烤肠，从楼下健步如飞地冲了上来。

我和他对上了视线，他刚要上前跟我说话，却被教室里的短发女生搜他书包的一幕给吸引住了。

“你动我东西干什么？”他飞快地把剩下的半根烤肠吞下去，一进教室一把将女孩子手里的书包扯了过来。

“我的吊坠在你这里。”

“谁拿你的吊坠了？”

“刚刚我都扒到了，被书压在最底下。”

“我都说了我没有拿，少在这里冤枉人了。”

“既然你说你没拿我的东西，你怎么不敢让我翻你书包？”

胡有为伶牙俐齿：“你想翻就翻啊？谁给你的权力？”

短发女生憋红了脸，上前一步抓住了胡有为的书包往外扯。胡有为死死抓住不放，怒不可遏地还击：“你再动一下试试？”

两方誓不罢休地剧烈地拉扯着，胡有为使出了全力，拉住书包带猛地往后拉扯，跌跌撞撞地往后退了几步。课本从书包滑出来掉了一地，顺带着那十几张偷拍的照片也跟着从书包内飞散出去，飘得到处都是。

任课老师刚进教室，一张照片正好飘到了他的脚下，他捡起来看一眼，表情慢慢凝重起来：“这是什么？”

“我说你怎么不让我翻书包，原来是偷偷藏了这种东西。”短发女生讥讽了一句。她从地上散落一堆的书里，捡起了自己的吊坠，瞪了胡有为一眼，回到自己的座位上坐下来了。

剩下胡有为独自望着散落一地的照片，和老师面面相觑。

“这课没法上了。”老师气得脸都僵了，“胡有为，带着你的这些照片去办公室。”

我看向招勒时，他依旧那么平静，头也不抬地低头翻着课本，显然早已预料到了这样的场面，真是一次致命的借刀杀人。

以往他在我心中的印象，一直是温和谦逊的。今天意外地撞见了他的另一面，对以往的印象有了颠覆。从和他认识的时候开始，我就始终觉得他的性格超越了同龄人的稳重和成熟，像戴着一张面具。而现在，我意外地看到了他的不同。

已经上课好几分钟了，我匆匆离开时，招勒望了过来，看到了我。我看到他原本平静的脸上有了些不显痕迹的慌乱，尽管维持得很好，但还是被他的眼睛出卖了。

那双眼睛充斥着慌乱的情绪，带着疑问。我没看得太清楚，只是觉得似乎在那一刻，他的某处情绪似乎有些崩盘。

第十五章

我找你好久了

“胡有为偷拍事件”也不过是半天的时间就在学校火速传开了。

最近因为林洵的事，校方有些头痛。现在又发生了一起胡有为的事情，听说校长开会的时候，谈起胡有为，因为情绪过于激动当场流了鼻血。

胡有为的事情处理得很及时，第二天一早，处理结果就被贴在学校的公示栏上了。勒令胡有为停课两周，书面检讨。

胡有为被处理的当天，林洵的溺水案也有了调查结果，因为在河边意外失足而造成的溺水死亡。

生活慢慢趋于平静，而无形中我慢慢察觉到招勒的古怪，他似乎在有意避着我。

那天，我亲眼看到他不动声色地处理了胡有为的事。而被我发现后，他望着我的眼神让我久久难忘，更确切地说，我是不解。

早上等学校开门的时候，我看见招勒坐在面包店里睡觉。

早晨的面包店没有多少人，冷冷清清的。招勒坐在靠窗的位置，面前的圆形桌子上放了一杯白开水和吃了一半的三明治，还有用玻璃杯压着的几张试卷。他抱着胳膊坐得很直，乍一看以为只是坐着而已，细看才发现他睡着了。

我敲了敲玻璃窗户，他没有任何反应。

我从大门进了面包店，点了一份热狗和牛奶，端坐在他的对面。

直到我吃完了热狗，偷偷偏过身看他的试卷时，他才醒过来。

他懒洋洋地看了我一会儿，似乎还没彻底睡醒的样子。他稍微清醒了一些，喝了些开水，接着继续吃着剩下的半个三明治。

吃了几口三明治，他问：“那天……你都看到了？”

“什么？”

“胡有为照片的事。”

“看见了。”我不知道他为什么会问这些，“照片是你放进胡有为的书包里的，那个坠子也是，我都看到了。”

对面沉默了一会儿：“你觉得我做错了吗？”

我抬头看招勒，他的眼睛深邃得像是一片深海要将人绞死进去。那天我们在码头海岸，他也曾经对我流露出一模一样的眼神，让人恐惧得不敢靠近。

虽然招勒的做法有些出乎我的意料，但目前看，这的确是一个能全身而退的处理方法。以招勒和胡有为两家的亲戚关系，我理解招勒不方便主动出面的难处。

“没……没有。”我吞吞吐吐地回他，“我只是当时觉得有些意外而已。”

他收回了目光，整个人淡漠而疏离。他没有再说话，默默吃完了三明治：“我先走了。”

从头到尾，他没有再看我一眼。

“招勒！”我喊住他。

他回我：“那才是真的我，温藻，让你失望了。”

等他走后，我才慢慢回过味儿来。我终于理解了那天他在教室内看向我的眼神，那是被看清面具后真容的惊慌。招勒一直是敏感的、不安的，然而这份敏感和不安却被我撞见了。他像是一只伪装成绵羊的狼被撕掉了面具，又担心有人无法接受自己。

刚刚他是在试探，而结果是，他不信任我，觉得我无法接受那个真正的他。

自从那天在面包店见过一面之后，我和招勒像彼此约定好了似的，再也没有主动找过对方。

像是突然之间，我们变成了刻意保持距离的陌生人。

最近一次见到招勒，是在学校的羽毛球室，两个班级的体育课撞在一起。我和同学在打羽毛球，在人群中找到他时，他正靠墙坐着在给身边的女孩子讲题。

直到下课，他也没抬起过头。等我再看过去，他已经走了。

十一月份，天气已经开始变得很冷了，即使我开始穿上厚厚的高领毛衣，每天早上去学校跑步的时候，还是会被冷空气吹得浑身僵硬。

早上大课间跑完步，站在跑道外喘气时，我感觉耳朵里像是钻进了蜜蜂似的，在不停地“嗡嗡”乱响。

好不容易到了休息日，我本打算在家好好休息，又被通知周末学校要组织高中部一起举行秋游活动。

中午抱着被子晕晕乎乎地趴在桌子上写着作业，妈妈敲了敲我的门：“我去超市买点东西，你看着弟弟。”

“好。”我答应着，收拾了作业本往客厅挪过去。弟弟还在睡觉，我刚写完语文作业，小床上有响动，他似乎睡醒了，在翻着身，断断续续的哭声很快就随之而来。

我扔下作业，手忙脚乱地想要抱他，小孩子沉甸甸的，想抱却无处下手。想到平常弟弟一哭的时候，妈妈总是会给他冲奶粉。

我去厨房找了奶瓶，准备冲奶粉。保温壶里没有热水了，我赶紧烧了开水，洗干净了奶瓶，舀了几勺奶粉。

客厅的哭声持续不断，我焦急地等待着水烧滚，舀了奶粉冲了进去。

偏偏这时客厅里响起了清脆的“咚”一声闷响，哭声变得撕心裂肺起来。等我到了客厅时，弟弟不知道什么时候从小床上摔了下来，在地上大哭着。

我吓了一大跳，奔过去将他抱起来，手掌摸在他的脖颈上，有粘糊糊又温热的触感。我缩回手来看，手掌上沾染了血迹。我的脑袋顿时一片空白，哭声在耳边不断放大，我的脑海里也在“嗡嗡”响着，完全不知道自己该干什么。

还在不知所措时，妈妈回来了，大概被面前的一幕吓了一大跳：“这是怎么了？我才出去一会儿。”

她上前一把推开我，弟弟被她小心地抱过去，脖颈处的伤口暴露在大家的视线里。我缩回了手，心中感到愧疚，只是小心翼翼地看着他们，没有吭声。

妈妈顺手摸到了脚边滚烫的奶瓶，又被瓶子烫得瞬间松了手，转而面向我，面带怒色：“这么烫能喝吗？你不知道用温水啊？”

“我不知道。”

“你不知道你不会问啊？”妈妈抽出床上的毯子，将弟弟严严实实地裹住，开车往医院送了。

妈妈回来的时候，已经是晚上了，我还没有睡觉。她开门的那一刻，我就听到了声音，警觉地留意着门外的响动。

她并没有在客厅里停留太久，我听到从隔壁房间传来开关门的声响，门缝里透过来的光线瞬间熄灭，我知道她是回卧室去了。

她在生我的气，而我也开始用同样沉默的方式对抗着她。

半夜时，我听到她在客厅小声地跟叔叔打电话。我翻来覆去地睡不着，尽管不想听他们谈什么，但还是能偶尔听到两句。

“那你明天回来的话，假好请吗？”她问。

尽管不想承认，但是我好像离她很远了。

一大清早，我睡醒时耳朵里全是“嗡嗡”响的声音，时断时续。我头痛得厉害，捂住耳朵把脸埋在枕头里，仍然没有好受多少。

倒是被房间外飘进来的蔬菜粥的香味儿吸引了，我起床出去，叔叔正在厨房轻手轻脚地忙碌着，砂锅里炖的鱼汤“咕噜咕噜”地响。

我进卫生间洗漱，咽唾沫时，连喉咙里都似乎有轻微的震动，耳朵里的“嗡嗡”声似乎比睡醒时加重了。

我在桌边坐下来吃饭，妈妈坐在我的对面，她似乎也并没有跟我说话的打算，只是抽了筷子慢条斯理地夹着盘子里的豆腐。

叔叔在说工作上的事：“我今天是临时请假回来的，等手里的项目完成了，我就申请调回来。”

他们断断续续聊着弟弟的事情，我没有插话。叔叔突然回来，妈妈的脾气温和不少。两人耐心地讨论着婴幼儿用品，以及小孩子再长大一些后，选择哪一所幼儿园的问题。

我低头默默喝着碗里的白菜粥，那是叔叔的手艺。他做菜的口味极其清淡，尽管一起住了一年多的时间，我却还是吃不习惯。

我此刻像是来邻居家蹭饭的小孩，一个处境尴尬的局外人。

吃了饭，我想好好在家休息也没有时间，因为一会儿还要去学校集合去秋游。

我简单收拾了一下，背着书包到学校集合。上了车，一个人蜷缩在车后座上想休息一会儿，但客车颠得我难受极了。

车开了两个小时，中途在停车场休息。我脑袋晕得很，耳朵里全是蜜蜂响的声音，除此之外，再也听不见任何声音了。也不知道带队老师说了什么，只是看着她的嘴一张一合，周围像是被调成了静音状态。

我下车去了一趟卫生间上吐下泻，吐干净洗了脸出来时，才发现车已经开走了。我蒙了一会儿，才反应过来我被丢下了。大概是因为我一个人坐在后座，他们没有注意到我。

我坐在停车棚里，茫然地看着面前空空荡荡的停车场，吹了一会儿冷风，耳朵才开始能听清声音。

我浑身疲惫，靠着椅子睡了一会儿，但又被人推醒了。想着是车站工作人员，醒来时却发现身边站着招勒。

我瞬间坐直了身子："你怎么在这儿？"

数月没有和他说话，也没有见面，他的突然出现让人觉得惊讶。

我睡了一会儿，精神了不少，这时候能听见声音了，只不过有些模糊。

他说："大家都在找你，一会儿坐我们的车去营地。"

我看向他背后，停车场上停着他们班级的客车，一群学生围着车说话，似乎在等我们。

"我不坐你们的车了，我不太舒服，一会儿我回家。"

他没接话，扔下我往客车方向去了。我看见他对站在其中戴眼镜的中年男人说了几句话，然后钻进客车里去了。

片刻后，他拎着书包下车向我走过来了。我以为刚刚他是要离开，没有想到他会回来。

“你不用陪我的，没事。”我说。

“我跟老师说过了，他还是觉得有人陪着会安心一些。”

我们没再说话，我跟着招勒去售票处买票。只有下午一点的一趟客车，中途还需要转车。

我们耐心地等到了下午一点钟，才终于等到发车。客车开得很慢，晃晃悠悠地开到了下午五点才到车站。

我和招勒又换乘了一辆短途客车，天色慢慢黑下去。车开了十几分钟，突然停了下来。车内嘈杂，发动机的声音吵得人心烦。

司机出来安抚大家：“车出了些问题，我检修一下，马上好。”他说完，动手把车厢里的灯打开了。

我不经意间扫了招勒一眼，他的嘴唇很白，额头上全是细密的汗。

“你怎么了？招勒。”

“好吵。”他说了一句。

车子原地停着，发动机的声音震天响，确实吵得让人心烦。

“司机马上就修好了。”我安慰他，却发现他的脸色已经惨白了，呼吸都开始急促起来。

“我喘不上气了。”克制了很久，他终于慌乱了。

“怎么了？”

招勒没有回答我，看了我一眼，闪躲的眼神。他的神情里全是不知所措的慌乱，完全没有以往的理智，我也是第一次见到这样的他。

“我先走了。”招勒匆忙地留下这句话就走到了驾驶座，对正在修车的司机说，“我要下车。”

“这就修好了。”

“我现在要下去。”

车门打开了，招勒下了车。

“招勒！”我喊他的名字，他也没有回头。

几分钟后，汽车启动了。天色已经黑了，这片是山路，地势偏僻，没有半点儿人烟，就算步行回去也要走到大半夜了。

我不清楚他这是怎么了，看向他的位置时发现他随身的背包都没有带走，突然在半路上丢下我离开。

刚刚招勒出了一身冷汗，看起来像是不舒服。我问他怎么了，他也不愿意说。他一直是这样，似乎不喜欢让人知道他的不堪。以至于胡有为偷拍事件暴露时，被我意外撞见了他的所作所为，我们就再也没有说过话。

但是表面上温和、稳重的他是真正的招勒吗？我慢慢熟悉后才知道，这些只是他的片面，而我从来没有真正地去试着了解过招勒，也没有尝试着去接受过，不管是他的温柔，还是他的怯弱。而此刻，我想要了解立体的他，那才是真实的招勒。

我抓起招勒的书包冲到了车子前门：“师傅，我要下车。”

司机有些不耐烦：“这里下去是打不到车的。”

尽管如此，我还是恳求他：“我真的有事！你开一下车门吧！”

汽车停了下来，车门缓缓打开。我冲下了车，夜色很黑，我从招勒的书包里找到了手电筒。电筒快没电了，光线很暗。我开始大步往回跑。这片山路黑漆漆的，只有手电筒的一点亮光勉强能让人看清脚下的路。夜晚冷风徐徐，在我疾步狂奔时掀开了我的额发，吹得我眼睛都进了沙子。

此刻我满心只有一个念头，我要找到招勒。

我跑一会儿停一会儿，累极了才慢下来喘着气慢慢走，吸了一肚子冷空气，惹得脑袋里乱糟糟的一团。

走了十几分钟，转过一条山路的弯，隐约中我似乎看到有个黑影在向这边移动。

我把手电筒关掉，没有敢往前走，看到那个黑影逐渐接近，招勒的轮廓在暗淡的月光下清晰起来。

我重新打开了手电筒，向对面的招勒跑去。

"招勒！招勒！"我一边大喊着，一边大步向他的方向跑过去，疾风劈来，吹得脸颊生疼。我一路跌跌撞撞地狂奔，一头撞在他的怀里，他抱着我往后倒退了两步。

"招勒，我找你好久了。你为什么下车了？我好担心你。"我问他。

他没有立刻回答我，只是看着我，一脸静默。片刻后，他开口了："对不起，把你丢下了。"

"是发生了什么事吗？你可以告诉我的。"

他沉默地着看我，隐隐的犹豫和脆弱渐渐涌出。

"你可以相信我的。"我说。

"即使知道我的不堪，也不会讨厌我？"

"不会。"

他温柔地笑了笑，眼角有泪："我相信你。"

他松开我，脸面向漆黑的夜空："你还记得胡有为曾经说过我是被领养的事情吗？"

"我记得。"

“这是事实。十岁那年，我的亲生父母在路上吵架，把我一个人反锁在车里。虽然那时候不是夏天，但也是将近夏天的日子。就在我窒息快要昏厥的时候，警察赶来砸开车门把我救出来。”他说，“我醒来的时候，等待我的是父母的死亡报告。白天就在距离我不到一百米的十字路口，发生了一场严重的车祸。

“我家里没有长辈，一直没有找到合适的领养人。就在我差一点被送到孤儿院的时候，是我现在的父亲，辗转联系到了我，把我带到这里。但是从那时候开始，我有了幽闭恐惧症。开始只是会怕打雷，后来慢慢地睡觉要开着窗户，严重的时候坐车也会发作。那种感觉，就像是永远被困在这个地方，逃不出去了。刚刚我并不是故意丢下你的，是因为那个时候我的幽闭恐惧症发作了。”

招勒说完，我沉默了。

面前的招勒不再是以前的那个他。此刻他摘下了面具，他把脆弱和不堪展现到我的面前，是因为他开始尝试着信任我。

“那你平常坐车的时候，都会这样害怕吗？”我问。

“是可控的。”他苦笑，“刚刚好像又回到了小时候被困在车内的时候，觉得逃不出去了，是我失控了。”

“以后你害怕的话，告诉我，我陪着你。”就像招勒从来没有丢下过我一样，我是愿意回馈他的。

我看到他脸上浮现出柔和的笑容来，那种笑容有些脆弱，似乎会被一拳打碎掉，让人不敢触碰。他说：“好。”

这个夜晚，夜色阑珊，我们的心像是慢慢被融化了。我试着去理解招勒，他也终于对我放下了提防。

已经是深夜了，我们开始往前走，夜路很黑，我走在招勒的身边，他用手机电筒照着漆黑的路面。他偶尔侧过脸看我，我落后了，他会慢下来等我。

走了两个钟头的时间，脚逐渐生疼，我们停下来在路边休息。不知道前方的路还有多远才能走到尽头，但是有招勒在身边，我就会觉得莫名的安心。

他走在前面，背脊坚挺，像是一棵屹立不倒的白杨。

这一刻我确认，我喜欢他。

我们这样慢慢地走着，晚上十点多时，才走出这片山路。招勒陪着我一起去医院挂了急诊，这一夜，我诊断出了急性耳鸣。

我倒是不觉得惊慌，身边有招勒在，足够让我安心了。

医生一边写着病历单，一边嘱咐我："学习很重吧？多注意休息，不要太有压力。"

"我知道。"

出了门，我借用护士的手机跟妈妈打了电话，才拎着病历单去输液。休息了一会儿，我醒来时妈妈和叔叔还没有来。

输液室很安静，我往一边看过去，招勒还在，只不过他靠在椅子上睡着了。

第十六章
我和你才是一伙儿的

睡醒时，耳机里的歌还在循环播放，我擦了擦湿润的眼睛。塞了一夜的耳机，耳朵有些痛，我摘了耳机，看到客车已经下高速了。

客车一路驶过码头，窗外天空和海面接连成一片。天气晴朗，我伸出了手贴在玻璃窗上，手指上浸着柔和的光斑。

司机师傅冲车内喊："大家醒一醒啊，一会儿就到站了。"

十几分钟后，车到达了目的地。我拖着行李包又转了两趟公交车，辗转了两个多小时，一路打听，才终于找到了林洵家。

大门口坐着一个女人，五十多岁的模样，穿着紫色的厚外套，头发剪得很短。从染得褪色的头发里，可以看到她头顶稀疏的白发。她正守着门前的晾衣架上悬挂的鱼干，一只老猫蹲在一边虎视眈眈。

"打扰了，请问是林洵家吗？"我上前小心地试探。

她看到了我，表情不太自然："谁？"

"林洵。"我又重复了一遍。

她沉默了，低着头捡起一边的晾衣竿在地上戳了戳，猫小步地踱过去，被她用晾衣竿轻轻赶走了。

"你是林洵的妈妈？"我试探地问。

“嗯。”她头也不抬。

“我是她的同学，最近我拿到了她的一些照片，我想着你没见过，所以给你送过来。”

她没说话，但我看到她的手抖得像是筛子，连手里的晾衣竿都握不住了。她稳住情绪后才肯抬起头看我，打量了我好一会儿，也没说话。

“我是林洵的高中同学，你放心我不是骗子。如果你还不相信，我可以把身份证给你看。”

看着她还是略微质疑的模样，我从包里拿出了身份证递给她：“你看。”

她看了一眼身份证，又瞧了我一眼，眼睛有些红：“和林洵一样大。”

“是。”

她把身份证还给了我，一边动手收鱼干，一边招呼着我：“你先进去坐，我去把东西收了。”

阿姨带着我进了客厅旁边的小房间，里面堆积着各种杂七杂八的东西，但收拾得还算井井有条。

她说：“只有这个房间开暖气了，暖和一些。”

阿姨给我沏了杯茶，我说了声“谢谢”，顺手把放在包里的照片拿了出来：“这是我们高中运动会时拍的。”

她低着头，一张张翻着照片。

我凑过去，指着她刚刚翻到的照片解释，这张照片里林洵站在领奖台上：“当时她跑步比赛在女生里拿了年级第一。”

“嗯，她跟我说过。”

她一张张轻轻翻着，看了很久。随后，她擦了擦眼泪：“谢谢你啊！跑这么远给我送这些东西。”

“没事的。”我苦笑，“我也是最近失去了重要的人，才明白这种感受。”

“我好像在哪儿见过你。”她望着我，思索了一会儿，“我想起来了。”

她从书柜里取出相册，在我身边坐了下来，翻开相册给我看：“这里面有林洵的照片，我一直保存着。”

零零散散看了一些照片，林洵小时候就长得极其清秀，穿着一件粉红色的裙子端端正正地啃西瓜。

“她最喜欢吃西瓜了。”阿姨擦了擦眼泪。

相册翻到中间，看到了一张高一时期全班同学的合影，还有一张我和林洵的合影，并排放着。

“这个是你吧？”她指着大合影里站在角落里的我，上面的我穿着一套运动短袖。

“这个也是你。”她指了指我和林洵单独的合影，“和现在也没什么大变化，我总看这些照片，所以也都记得，刚才一时间没想起来。”

我说：“是我，当时高一时大家刚认识，班长拉着我们拍了一张大合照，后来人手一张。林洵她人很好，学习也好，对待老师也很有礼貌。我很喜欢她，大家也是。”

“她是个很懂事的孩子。”阿姨哽咽了一声，“如果不是当年那场意外，她现在应该很大了。”

“我去给你拿点吃的。”也许是为了重新收拾自己的情绪，她话一出口就仓皇地走了。

我环顾了一圈四周，看到阿姨刚刚拿相册的书架一角里，还挤着一本小相册。

我走过去把它拿了下来，翻开才发现，相册里不是照片，而是当年林洵案件的一些旧物，一张被剪裁过的寻人启事，上面还印着林洵的照片。

相册里还有一张被叠了几叠的报纸。我把报纸抽出来打开，发现上面还有一张寻人启事，不过不同的是，这张寻人启事是警方发出来的，照片里刊登着林洵的遗物，报道称在河内捞到一具尸体，现尸体无法确认，希望群众根据公开的遗物提供有效线索。

遗物是一件皱巴巴的绿色的长袖上衣，一条牛仔裤，一条黑色的头绳，以及半条手表带。

看到这条手表时，我当场愣住。

这条手表带跟前些天，我意外从徐灿手中拿走的那块手表的表带一样，颜色吻合、形制吻合。我看向自己手腕上的表，已经换了新的表带，一时之间没办法确认。

“你在看什么呢？”身后冷不丁有人问我。

我吓了一大跳：“不好意思，但我还是想冒昧问一下，这是什么？”我指着报纸上那一张遗物的照片。

阿姨回答：“警方公布的寻人启事，那时候她都失踪一个星期了，当时看到了报纸去认领，发现她都不成样子了，我差点认不出她。”

“调查结果警方怎么说呢？”对于当年林洵的案件，我仅仅知道个大概。

“意外落水，那片没监控，也没人居住，查不出来什么有用的信息。警方根据河边的脚印，推断的是晚上太黑，她一脚踩空了掉下去的。”

“你信这个结果吗？”我问。

“刚开始我不愿意相信，不过后来让法医做了解剖，遗体没有任何外伤内伤，也符合正常溺水的特征，我就妥协了。当时我情绪很激动，也许是一时间接受不了现实吧。”

我默不作声地盯着那半条表带，心中产生了巨大的疑问，突然意识到，这件案件有蹊跷的地方。

我拍了一张遗物的照片，存在了手机相册里，跟阿姨辞别：“我要先走了。”

“在这儿住一晚上，等明天再走吧。”

“不用了，我还有事需要马上处理。”我想立刻查清楚关于这块手表的事情。

所幸当时换表带的时候，谨慎起见并没有把旧表带丢掉。赶回到家已经很晚了，我从平常放杂物的盒子里把表带找出来，对着我手机上拍摄的遗物照片仔仔细细地看，才终于确认报纸上的那半条表带的确是这块手表上的。

不过，这跟胡有为或是招勒有什么联系？林洵跟胡有为和招勒根本不认识。除非，他们与林洵的溺水案有关。

而这之间唯一的联系，是当年的那个周五，林洵生前最后出现过的漫画店，胡有为也曾经去过，还和我互相拿错了书包。

对于这个浑身都是秘密的人，我有些头痛，应该尽快找到才好。

例行公事地来到麻将馆，我问老板要了一杯用大红花搪瓷杯装的热水，坐在麻将馆角落里，抬起头默默看着面前的人搓麻将。

挨到晚上，天色黑了下来，麻将室内开了灯，映着发黄的墙壁，显得屋内暗极了。我出了门，准备开车的时候发现钥匙不见了。

转身折回麻将室，我趁暗在刚刚坐的位置上摸到了钥匙。

麻将室的人走得只剩一桌了，我注意到那里多了一个人。

那人穿着一件蓝色的卫衣，戴着连衣帽，显得格格不入，让人多注意了一些。

“好了，这把该我了。”穿着蓝色卫衣的男人冲面前的几个人嘟囔着。

“最近都没见你啊！今天再来晚点，这儿都要关门了。”

“还不是前不久出了一些麻烦事，这不今天才过来摸一把。”

我仔细地注意着他藏在昏暗中看不清的脸，差不多的身形，以及总有些熟悉的口音。路过他时，他正兴奋地整理面前排成一列的麻将。我在他身后停了下来，拍了拍他的背。

“干什么？”他有些不耐烦地转过身，眼神和我撞到了一起。

“胡有为？”我询问了他一句，当看到他本来一脸焦躁的表情在看到我后变成吃惊，随之慌乱，我确定是他了，“我找你很久了。”

他迅速转过脸，把手里握着的麻将扔在桌上，低头大步往门外走。

我追了上去：“有什么事我们坐下来好好谈谈可以吗？我从招勒去世之后就一直在找你。”

他一言不发，在前边闷声疾走。

“我听李钟川说，你问他借过钱。有什么事你可以跟我说，如果你缺钱的话，我可以给你钱。”

追到街角，胡有为突然加快了脚步，转眼间把我甩出了半条街。我喊他的名字，他也并不理会。

“胡有为，我没有恶意，我只是想把该弄清楚的事弄清楚。”

追到巷口，胡有为突然往右边街道跑走了。我在身后紧追不舍，看到他快速地往另一边的街道逃窜了。

转角过后，胡有为没有了踪迹。我一路着急地询问着，出了这片城中村，终于在公交车站再次找到了胡有为。

正好是下班的时间，人流拥挤。胡有为混在人群里，等着公交车驶来，很快上了车。

我挤在人群后上了公交车，被挤在了车尾。

毫不容易找到了胡有为，我丝毫也不敢懈怠，他就坐在前方的位置，我死死盯紧了，怕一不留神他又把我甩掉。

不久车停在了车站，下去了一些人，车上终于空出了位置。我在最后一排坐了下来，跑了一路，公交车上闷热，我一身热汗地脱掉了身上的大衣。

在车上不方便动手，我盘算着等一会儿跟着胡有为下了车，再伺机行事。

公交车继续开了一站，下一站停下时，胡有为下了车。我跟着他准备最后下车，走到后门边，有人拍了下我的肩膀，余光扫过去似乎是从前边座位过来的人。

我转过脸，却被惊愣在原地。这个长相明媚的女人正站在我的身边看我，是许久未见的文至粤。她看着我，正在笑，乌黑的头发散在肩上，单肩挎着一只黑色的包。刚才在车上我并没有注意到她，今天发生的一切太过离谱，在我意料之外，却又在我梳理的线索之中。

但我无论如何也没有预料到，文至粤会出现在这儿。我还在错愕的时候，车门已经关了。

透过车窗，胡有为站在公交车站向这边看过来，面上带着颇有些得意的笑容，向这边挥了挥手。不是向我挥手的，我转过身，他招手的对象是我身边的文至粤。公交车飞快地驶着，转瞬间已经看不到他了。

我看着文至粤，本来的愤懑心情忍到现在已经快变成一把怒火烧掉我了。

除了丧气，多日以来积攒起来的焦躁在此刻突然爆发了。

我一脸冷漠地看着文至粤："你是故意的？"

她也不回答，只是观察似的瞧着我。

怒火已经把我的理智燃烧殆尽，我抓住了她的衣领把她用力地往座椅上推过去："你为什么要放走胡有为？你们是一伙的？"

文至粤往后踉跄了几步，背结结实实地撞在椅子上。她不反驳我的疑问，更像是默认了。一直以来两人纠缠在一起的线索，直到亲眼见证了文至粤帮助胡有为逃脱，我才意识到，他们是一起的。

"你们到底在做什么？"我质问她。

我还在逼问她的时候，她突然抓住我，把我一起扯倒了下去。我想爬起来，她倒是动作迅速地掐住我的脖子，将我按在地面上。她的指甲抓在我的脖颈上，火辣辣地疼。

我费力地挣脱着，终于翻过身，扶着椅子爬起来，抓住她往椅背上撞了过去。

"干吗打架啊你们！"坐在前座的乘客从座位上跳了起来，冲我们喊。

我还没来得及反应，文至粤已经起身扑了过来，我推搡着她，两人一起摔倒在地上。汽车猛地刹车，我们抱成一团滚了几滚。

我脑袋晕得很，乘客开始对着我们吵吵嚷嚷的，我没太听清楚，只觉得有股血气冲到了头顶。有人抓住了我和文至粤，想把我们拉开。

“有什么话好好说，别动手嘛。”我听见耳边响起来这么一句。

我终于稍微恢复了理智，但说起话来还是声音发抖：“为什么招勒死后，你和胡有为要一直躲起来，你们在掩盖什么事情？给我发送那份监控视频，又有什么目的？真相到底是什么？你告诉我！”

“你们干什么呢？我要报警了！”司机嚷嚷着从驾驶座走过来，汽车停靠在半路。

文至粤喘了几口气，才开口：“如果我知道真相那就好了。”

“你的一面之词根本不值得相信。”

她凑到我的耳边，轻声说：“我和你才是一伙儿的。”

“你的话是什么意思？”

她推开了我，快速起了身：“小心胡有为。”

我刚坐起来，她已经冲过人群下车去了。

她的话中藏话，我还没有听明白，回过神来时，她已经下车了，脚边有她遗忘的包。

我拎着包追出去时，她早就没有踪迹了。

在外奔波了一天，回到家，我累得瘫倒在沙发上，躺了一会儿又打了几个喷嚏，感冒一直时断时续，家里的感冒灵颗粒也喝完了。

我下楼去药店买药，顺路去旁边的便利店买了面包。深夜的便利店顾客稀少，我坐在吧台边，吃完了硬邦邦的面包，小口小口地喝着药。

我打开手机在网上搜招勒的摄影作品，意外地浏览到了几张他学生时代的作业，其中有一组作品，名字叫《活》。

《活》里，有凌晨时坐在包子铺门口，大口啃着包子的农民工，有在路上抓着红领巾奔跑的小学生，还有一张我正在买棉花糖的照片。

每张照片下都有寄语，我的照片下是一句：月色是温柔，而她是生活。

我把图片保存下来，我没想到他会把这张照片登上去。我很想招勒，我想这个时候，有他在我身边就好了。哪怕他不说话，就这样坐着，我也很安心。

家里冷清清的，我也不愿意回去。便利店的暖气很足，我喝了药有些晕乎乎的，趴在吧台上睡了一会儿。

第十七章
你相信我吗？

2011年，我考入了本市的大学。而招勒在隔壁艺术学院学习“摄影专业”，让人觉得晦气的事，胡有为也在招勒的学校，已经大二了。

有一段时间没有见到招勒，虽然一直维持着通信，但我还是很想见他。

在学校后的商业街闲逛的时候，我看到剧院门口在售票，名字叫《再见理查德》。我对话剧兴致缺缺，只是海报上的插画吸引到我，群青色的背景下，两只纠缠在一起的手沉浸在斑驳的光影里。

想到下周是招勒的生日，请他去看一场话剧倒是个不错的选择。

周三下午我去隔壁学校找招勒，他正在出摄影作业，老师给他的命题是“活”。

“这是什么？”我不懂。

招勒在调他的相机：“你觉得‘活’是什么意思？”

我想了想，回他：“生存。”

“嗯，可以是‘生存’，也可以是‘生活’。‘生活’是‘生存’的延续，比起‘生存’，我还是更喜欢鲜活一点的东西。”

招勒出的是外景，我跟着他到了学校后面的商业街，这里是附近最繁华的地方。

傍晚间，华灯初上，赶着下班的人流让满大街都拥挤起来。推着自行车下班的男人，虽然疲惫，却是满面的喜悦。正在街边买炸年糕吃的小孩子，一脸期盼地望着油锅里炸得焦香的年糕。还有正坐在花坛边，歪着头打瞌睡的环卫工。

夜晚慵懒而又喧闹，我学着招勒，用手机对着街边取景，拍下的夜色又模糊又难看。我偷偷看向招勒，他端着相机，正专注地盯着镜头，面容被路灯光芒镀上一层朦胧的色彩。

我看他在拍前面一对祖孙俩。

我跑到街边卖棉花糖的地方，过去买了一支绿色的和一支蓝色的棉花糖，兴高采烈地回身时，发现招勒端着相机正对着我。

我看了看四周，以为是挡到他的镜头了，往旁边站了站。

他向我勾了勾手，示意我站回来。

我又小步走了回来，举着两支棉花糖僵硬地摆了个姿势，像是投降。

招勒"扑哧"一声笑了出来，把相机放了下来："有点傻。"

"啊？"

"不过拍到了。"

我凑过去看他翻相机里的照片，其中几张是我站在店铺门口买棉花糖，路灯灯光柔和，打在我的半边脸上。我在笑着，满足而柔和的笑意。

"真的好傻啊！"我有些不好意思。

"不傻。"他轻轻地说。

时间已经不早了，招勒送我上了出租车，等到车子启动时才想着话剧票还没有给招勒。

“等一下师傅！”我打开车窗，冲站在路边的招勒挥了挥手，“招勒！”

我从口袋里掏出话剧票给他：“下周一下午两点的话剧票，你有时间吗？”

他笑着接过票：“嗯，到时候见。”

周一下午，我提前半个小时到了剧院。

两点钟话剧准时开场，但等到三点多，我在门口和售票大厅徘徊了好多次，也没有看见招勒，打电话也没人接听。

回去的半路上，我才接到了招勒回复的电话：“刚才发生了点事，你还在剧院吗？”

“我已经走了。”

“回去时路上小心。”

“你在哪儿？”尽管心情有些郁闷，但是想到今天是他的生日，还是要当面说一句生日快乐的。

“出了点事，在警局。”

我赶到警局时，招勒已经进了审讯室。警局大厅一群人哭哭嚷嚷、吵吵闹闹的，我听了一会儿才大概理清楚。说是胡有为在学校餐厅吃饭，和邻座拌了几句嘴，撕扯之间把人从二楼推下去了。

十几分钟后，审讯室的门开了，招勒从审讯室里走了出来。

我看到他，始终悬在嗓子口的心才终于放了下来。那件事跟他没有关系，并不是招勒做的。

狭小昏暗的走廊里，我看着他向我走过来，身体疲惫：“你没事吧？”

“我没事，正好路过的目击者而已。”

我陪着招勒在公共休息区坐下来。

这时候天色差不多要黑了，办公厅的大门再次被推开，一群人从门外焦急慌张地快步走进来，直奔向前台值班的民警。其中一个穿着粉红色外衣，盘着头发的女人，是招勒的妈妈。另一个穿着红色格子毛衣的女人站在她身侧，目测两人年龄相仿，我并没有见过。

看到他们，我站了起来，低头轻轻拉了拉招勒的袖口，示意他向前方看去。

“我儿子在哪儿？”格子毛衣的女人神情焦急地询问值班民警。

“你儿子？”民警用疑惑的目光在人群里扫视了一圈，显然没有找到答案。

“他叫胡有为，就是你们办案民警给我打电话让我来的，说……说他伤了人。”穿着格子毛衣的女人急得说话磕磕巴巴的。

我已经大致明白了，她是胡有为的母亲。

“是这件事情啊，我让办案民警给你答复好吧。”值班民警转身进了审讯室。

几分钟后，胡有为被警察从审讯室里带了出来。

他被两边的警察挟持着，双手被手铐牢牢地铐紧。借着头顶的亮光，我这才看清楚，他衣服上沾染着大片的血，手上也全是斑斑点点的风干的血渍。

“有为！有为！”胡有为的母亲冲了上去，却被民警拉开，她转头质问办案民警，“他到底犯了什么错？事实调查清楚了吗？”

“他涉嫌故意杀人，把人家从二楼的窗口推下去了，现在被害人还在医院抢救。”

“不可能的！我儿子他虽然性格冲动了点，但一定不会做这种事情，你们再调查调查。”

“我们还能骗你吗？”办案民警指了指招勒，“目击证人都在呢！实情都陈述了，监控也调出来看过了，没有异议。”

“李招勒这是在故意跟我过不去，有我的事他一定要来掺一脚。”胡有为插了一句嘴，对招勒有些不满。

胡有为的母亲转身看向招勒，我看到她紧抿着嘴唇，一脸怒意，气势汹汹地向招勒走过来。招勒起身时，她狠狠一掌甩了过去：“白眼狼。”

耳光打在招勒脸上很响，招勒的脸被打偏过去。他转过脸，目光轻轻地在面前扫视了一圈，苦涩的笑意从他的嘴角蔓延开来，最后落在妈妈身上：“你也是这么觉得吗？”

“招勒，发生了什么事你讲出来。如果有误会的地方，跟大家解释一下也好。”招勒的妈妈沉默了一会儿，才跟着劝了一句。

“事实就是，我在学校撞见了胡有为伤人。”招勒轻声问，“你相信我吗？”

她一时间有些答不上来，沉默了。

“你们不是已经有了答案吗？”他这才抬起脸，双眼通红，脸上不知道是笑意还是伤心。

“你在说什么？”

“你知道为什么吗？”他深深凝望着妈妈，眼眶中全是隐忍的泪水，“你以为我从来不知道，从前刚来到这个家时，你安装了摄像头，说是为了防盗，却是故意在观察我是吗？你从来都没有真正信任过我。”

招勒避开人群，我看着他目不斜视地从我面前走开，径直朝警局外走去。

“招勒。”我喊着他的名字追了出去，看着他走在前面，步伐很快，转瞬间就淹没在了黑夜里。

我追出警局的时候，已经完全看不到招勒的身影了。天色已经彻底黑了下来，只有路灯在散发着昏暗的光。

猜到他大概没有走多远，我开始慢慢一条条小路去寻找。半个小时后，我终于在警局附近的一家咖啡店看到了招勒，他一个人在咖啡店外坐着。我站在马路对面默默看着他，他望着面前来来往往的车，像是一具被抽走灵魂的行尸走肉，一身麻木和疲惫。

他暂时应该不会走掉，我找到了离这里最近的一家蛋糕店，让店家给我打包了一个四寸的小蛋糕，又买了打火机和蜡烛。

我提着蛋糕原路返回到他身边，挨着他坐了下来。

他并没有看到我，也许是正想得入神，直到我拆好蛋糕，点上蜡烛后，唤了一声他的名字：“招勒。”

他看向我，无神的眼睛里浮出一丝诧异。我捧着蛋糕到他的眼前，对他说：“生日快乐，招勒。”

蛋糕上那一簇烛火被风晃得摇曳不停，我在他通红的眼睛里看到了那一抹盈盈晃动的烛光，渐渐被从眼眶中涌出来的泪水模糊得只能看到影子。

“你没走啊。”他笑了，让人难过的笑意。

“我一直在找你。”今天是他的生日，本来是一个应该开心的日子。

烛火在风中晃荡了几下，紧接着熄灭了。他眼中的光也刹那间消失，一滴泪水从他的眼眶中滚落出来。

即使是刚刚在众人面前，被人咄咄逼人地质问，他面对大家的猜忌与不信任，也倔强地选择对峙。而此刻，他却像是被别人卸下了盔甲，所有温柔而又敏感的情绪在我面前毫无保留。

招勒开口："我下午本来要去找你的，但是中途撞见了胡有为斗殴，他把别人推下了楼。我并不是唯一的目击证人，他也知道逃不过，所以一定要把我拖进去。他的目的已经很清晰了，想要拖我下水。"

"可是你为什么不去解释？"我问他。

"相信你的人自然会相信你，不相信你的人就算你再怎么解释，在他们的眼中，也只是你在为自己辩解，再锋利的语言都会显得苍白无力。了解孩子品行的母亲，是不会说出那样的话来，他们始终对我保持怀疑。"

我看着招勒黯淡的眼神，替他难过。

此刻的我们，像两只落单的蚂蚁，渺小得让人察觉不到。我们穿过漫长的大路，寻找着食物，用来生存。

在过去那段晦暗的日子里，是招勒发现了我。走夜路的时候，他总是故意走到前面等我。

而现在，我看到的他，是被他掩盖在一层层面具之下，脆弱而真实的自己。

面前的招勒，不再是那只初见时高冷而又沉默的猫。我看着他，像是看到了他被一根根拔掉毛发，变成一只蜷缩成一团的刺猬。

"蜡烛灭了，还没有许愿呢。"我拿出打火机重新将蛋糕上的蜡烛点燃，烛火又紧接着燃起来。

阵风紧凑地拂过来，烛火瞬间又被吹灭。

我抬起头，面前的椅子空空荡荡，并没有招勒。我丢下蛋糕起身去找，四面是夜晚时刻人来人往的街道，并没有找到招勒的半点身影。

像是经历了一场无尽的梦魇，一切都被梦魇给吞噬干净了。我被它紧紧捆住，挣扎不开。可是，如果我这是在梦中的话，为什么一切都这样真实，我所有的情绪都可以感觉得到，就像是发生在昨天的事情一样。

跟梦魇漫长的斗争中，我终于睁开了眼睛。

在便利店睡了一夜，从桌子上爬起来，看手机时才发现没电了。我看了下腕上的手表，早晨八点钟了。

回家给手机充了电，开机后发现有几个李钟川的未接电话，有一丝意外，他很少会主动找我的。

我接通了电话，闭上发酸的眼睛："是有什么事吗？"

电话里他的语气带着焦急："你是不是来过招勒家？"

想起前段时间去过招勒家打扫卫生，不过已经隔很久了："我去过的，怎么了？"

"招勒家失窃了，屋子被翻得乱糟糟的，我看了门前的监控里只有你一个人来过。"

我想起之前确实去过，但是他一开口，才发现状况不太对。

对方怕我误会，慌忙解释："我不是怀疑你，只是调监控的时候发现只有你一个人来过。我已经报警了，估计警察一会儿也会来盘问你，所以你能不能……"

"我明白，我现在过去。"

我揉了揉乱糟糟的头发，拖着疲倦的身体穿好外套准备出门。

胡有为还没有找到，这边紧接着又发生了盗窃的事情。一波未平，一波又起，弄得我心力交瘁。

我赶到招勒家时，门开着，警察正在客厅里取证，李钟川跟在警察身后，看到我迎了过来。

我扫视了一眼客厅，跟上次我来时确实不大一样。客厅倒是还好，只是书房被翻得很乱，书柜开着，一大堆书和相册散落在地。

“看清楚，少了什么吗？”警察问李钟川。

“我也不知道，我不熟悉这儿。”李钟川转过头把目光投向我。

我也摇摇头。

我蹲下身，小心地把书一本本捡起来，听到李钟川的声音远远传来：“这里有脚印！”

我抱起书冲了过去，李钟川正在隔壁储物间。大家正围着窗户的位置，窗户是半开着的，李钟川轻轻一推，窗户就“嘎吱嘎吱”来回飘动，显然是坏了。一个清晰的脚印赫然出现在窗台上，脚印很大，几乎一眼看去，就能判断出对方是一个男人。

“看来是从这里爬进来的。”警察将上半身小心地探出窗户，“确实可以容纳一个成年人的体积。”

“这个位置有监控吗？”

李钟川思考了一会儿，回答他：“只有门口安装了监控，不过小区有监控不知道能不能拍到这里。”

我有些不安，将屋内简单收拾过一遍。

这个贼看起来倒不是像盗窃的，客厅基本没怎么动过，只动了卧室和书房，电脑和一些贵重物品都没有带走。

收拾卧室的时候，我见床下的储藏柜也是开着的。柜子里有两个用油皮纸封好，四开大小的东西，摸着有些冷硬的边角，像是相框，封口用黑色的铆钉钉得很严实。

我拆开看了一眼，里面是我的一张裸背的照片，我又迅速把照片装进去了。

这时李钟川已经从物业处回来了：“本来一大早想来这里看看，也不知道是来得巧还是不巧，刚好就撞见了这样的事情。”

“警察走了？”我问。

“是啊，说是让我等消息。”李钟川走过来帮我一起收拾，“胡有为你找到了吗？”

“还在找。”想到胡有为和李钟川这层亲戚的关系，我没有多说什么。

“对了，我想带走一样东西。”我想到那张意外在招勒柜子里发现的照片，“是一张照片。”

“没事，你拿吧！”

帮忙收拾完了东西，李钟川送我出去。走到大门口时，他犹豫了一下，对我说：“招勒是不是给过你这个房子的钥匙？”

我瞬间明白过来，看监控时发现我可以自如出入招勒家，他似乎就已经了解情况了。

“招勒在的时候，这是他的私有财产，我也不会去干预什么。但是现在的情况，你还是把钥匙交给我比较好。”

“真是不好意思。”招勒离开了，我是没有再拿着这把钥匙的理由了。我从背包夹层里翻出那把银色的钥匙，钥匙握在手里很冰凉，却又让我感觉格外亲切。把它交给李钟川后，我就再也不可以随意地出入这里了。

“你拿好。”我把钥匙递到了李钟川的手里，看到钥匙静静地躺在他的掌中，它不再属于我了，有关于招勒的一切都好像从我的生活中一点点被剥离开。

开车回家，我把车停在了地下车库，从电梯上来又去了便利店。家里冰冰冷冷的，这些天我总是不愿意回去。

我要了一杯热咖啡，坐在窗边小口喝着，失眠一直严重，干脆放弃了治疗。

晚上一闭上眼睛，脑海里就全是招勒，关于他的一切像是被撕成七零八落的碎纸，在慢慢粘合。

我没喝多少咖啡，却意外地趴在桌子上睡着了。

“你好。”这时，有人推了推我的肩膀，“回家睡吧，在这里会着凉的。”

我受惊地醒来，抬起头时看到那位收银员正站在我背后。

连便利店都不允许我多留了，我低头收拾东西准备离开，她又对我说：“如果感冒的话最好还是不要喝咖啡了。”

我愣了一瞬，有些错愕地看她。

“啊！昨天晚上我值班，看到你在这儿喝感冒药。”她说。

“好，我知道。”我把装咖啡的杯子扔进了垃圾桶。

我正整理着桌子的东西，她塞给我一颗糖：“这个请你吃，没什么过不去的坎儿，生活总会好起来的。”

“谢谢。”我诧异地接过糖，不知道说什么好。

去了趟车库，把放在车内的那两个巨型摄影作品搬回了家。屋内只有我一个人，可以放心地看。照片用木质的相框装裱，照片里的我裸着后背，转过半张脸来，眼睛垂着。

我忍不住双手发颤，这张照片拍摄的那一年，我大三。招勒想要拍摄一套人体艺术的摄影作品，用来参展。

我接着撕开第二个牛皮纸袋，和上一张是同一个系列。这张照片中，我蜷缩在地上，眼睛望着相机，更准确地说，是望着站在相机后的招勒，但他没有在看我。

没想到，他留着这个。

第十八章
温藻，回头看我

胡有为因为故意伤人入了狱，家里赔了一大笔医药费才了事。事情过去不久，招勒就从家里搬了出来。

我知道招勒和家里的关系恶化了，虽然他不说，但是我清楚。从那之后开始，他几乎没有怎么回过家。

除了上课，他接了很多摄影工作，空闲的时间就一直忙着做兼职。我很少在学校里看到他了。升入大三后，我的课程没有大一大二的时候满了，倒是招勒这段时间特别繁忙。我听他提起过，他在一边筹备注册一家摄影工作室，一边忙着毕业设计。

倒是宋戈经常来找我，我一下课就发现他已经在教室外等着了。

“你实习期经常请假都没事吗？”我走过去，才看到宋戈捂着右边半张脸。

“你怎么啦？”

“快带我去医院，在公司被柜子砸到了。”

我凑过去，才发现宋戈眼睛外一片瘀青，一时没忍住笑出了声。

他狠狠瞪了我一眼：“快点，我出门忘带钱了，才就近来找你的。”

我忍住笑，带宋戈去了离学校最近的医院。在等待的时候听到诊室里传来凄惨的叫声。片刻后，宋戈从诊室里出来，眼睛上被贴了一块厚厚的纱布，像是一只凶狠的独眼龙。

他难得有这样狼狈的时候，眼睛看不太清路，我搀扶着他出去打车送他回家。

宋戈家里只有他一个人住，屋内的东西丢得乱七八糟的。宋戈躺在沙发上睡得很舒服，我帮他简单收拾了一下东西："我先回学校了，下午还有课。"

"下次记得陪我去医院换药。"

"你自己去。"我说完，便关上了门。

最近越发感觉宋戈有些奇怪，总是隔三岔五地来找我。而招勒却相反，整天忙得不见踪影。

这两天我去招勒的学校，也没有见到他。傍晚我跟招勒打电话，电话拨了几遍后才被接听，他的声音听起来有一些疲惫："怎么了？"

"今天你没有回学校吗？"

"嗯，接了一个项目，正在拍。"

"在你工作室吗？"

"嗯，我这边需要挂电话了，先这样。"

电话被仓促地挂断，用脚趾都能想到招勒现在应该很忙。晚上没有课，我决定打车去看招勒。

我从学校餐厅打包了招勒爱吃的炒糯米饭，又买了一些零食。

招勒的工作室在一座偏远的广场上，第一次去，不太清楚路，我在广场上兜兜转转了一圈，才找到入口。

我进门按了电梯按钮，等了好一会儿没有动静，才发现电梯上贴着“电梯正在维修”的标签。

我只好选择走楼梯，招勒的工作室在五楼。我气喘吁吁地爬上去，推开安全通道的门，看到工作室的灯还亮着，从玻璃窗户往外透出亮光来。

办公室的前台没有人，听到室内的摄影棚传来说话的声音。我走过去敲了敲门，小心推开一点。室内有三四个人，招勒正拿着相机在调试。一个穿着红色裙子的女孩子，妆容精致，像是模特，她站在招勒身边，唇边带笑：“我觉得这张很有感觉啊。”

招勒点头。

听到我推门的声音，一群人回头看我。

招勒有些惊讶，放下相机走过来：“什么时候来的？”

“刚刚。”

“怎么不给我打电话？”

“你不是在忙吗？”我把手里的东西拎出来给他看，“你吃饭了吗？我给你带的。”

他摇摇头：“你在前台的休息区等我一会儿，我这边马上就好了。”

我小心地把摄影室的门带上，去前台等招勒。靠着沙发坐了好一会儿，我带来的饭开始变凉，最后一点儿热气也慢慢地消散了。

不想去打扰招勒的工作，我就地靠在沙发上小睡了一会儿。朦朦胧胧中耳边响起了脚步声，我听到耳边有人说话。

是招勒的声音：“她睡着了，小声点。”

身边瞬间安静了下来，当我睁开眼睛时，眼前已经没有人了。有断断续续的声音从门外的走廊传来，我推开门，看见招勒站在走廊外正在打电话。

招勒的情绪似乎不太好，没有多讲就把电话挂断了。他转过身，见到我时，一张严肃的脸柔和了下来：“醒了？学校快到门禁的时间，我先送你回去。”

“是发生什么事了吗？”从他打电话时我就有这样的感觉，看到他严肃的神情后我忍不住问他。

他深深看了我一眼：“约到的一个模特明天不拍了。”

“为什么啊？”

“人体艺术摄影，所以没有人愿意接，是我准备参展用的。”

“时间来不及了吗？”

他从鼻子里发出一声“嗯”的声音，取了车钥匙带我下来，送我回去。

开车回去的一路上，招勒沉默着没有说话。自从发生了胡有为的事情之后，他整个人像是被裹进了壳子里似的。

回去之后，宿舍里熄了灯，我躺在床上辗转反侧，思考了很久，一个大胆的念头在脑海里长出芽来。我犹豫了一下，才下定决心拨通了招勒的电话：“睡了吗？”

“还没。”话筒凑到耳边，响起他略显慵懒的声音。

“今天晚上你说的那件事，我可以帮你！如果你不嫌弃的话，我可以让你拍。”

招勒没有说话，我有些紧张，抓紧手机又往耳边凑了凑。我并没有做模特的经验，想着也许是让他为难了，又赶紧补了两句：“你觉得我不合适也没有关系。”

“不是。”他的声音有些沙哑，“温藻，你真的确定什么程度都可以接受吗？不用为了帮我而为难你自己。”

“我不在乎这些事情。”

我的果断倒是衬托出他的犹豫了，我等了好久，才听到他说：“周六有时间吗？这个时候你应该是没课吧？”

“没有课。”

“那周六你过来吧，早上的时候，我在工作室等你。”

我答应着，挂断了电话。

周五有一场英语考试，想着明天答应了招勒的拍摄工作，我晚上六点多钟就早早地睡下了。一大早被闹铃声吵醒，爬起来洗脸刷牙，我挤上了早班公交车，往招勒的工作室赶去。

招勒来得很早，室内的景和光已经布好了。工作室里除了他没有其他人，我记得他拍摄时习惯让助理来帮忙的。

“只有你一个人吗？”我问。

“我让他们都回去休息了。”

招勒给我看了拍摄方案：“如果你觉得不好意思，现在就可以拒绝，没有关系的。”

“没事。”

招勒点头，拿着相机走到一旁耐心地等我。

摄影棚里只有我们两个人，他看着我，我低下头背过身去，磨磨蹭蹭了半天，才把衣服脱下来。

我按照拍摄方案坐在地上，室内的灯光被招勒调得很暗，尽管如此，我仍然感觉眼睛被涌进来的细微光亮刺得睁不开。片刻后听他说：“温藻，回头看我。”

我侧过脸去，有些紧张，慌张的视线扫视了一圈后落在了招勒身上，才慢慢安定下来。他正专注地盯着相机，面上没有多余的神情：“脸可以再往左边侧一点。”

“再侧过来一些。”他的眼睛从始至终没有从相机前移开过，我从他的眼睛里看到的只有专注。哪怕像我现在这样坐在他的面前，他看着我的眼睛里，也没有一点羞涩和其他的神情。我和其他人，在他眼中是一样的。

此刻我只是一个用来表达艺术的工具，我的心慢慢凉了下去。不管是现在还是过去，他对我的感情，从来只是一个以心换心的朋友，而不是其他，我早应该想明白了。

我勉强挤出一点干涩的笑容，看向镜头。

拍摄工作在中午就结束了，我换好衣服出来，招勒在检查着相机里的画面。

“下个月会在展馆里展出。”招勒说，“我带你下去吃午饭。”

“不用了，我回学校还有些事情。”

“我送你。”招勒随手关了相机，带我出去。

电梯还没有修好，出了门下楼梯，他走在我的前面，我默默跟在他身后。这么多年，我们一直保持着这种关系，但是我的心意却和当初不一样了。我低头看着他脚后跟，如果我把这层关系捅破，按照招勒这种眼睛里容不得沙子的性格，是连朋友都不能继续做的。

我不想让他为难，也不想让这段关系分崩离析地结束。

我慢慢停下来，一瞬间有些失神，不知不觉间招勒已经下了楼梯。

他这时候回头看我：“你怎么了？”

我也看着他，心里全是酸楚。

“没事。”我跟着他下了楼梯。

那天之后，我开始不再主动联系招勒，尝试着去划清我们之间这种模糊不清的界限，想尽快从这段关系里摆脱。

一段关系，越是想故意从中抽身，却越是深陷其中。

慢慢地，我每天都在刻意提醒自己，以至于连梦里都是招勒。而招勒像是注意到了我的行为，他那样心思细腻的性格，我故意避开他的举动，他似乎已经慢慢察觉到了。

像是一根被慢慢拉扯的线，慢慢绷得笔直，他工作很忙，也在减少跟我的联系。

但我仍然控制不住地去翻关于招勒的周边，他拍摄了哪些模特，接了哪些活动。半年来，他的工作似乎进行得意外顺利，已经开始和《风浪》杂志有了固定合作。这是一家时尚杂志，因为招勒，我每个月都会按时买回来。

招勒的摄影很有个人特点，他喜欢抓住人的身体结构曲线，利用光线、构图，将人体美展现得淋漓尽致。

而我也渐渐注意到，他在这家杂志拍摄的每一期人像，几乎固定不变的只用一位模特。看着内刊中她的照片，是我上次在招勒工作室见到的那个女孩子。我从杂志上，才得知她的名字——文至粤。

杂志上的这一张，她穿着一件红色的旗袍，漆黑的头发温柔地梳成一条辫子，嘴唇咬着一朵娇艳的玫瑰花。她望着镜头，眼神明媚而又妖艳，招勒把她拍得很美。

我把杂志合上，走到阳台透气，往楼下看时，看到宋戈开车进来，刚好停在我楼下门口的车位上。

差一点忘记今天还跟他有约，他今天要带我去看美术展的。我迅速洗了脸，看着镜子里自己的脸色似乎有些疲倦，从柜子找了一顶鸭舌帽戴上，随意换了一件衣服下楼了。

我打开车门坐进去，转过脸看向宋戈一脸神采奕奕：“你今天不需要工作的吗？”

“最近和客户磨合广告，磨合得灵感枯竭，正好跟你去画展看看大家的天马行空，找一下灵感。”他说着，又问了我一句，“要不要先带你吃点东西？”

“我不饿的。”

“那看完画展我们去找招勒，他最近有点新情况。”

提起招勒的名字，我的心脏“咯噔”了一下，理智告诉我暂时不应该再去见他，但很快还是被感性占据了上风。

“也好，最近他似乎很忙的样子。”

“他现在跟好几家杂志都有了长期合作，上次我去找他，他都忙得没有时间。”

我为自己找借口：“我没注意，最近都在忙着上课。”

“你这个脑袋是木头做的吗？”他笑着跟我开玩笑，但是我却完全笑不出来。

宋戈开着车驶到了美术馆的停车场，我们做了安检后拿着票进了美术馆。展馆有两层楼，十六个展厅贯穿到底，看了一些油画又看了一些国画，我看得心不在焉，很快从出口出来，站在停车场等宋戈。

他有些慢，一个小时后才出来，上来问我：“你怎么在我之前就出来了，我还以为你在里面。”

看了一眼手表，下午两点钟了，我先钻进了车里：“先去找招勒吧。”

美术馆距离招勒的工作室有两个小时的车程，下午有些犯困，我迷迷糊糊地在副驾驶上半睡半醒。

宋戈喊了我一声：“别睡啊！帮我看路，我一只眼睛看不清。”

我强撑着睁开眼睛，盯着车窗外的公路。

宋戈有一搭没一搭地跟我聊天：“你觉得我这个人怎么样？”

“有点凶！脾气也挺不好。”

他伸过手用力地敲了一下我的头：“认真的，说优点！”

我认真想了想，努力找出能形容他的词汇：“挺真诚的，也讲义气。其实刚开始，我总觉得招勒不可能和你这种人是朋友，接触以后才明白，你人真的很好，虽然有时候容易冲动。”

“真心的？”

“当然了。”

“既然你也觉得我这么好，你考虑一下我。”

我听到宋戈这样说，愣了一瞬，侧过脸看他。

他难得有不好意思的时候，目视前方没有看我：“我不是开玩笑的，你应该感觉到了，我经常找你是因为什么。你现在不用急着回答我，你仔细考虑一下。”

我几乎可以现在就直截了当地给他答案，但是他又用后半句话将我的想法瞬间堵住了。

接近五点钟，宋戈终于开车到了招勒的工作室。下车时，我只顾着解开安全带，他已经帮我把车门拉开了。

他难得如此体贴，让我感觉不太习惯。下车后，我刻意放慢脚步跟他保持一定的距离。

进了招勒的工作室，是另一个摄影师招待的我和宋戈。招勒还在办公室开会，工作室的隔音措施做得不是很好，隐隐能听到从办公室里传出来招勒的说话声。

我和宋戈在休息区等待了一会儿，半个小时后办公室内的说话声渐渐消失。招勒推门而出，他的身后跟着一个身材高挑、面容精致的女孩子。等她走近了，我才后知后觉地认出来，她是招勒经常合作的那位叫“文至粤”的模特。

我看着她时，她也看到了我，对我微微一笑，落落大方：“是你啊！我上次见过你。”

我有些莫名其妙，问她：“你认识我？”

尽管我经常在杂志上看到文至粤，但还是彼此不认识的关系。

“你忘了，那天晚上拍杂志，你来给李招勒送东西，我刚好看到你了。”

我这才想起来：“那天晚上穿红裙子的女模特是你？那天隔太远了，我没看仔细。不过你的眼神真好。”

文至粤笑了笑，没有接我的话，又转而问招勒：“你们是要出去聚餐吗？我正好今天没有事，你们出去可以带上我吗？”

“当然可以了。”宋戈先替招勒答应了下来。

“你们有开车来吗？”招勒问。

“有。”宋戈点头。

“那我带文至粤。”招勒说。

“跟我走吧，我们下去取车。”招勒跟文至粤率先下了楼。

我和宋戈跟在后面，耳边听宋戈在碎碎念：“前几天我听说有个女孩子在追求招勒，应该就是她吧。看样子两人差不多要在一起了。”

他的话一出口，我瞬间错愕住。

招勒那样的性格，对所有人都会不自觉地划出界限。从小除了我和死皮赖脸的宋戈，他并不喜欢和别人多接触。除了必要的学习和工作，他对任何人和关系都是点到为止，今天也是我第一次见到这样的招勒。

我心不在焉地坐在车上，却一心想着招勒的事情。

半个多小时后，车才开到了宋戈订好的餐厅，服务员带我们走到了角落里，一个靠窗的四人桌。我远远看到文至粤，她抬起手冲我挥了挥，像是一朵刚刚绽放的明媚而娇艳的花骨朵。

这样的人，大概是谁都不会去拒绝的吧。

我冲她点头示意，入了座。

“招勒出去接电话了。”文至粤温和地笑。

“那边有个熟人，我去打个招呼，你们先看菜单。”宋戈还没有落座，就径直穿过大厅。我看到他走向前方靠近酒水吧台的一个位置，有个穿着西装的男人看到他时站起身跟他握手。

“你叫什么名字？”一声柔柔的声音重新将我唤了回来。

我顺着声音看向前方的座位，文至粤交叉着两只手托在下巴处，正在打量我。

“我叫温藻。”我礼貌地回复她。

“刚才和你一起的那个男生叫宋戈吧，他们好像关系不错的样子，有时候招勒在忙工作，偶尔我看到他会有电话打进来。”

“是。”我小心地回答着，“他们很早就认识了。”

这时我想起了宋戈刚刚给我讲过的事情，还是忍不住想去探知文至粤对招勒的态度：“我听宋戈说，你好像在……”

似乎问初次见面的人这样的话题，总觉得太过不礼貌，我反复咬着那几个字，犹豫着要不要问出口。倒是她坦然自若地打断了我，像是猜到了我要问什么，直接奔赴主题：“你是问我最近是不是在追求招勒？那都是前一周的事情了，现在没有了。”

忐忑的心在胸腔里惴惴不安地跳动，听到她这样说，瞬间平复了下来。

她端起桌面的茶低头喝了一口，又说：“我们现在在一起了。”

我脑袋一瞬间蒙了，像是无数只蜜蜂在耳边“嗡嗡”乱响。我盯着面前的桌子，只看到了摆在眼前的白瓷茶杯，仓皇地端起来想要喝一口，并没有一滴水滑进唇间。

“你忘记倒水了。”对面的姑娘轻轻一笑，提醒我。

我这才反应过来，有些茫然地放下杯子。文至粤起身提起茶壶，往我水杯里加水。我看着淡黄的茶水从壶嘴里慢慢淌下，隐隐的香气在鼻尖散开。

“这是白茶。”她跟我解释，“你尝尝。”

我端起茶抿了一口，水淌进舌尖，全是苦味，竟然没有半点香气。

一顿饭我吃得有些索然无味，安静地坐在位置上低头咀嚼着。我并不想表现出这样颓唐的模样，但仍然控制不住自己懊丧的情绪。

“温藻。”有人在叫我。

我茫然地抬起脸，见到是招勒。他微微皱着眉头，脸上的表情却有些肃穆：“不舒服吗？”

借口已经脱口而出，我道：“可能是最近考试太多了，昨晚睡得少。”

“注意休息。”

我顺着他说的话点点头，埋头吃着碗里的鱼肉。

我潦草地吃好了饭，先出去站在餐厅门口吹风了。失落和难过已经快要压抑不住，我侧过脸看到招勒先从餐厅内出来，径直向我走过来：“有一件事情我要告诉你。”

“什么事？”

“上一次我给你拍的那一组照片，相机意外坏了，文件全部也都没了，所以我没有送照片参加摄影展。”

“我知道了。”尽管我很想帮助他，但一些事情最终还是事与愿违，想到这里，更让人觉得沮丧。

我就顶着这一张精神萎靡的脸坐着宋戈的车返程回去了，我全程沉默着，不想去想招勒的事，但是一闭眼却全都是他。

“你上午跟我去美术馆的时候还挺好的。”宋戈开着车，一边思考，一边问我，“是不是因为我的事？”

“和你没有关系。”

“那是因为什么？吃饭的时候，我感觉你像是几天没有睡觉又突然被人叫起来，那副死气沉沉的样子。”

我头痛地将鸭舌帽往下又压了压，整个人缩在座位上将脸侧过去，好避免宋戈的干扰。

晚上回到了学校，赶上了熄灯的时间点，我简单地洗了洗脸就躺到床上去。湿漉漉的水珠渗进被褥间，蹭到身上潮湿一片。

我看着面前漆黑的天花板，隐隐透出模糊光亮来的白炽灯。招勒的样子充斥在我的大脑里，在过去一段孤单而又漫长的日子里，我们在黑夜里互相取暖，而现在似乎正慢慢走向衰竭。

手机在枕头边振动了很久，是宋戈的来电。

接通的瞬间我们都沉默了。

他沉默是因为羞于表达，而我不说话是因为在想着招勒。

宋戈咳嗽了一声，才问：“睡了吗？”

“我还醒着。”

“白天我跟你说的事考虑得怎么样？”

我望着天花板，招勒的模样在眼睛里渐渐消失，只剩下一片漆黑。

他又问：“你只用说好还是不好？”

我闭上眼睛，文至粤和招勤的事情又重新跃入脑海，我鬼使神差地回答他："好。"

那一刻我心里竟然对宋戈有些许的羡慕，他会因为喜欢就直接表达，哪怕或许会被拒绝。而我不能，一颗担惊受怕的种子从小被埋在心里，我不能承受失去招勤的风险，哪怕是永远作为一个普通的朋友，我也接受不了被他拒绝后彻底分崩离析的局面。

我将脸埋进枕头里，努力不哽咽出声，但泪水还是一点一点地沾湿枕头了。

一直紧绷的弦，在这一刻被拉断了。

第十九章

你喜欢招勒，对不对？

我看着面前的照片怔怔出神，招勒曾告诉过我，拍摄我的相机意外损坏，并没有留下一张照片。但是为什么多年之后，它意外出现在我的面前，是招勒撒了谎?

但是他为什么要这样做，难道他对我的感情并不像我想的那样？我开始有了一丝动摇，在他的眼中，我始终是一个鲜活而生动的人，其次再是一个用来表达艺术的工具。

这样的念头很快被我打消了，招勒从未表明对我的喜欢，我也没有往这方面想过。而且从那时候开始，我很少再去见招勒了。

大学毕业后，我找到了一份设计工作，经常加班到深夜，早上被客户的电话吵醒，咬着面包就赶去公司工作。

我站在公交车上靠在门边昏昏欲睡，宋戈的电话就打进来了："中午我去接你一起吃饭。"

"恐怕没有时间，我要跟客户见面。"我脑子迷迷糊糊地回应他。

"那晚上呢?

"晚上我还要加班。"

"是不是明天中午和晚上也是一样？"

"也许吧。"我话刚讲到一半，电话就被宋戈挂断了。

我叹了一口气，望着窗外，他这种骨子里自带的公子哥脾气真是数十年如一日。

宋戈生着气，我倒也忙得无暇去顾及他。刚参加工作，项目上的事做得一头雾水，跟了半个月的项目还没有完成。

挨到周六时，我已经快累成了一团烂泥。

早晨还在昏昏欲睡着，手机在床边反反复复地响，我困得睁不开眼睛，随手将电话挂断，又重新睡了过去。

强有力的敲门声彻底终止了我的睡眠，我半睁着眼睛，疲倦地踩着拖鞋去开了门。

门外站着的是宋戈，他穿着一件灰蓝色的西装，一大清早神采奕奕。看到我，他抬了一下腕表，示意我看时间："快到中午十二点了。"

我这才清醒过来："你先进来吧。"

我说完，转身进洗手间刷牙洗脸。宋戈的声音从客厅里模模糊糊地传过来："招勒搬新家了。"

"哦。"我洗干净了脸，用毛巾将脸上的水擦干净。

我踱步到客厅，看到宋戈正在折腾我栽种在阳台上的花花草草，他回过头打量着我："一会儿我带你去找招勒帮着收拾点东西。"

我简单收拾了一下，跟着宋戈去招勒家。

招勒的新家在郊区，宋戈也是初次来，在一片田野间绕了好几圈，才终于找到一条小路拐进去。

车在招勒院外的门口停了下来，我一进门，就看到了栽种在院子里的桂花树。还没有到桂花盛开的季节，只剩一树繁茂的树叶郁郁葱葱。

大门没有关，我跟在宋戈身后进去了。招勒正在收拾东西，见到我，一瞬间面上闪过一丝惊讶。

“这地方真的难找。”宋戈调侃招勒。

地上全是零零散散的东西，宋戈动手帮招勒搬家具。

我帮忙打扫卫生，一会儿听见宋戈的手机响起来，他接了电话，眉毛几乎拧到了一起：“这怎么会出错的，好了，我知道了。”

宋戈对招勒嘱咐着：“工作上出了点事情，我现在就要过去处理。一会儿你帮忙送温藻回家。”说完，他对我露出抱歉的神情，匆匆忙忙地走了。

屋内就剩我和招勒两个人，好几箱家具摆在角落里还没有拆封。招勒在整理书架，我从厨房里找来剪刀，把箱子拆开。

我们各自在忙着自己的事情，也不说话。和招勒在一起，即便是沉默一整天，我也从来不觉得有半点不适。

我们很少这样单独待在一起了，我剪开箱子，回头偷偷看他。他正在用锤子敲书架上的钉子，低着头看不清他的模样，他一贯是那样专注的状态。

箱子里装的是满满一箱餐盘，还没抱出来就觉得沉甸甸的。忽然间，箱子里投出一束影子，不知道什么时候招勒已经走过来了，他在我的面前蹲下来：“小心伤到手，让我来。”

他把箱子里的餐具都抱到了厨房，我跟过去想要帮忙洗碗。

招勒出去帮我拿洗碗用的塑胶手套，我捣鼓着新装的热水器，试着按了几个按钮后，滚烫的热水从水龙头里瞬间倾泻而出冲到我的手背上。

我痛得迅速收回了手，还没有反应过来，手已经被招勒一把抓住。他拖着我快步走到洗手间，开了冷水开关，将我的手按进冷水里。

手背足足被冷水冲了两分钟，火辣辣的疼痛减轻了很多。

招勒这才松了手，把水龙头关掉，转身出去了。

片刻后，他带了一管烫伤药回来，拆开包装盒子，他低头仔细地看着药上的生产日期和使用说明。

“还能用吗？”我问他。

“可以。”他说着，拧开了烫伤药，一股烧煳的难闻的味道从瓶子里散发出来。他用棉签蘸了一点，轻轻抹在我烫伤的手背上，“还疼吗？”

“有一点。”

他的动作轻了不少，慢慢地将药擦在我的烫伤处：“听宋戈说你最近工作很忙。”

我愣了一下：“可能是没多少经验，所以经常项目通不过，就会加班到很晚。”

“有什么事可以跟宋戈和我说的。”他帮我擦完了烫伤药，“你先休息一会儿，这里我来就好。”

我不像来帮忙的，倒是像来添乱的，只能跟在招勒身后，拣一些轻便的事情做。

傍晚时，屋内的东西整理好了一大半。明天还有工作，招勒主动提起来开车送我回家。我很想和他再单独待一会儿，也只能作罢。

快天黑时，车终于开到了公寓楼下。车内漆黑，透过车窗看到路边有昏暗的路灯亮着。

“我先上去了。”我提起背包，跟招勒告别。

“温藻。”他突然叫住我。

我回头看着他，他也在看着我：“还像小时候那样好吗？我感觉我们好像越来越陌生了。”

我们彼此心照不宣的感受现在被他捅破到面前。因为宋戈和文至粤，我的确一直在刻意回避他，我们之间的联系在一点点变少，我们都感受到了彼此的这种潜移默化的改变。

“是想做永远的好朋友，对吗？”我问。

他没有回答我，但我知道，这算是他默许的态度了。这么多年来，我们一直是这样互相陪伴和依靠的关系。我不敢打破，这是我们共存的平衡木。

他递给我一只小盒子：“这个你拿着，以后如果遇到了急事，可以随时来找我。我还是从前那个李招勒。”

我下了车，看到招勒启动了车，在我面前慢慢倒退。车子开出了小区，我打开盒子，看到盒子里躺着一把钥匙，那是招勒家的钥匙。

他是真的，一直用心地把我当成最亲近的人。

那么久远的事，想起来还是让人难过。我收好照片，去卫生间洗脸，镜子里的自己蓬头垢面的。我从口袋里找出便利店店员给我的那颗糖，剥开糖纸，把糖塞进了嘴里。

是甜的，好像终于不再是吃什么都感觉一股苦味了。

我打量着镜子里的自己，头发已经长得很长了，因为不经常打理，看起来毛毛糙糙的。

不应该把自己搞成这样狼狈的样子。

我出门找了家理发店，把头发剪短了不少，才看起来精神点。

广场上有几个大爷拉大提琴，曲子是《出埃及记》。

周围挤满了人，我挤在人群中听了一会儿，不经意间看向人群时，有人正在看我，长得和胡有为很像。等我准备仔细看时，人已经不见了。

我听完曲子出了广场，漫无目的地穿过街道，隐隐之中总感觉有人跟着我，回头看过去却没见到人。

我往后走了几步，身后街边有一家茶餐厅，透过玻璃窗户，我看到胡有为正坐在饭店里，喝着桌子上的橙汁。

他为什么会出现在这儿?

我来不及多想，这样的发现足够让我惊喜了。我大步朝他走过去，他倒是也看见了我，隔着窗户望着我，也不走。

我嗅到了一丝古怪，但这是极其不容易才得到的机会，绝不可以临阵脱逃。

手机在这时不合时宜地响了，我看了一眼，是成泽浩的电话，挂断之后它紧接着又响起来了。

我只能接通：“喂，怎么了？”

“我有件事情想跟你说。”

“嗯。”

“我今天早上见到胡有为了。”

我看着饭店里的胡有为，不太明白现在的情况：“你也见到他了？”

“对，我今天早上去招勒先生的工作室拿摄影器材，就在门口看到他了。当时我没认出来，还请他进去喝茶了。他说之前有块手表忘在招勒先生这儿了，他还给我看了手表的照片，就是上次你从徐灿手里拿走的那块表。”

“那你跟他说了吗？”

“说了啊！我说手表在你那儿呢！他什么都没说就走了。后来我想想挺奇怪的，就先跟你打个电话说说。”

“不打自招。”我心里想到这个词，下意识地说了出来。

“啊？”

“我不是说你。”本来得到那块手表的证据，查到林洵时，我只是对胡有为有所怀疑而已，不敢确定林洵的事跟他有关系。

前些天我找到胡有为，我想他大概也是紧张了，怕我再继续顺藤摸瓜查到更多东西。然而现在他这么快就有了动作，必然是东西对他很重要，他想抢先一步拿到证据。只不过一开始，这块手表就被我拿到了。

我看着坐在饭店里的胡有为。这样的偶遇绝非巧合，他应该是跟踪我很久了。

这是有备而来的敌人，就算我再有一肚子的疑问，也不能在此刻和他硬碰硬，比谁的力气更大。上次我能脱身是因为他不打算和我纠缠，这一次不能鲁莽行事了。

我挂断了电话，转身往前走。我不能被胡有为发现出了状况，应该默不作声甩掉他才好。

我走了一会儿，余光瞥见他跟了上来。

我加快了脚步，余光看到他也加快了步伐。

身后的人甩不掉，我跑了起来，拐到街角，左手边是一家西餐厅。

穿过这家西餐厅，可以走到另一条街。

我拉开餐厅门进去，快步往后门走去。身后的人越追越紧，在餐厅的过道边，我意外看到了宋戈。他穿着一件灰色的高领毛衣，坐在过道边餐桌的位置上，他也看到了我，表情有些疑惑。

他的对面坐着一个西装革履的男人，桌子上放着几份文件，应该是在谈工作。

我冷静下来，快步走过去，勾起了一个勉强的微笑，对着宋戈说："好巧啊！在这儿都能遇见你。"

"你朋友啊？"对面的男人问宋戈。

"嗯。"宋戈看着我，有些不解。

"我等你，一会儿一起回去。"我说。

"什么？"宋戈有点惊讶。

我压低了声音："帮帮我，胡有为在跟着我，甩不掉。"

"坐吧！等我一会儿！"他表情诧异，随即反应过来，拍了拍旁边的一个空位置。

宋戈帮我要了一杯冰水，我猛喝了几大口，一身燥热才慢慢平复下来。趁着他们继续商谈工作的工夫，我往四周望去，胡有为已经不见了。

冰水喝了一大半，宋戈商谈的工作结束了，对面的男人客客气气地跟宋戈告了别，提起公文包走了。

"你是怎么回事？"他问我。

"胡有为在找我，他想要我手上的证据。"

他有些困惑："你找到胡有为了？"

"是。最近我查到了林洵，她的案件里有个至关重要的证据，现在在我的手里。刚刚我在街上撞见了胡有为，他大概也是跟我很久了。"

他把桌面上的文件整理好，装进了手提包："回去细说。"

回到家，我发现门锁坏了。门虚掩着，我推门进去，入眼是满屋子的狼藉。

客厅被翻得一团乱，坐垫乱丢。卧室和书房更是乱成一团，柜子开着，报纸和书扔得到处都是。

我去厨房打开了储物柜，在最底层找到了好好存放的旧表带，我松了一口气，还好没有丢。

“报警好了。”宋戈说。

“不用，我知道是谁了，速度倒是挺快的，连装都不装了。”我说，“早上李钟川给我打电话，说招勒家里失窃了。这边这个贼马上去了招勒的工作室，后脚又马不停蹄来我这儿了。”

“胡有为？”宋戈问。

“是他。”

我去书房调监控看，下午三点四十七分，就在我刚出门不久，胡有为就来撬锁了。

“看来他是破罐子破摔了，连遮掩的功夫都懒得做。”现在想来，这个证据对他不是一般的重要。我关了电脑，去客厅收拾东西。

“你现在查到哪一步了？”宋戈倒是不客气，自己接了一杯热水，坐在沙发上看着我收拾东西。

“前段时间，我跟你提起过，我去查了当时发帖造谣招勒的人，发现是胡有为。那个时候，我意外拿到了一块旧手表。当时我没有很在意，不过最近才发现，这块旧手表的另一半表带曾经出现在了当年林洵溺水案的遗物里。”

“旧手表？”

“表带被我换下来了。”我指了指手上的腕表，又找出那半条被我取下来的表带，“是这个。”

打开手机，我翻到当时从报纸上拍的证物给他看：“剩下半条在林洵的遗物里，我不知道怎么跑到她那里去了。”

“那这和胡有为有关系吗？”

“没有关系都变得有关系了，当时我还在猜测这块手表到底跟谁有关，现在看来是胡有为。”

把房间收拾干净，已经不晚了。

我叫了门锁师傅上门维修，大门锁芯已经被换过了，但还是担心胡有为会找上门来。出了卧室，看到宋戈正在客厅里看文件。

我看了下时间，已经晚上九点了。他没说要走，我也不好意思提。

“这几天我睡你家客厅。”他收拾着文件，看了我一眼，像是通知我，“我还不想你在没查清楚事实前，就因为胡有为被踢出局了。”

“会不会麻烦你？”

“你麻烦我的还少吗？还怕差这一点。”

我去房间找了一床毛毯给宋戈，他很困，裹上毛毯就睡着了。我帮他调高了客厅的空调，关了客厅的灯。

我蹑手蹑脚地去卧室时，昏暗的室内，他叫住我的名字：“温藻。”

“怎么了？”我回头看，他正盯着客厅里那张我和招勒的合照，原来还没睡着，“是觉得太冷了吗？要不然我再把空调温度调高点？”

他摇摇头：“你喜欢招勒，对不对？”

我没说话，望着宋戈，黑暗里看不清他是什么表情，说出这句话的语气倒是显得很平静。

“是。”以前我不敢主动承认，现在倒是没有再继续沉默的必要了。

“你还记得那天晚上，外面下着大雨，你扔下我出去了。那个时候我就知道你的心意了。”

“我记得。”就是因为那个晚上，我和宋戈的关系分崩离析，从破裂走向崩溃。

第二十章
逐渐清晰的真相

下雨天，我窝在床上刚睡醒。

推开窗户，雨水打湿了窗台，青苔浓郁又湿润。

客厅的电视在响着，我把窗户关紧了一点，去了客厅，宋戈正在看电视。

“你怎么现在才睡醒？”他跟我说，“我好不容易今天有时间，足足等了你一下午。”

“最近工作实在太多了，所以睡得晚了。”

我去洗手间刷牙，顺手拿了手机看时间，发现有好几通来自成泽浩的未接来电。

我拨过去，对方立刻接了：“温藻，我听说招勒先生出车祸了，现在正在抢救。”

“出车祸了？”我把嘴里的牙膏泡沫吐了出来。

“我现在在外地，联系不到他，打了文至粤的电话也没有人接。你能不能帮我找找他，现在是什么情况我都不知道，手里现在来了一堆工作，我也不知道该不该接。”

我瞬间清醒了：“那他现在在哪个医院？”

“人民医院。”

我快速漱了口，回卧室随便拣了个外套，慌慌张张地准备出门。刚走到门口，宋戈就叫住了我：“你去哪儿？”

“招勒出事了，我现在要去找他。”我说着，走到门边想要换鞋，内心一片火急火燎，鞋带怎么系也系不好。我干脆甩下了鞋子，就穿着一双拖鞋去开门。

“温藻！”宋戈又喊了我一声，几步上前扯住了我的胳膊。

“对不起，我现在就要过去。”我来不及对他多解释什么。

“如果你今天离开这里，我们之间就结束了。”他在威胁我，恶狠狠的语气。

他的话让我惊讶了一瞬，我深深凝视了他一会儿，没有妥协：“那是招勒，不是别人。”

我用力挣脱宋戈，他还攥着我的手臂，挣扎中我往后踉跄了两步，柜台上的闹钟被撞下来，砸到了他的额头。

他终于松开了我，我看到有血迹从他的额头蜿蜒流下。

我吃惊了一瞬，磕磕巴巴地问他：“没事吧？”

他没说话，我想去看他的伤口，他甩开了我：“不用你管。”

“对不起。”我甩下这句话出了门，快步走到电梯口。电梯在往上升，我等得焦急，直接走了楼梯快步往楼下冲去。

屋外瓢泼大雨，一出门就被浇得湿透。我在路边一边打着哆嗦，一边焦急地拦出租车。十几分钟后，终于拦下一辆路过的出租车，但此刻我已经浑身湿透了。

“去人民医院！快一点！”我一边抽着冷气，一边嘱咐司机。

出租车在雨里疾驰，我的心脏一直狂跳不停。

出租车开到了医院，我问司机：“多少钱？”

“二十三块。”

我摸出一张五十块的纸币塞进他的手里，一把推开车门跳了下去，身后传来司机的大喊声，隔着雨幕钻进我的耳朵里：“我还没找你钱呢？”

我一路跌跌撞撞地狂奔，问了前台手术室的地址，进了电梯直奔三楼。穿过医院狭长的走廊，我在走廊尽头的手术室门口看到了招勒。他站在走廊边，背挺得笔直，闭着眼睛像是在休息。一边的椅子上坐着李钟川，他抱着头，身体发抖。

见到招勒安然无恙，我狂跳不止的心慢慢变缓下来，头发和衣服上的水珠“啪嗒啪嗒”地往下滴，我定定地站在原地，突然脚下软了。

虚惊一场，我瘫坐在地上，还好只是一场误会。

我喘了几口气，从地上爬起来。招勒听到了动静，睁开眼睛向我望过来。他的眼神很疲惫，像是没有休息好的样子。

“你怎么来了？”他问我。

我走过去，见到他安然无恙，心情慢慢平静了下来：“你没事吧？我听成泽浩说你出了车祸，正在抢救，把我吓坏了。”

“怎么会谣传成这样？我没事，只是在赶到医院的时候，车发生了一点小剐蹭而已。”

手术室的门开了，医生从手术室内走出来，面上的表情极其严肃，径直朝招勒和李钟川走过去。

李钟川站起了身，焦急地问：“我妈怎么样了？”

“节哀吧，我们努力了，但是没能抢救过来。”

李钟川看着医生，一脸的不可思议，站在原地没有动。他捂住脸，压抑的呜咽从指缝里传出来。

招勒沉默了，片刻后却安慰起他：“我去联系殡仪馆，回去再收拾点东西，你在这儿等我就好。

面对这样的突发事件，招勒却从头至尾都镇定得过于异常。

我还站在原地看他时，他已经向我走近了，声音在我头顶轻轻擦过："跟我来。"

我跟着招勒下到车库，坐到车上。他开车驶进雨里，雨刷一遍一遍推开玻璃窗上的朦胧雨水。我安静地坐在副驾驶上，看着招勒一脸淡漠的神情，始终一言不发。

车开到小时候的招勒家，他给我找了一套自己的衣服："把湿衣服换下来，会感冒的。"

"好。"我抱着衣服钻进洗手间，将粘在身上的衣服脱下来。招勒的衣服很宽大，像是买了一件最大号的衣服穿在身上，裤腿拖拉着，差点被踩到脚下去。

我抱着湿衣服从卫生间出来，看到招勒站在窗边，背对着我在打电话，像是在联系殡仪馆的相关事宜。

我没有打扰，挑了个沙发偏僻一点的位置，坐下来叠湿衣服。

"手给我。"有人在我面前蹲下去，抬头看到是招勒。不知道他想做什么，我伸手过去，他握住我的手腕帮我把多余的袖子慢慢挽上去，又接着帮我把留出一长截的裤腿也挽到脚踝。

"一会儿去哪儿，我送你。"他说。

"我陪你去医院吧，或许我可以帮上忙。"

他没有拒绝，收拾了两件外套和东西又开车回医院。

比起李钟川手足无措的慌乱，招勒条理清晰，他的难过几乎从来不表露于外。但我知道，他内心的痛苦和难过并不会比别人少半分。

"你妈妈是怎么了？"我轻轻问招勒。

"突发心脏病，我赶到时她正在抢救。"

招勒没有再说话，我也没有再问。

下了车，我让招勒先上楼，自己取了雨伞从另一个出口出去，想去买点粥和吃的回来给招勒。

医院门口有不少小吃店，我买了几杯瘦肉粥和一些牛肉饼、发糕，打包带回去给招勒和李钟川。

进了医院，我收了雨伞，拎着手里的东西再次来到三楼。远远地，我看到了文至粤，她站在招勒身边在跟他说话。

我走过去，将手里的东西放在招勒身边的椅子上，看向文至粤和招勒："公司打电话来，让我回去处理些事情，我先走了。"

"路上小心。"招勒说。

我跟他点头，转身离开。

在招勒最无助的时候，我没有合适的理由站在他的身边。那一刻我知道，一切回不去了，他已经离我很远了。

想到宋戈头上还有被我砸的伤口，我回去的路上顺路去药店买了消毒水和创可贴，推开门看到他正坐在沙发上，头上的血已经结块了。见我回来了，他神情冷漠。

我把东西放在他面前："这里有消毒水，还有创可贴。"

"你知道今天是什么日子吗？"

我想了想没有想到答案："我不知道。"

"我的生日，本来想和你一起过的。"他的眼眶红了一圈，"我们分开吧。"

"什么意思？"

"就是分手的意思，你从来没有喜欢过我，我也不想再自欺欺人了。我知道只要我不说出这句话，你永远都不会主动提。"

我愣了一会儿，低下头，眼泪流了出来："我不想伤害你。"

"但是我已经感觉到了。"

宋戈起身，捡起沙发上的外套穿上："我走了。"

我看着他从我面前走开，身后响起了一声轻轻关门的声响。面前放着的创可贴和消毒水，他也没带走，我知道一切都结束了。

“那时候，我就知道，你喜欢招勒了。即使你不说，但是我能感觉出来。”宋戈说，“以前我们是朋友的时候，你对他好，我以为只是朋友的关心。后来我才发现，这种好是有区别的。比如那一天，你选择了招勒，而没选择我，这是你潜意识的行为。”

“所以，也就是从那时候开始你跟招勒关系不好了。”我竟然丝毫没有察觉。

“现在你回来了，再见到你，我以为我会不知所措。但是见到你后，除了心里的愤恨不断驱使自己做出抗拒你的事，我居然没有其他感觉。后来，我居然连愤恨都没有了。我想我现在对你的感情，只是不甘而已。”

我苦笑一下：“你对我的那是喜欢。小时候我爱吃烧麦，我以为那就是爱。可是后来长大后，我却厌恶起了这个味道，我才明白那只是喜欢而已。喜欢也许会随着时间改变，但是爱不会，这就是二者的差别。”

“睡吧！”他说。

我回到卧室，房间的暖气开得很大，让人感到燥热。我在阳台上吹了会儿风，才平静一些。

回到房间，我看到衣架上还挂着上次带回来的文至粤的包。

闲来无事，我动手翻了翻包，包里放了一盒咖啡豆、一管口红，还有一张发票。发票是一家咖啡店开的，店门叫“品森咖啡”。这家店我很熟悉，在我从前工作的公司对面，偶尔加班时，我会过去喝一杯。

无意间翻过来时，看到发票的背面写着一行字“周六下午一点见，记得守时”。

写得倒是挺隐晦的，像是怕被发现似的。

我看了一下日期，后天才是周六。想到文至粤在公交车上曾经跟我说过“我和你才是一伙儿的”，当初是不可思议，现在看到这句写在发票上的话时，我有一丝动摇了。

我不清楚至粤要做什么，但是能和她见面总是最好的。

这家咖啡店离得远，周六的时候，我提前几个小时出了门，等赶到咖啡店时却没见到人。

我等了两个小时，咖啡都续了三杯，也没见到半个人影。

大概率是被放鸽子了，要么是我误解了发票上的那句话。

我继续耐心地等了半个小时，准备走时才看到文至粤姗姗来迟。她戴着一顶黄色的针织帽，遮住了一半的脸，一进门就直奔我过来。等她摘了帽子，我才认出她来。

“我以为你不会来了。”我说。

“胡有为盯得紧。”她冲服务员招了招手，“这里来一杯水。”

她说出的这话，在我的意料之外，我只知道上次她帮着胡有为避开了我，没有想到他们的关系走得这么近。

“认真的，看到你在发票上留的那句话，我还不敢相信你会想见我，你和胡有为是怎么一回事？”我问她。无论如何我也不愿意相信，她会和胡有为这样八竿子打不着的人有所联系。

“因为招勒。”她说着，话题一转，“说起来这家咖啡店招勒倒是经常来。”

“打扰了。”服务员上来说了一声，给文至粤递了一杯白开水。

“你认识李招勒吧？”文至粤转而问跟前的服务员。

服务员愣了片刻才反应过来："就是那个最近刚去世的摄影师吗？"

我皱起眉头，低头喝了一口咖啡。

"是他。"文至粤点头。

"认识的，只不过最近半年他很少来了，以前倒是经常见。他点了咖啡也不喝，坐坐就走了。因为他长得好看，所以我们对他印象挺深刻的。"服务员说。

"没想到招勒居然喝起咖啡了。"我叹了一口气。

说起来我这几年跟招勒减少了联系，他做了什么我都不太清楚。当下文至粤像是在跟我炫耀，但我并不太想理会这些，只想尽快把事情搞清楚。

我看着文至粤问："那天你说过跟我才是一伙儿的那句话，是认真的吗？还是说你是骗我的？"

"我今天来找你，就是来跟你说清楚的。"她不再弯弯绕绕了，"当下我也没有必要再遮掩了，你收到的监控视频，是我哄骗胡有为发到你的邮箱的。"

"为什么要这样做？"

"招勒去世之前，其实我撞见过胡有为来找过几次他。他们之间具体在谈什么我不清楚，我只知道招勒在见到他后整个人状态都变了。我查了胡有为，发现他之前曾经犯过一起故意伤人案。虽然这和招勒的死因没有直接关系，但是我想查清楚他和招勒之间的秘密。"她说，"我找到胡有为，给了他一笔钱，让他盗走宋戈手中的监控视频后，发到你的邮箱，就是为了引你出来去调查胡有为。"

"胡有为不会这么愚蠢，如果我查起了招勒的事，他怎么可能独善其身？"我说。

“他不知道那是你的邮箱，他以为是我的，我花钱让他拿到监控视频发送给我有什么不对吗？不过他不久就开始怀疑起了我的动机，因为你在邮箱里发给了他一句话，我差点露馅。”

我想起来，我在邮箱里给对方回复过一句话“你是谁”，至今也没有回我，直到我查出这是胡有为的邮箱。

“那你们现在是什么情况？”我问。

“表面上合作的关系，我骗他招勒的死我也有参与。他做的一些事被你查出来，现在他和我是一条船上的人。”

“他倒是也信。”狐狸似的人果真要靠另一只狐狸才能治，换成我被盘问几句估计就露馅了。我知道文至粤这个人一向舌灿莲花，仔细想了想当下的境况似乎跟她哄骗胡有为十分相似，让我也不得不慎重起来，“我怎么知道你是不是也在骗我，想从我这里套取信息给胡有为？我有什么理由相信你。”

“我有个关于胡有为和招勒的线索，诚意够了吗？”

“什么线索？”

“之前我在招勒的办公室的录音笔里听过一份录音，是招勒和胡有为的谈话。当时我听到了一半，招勒就进来了，我没有继续再听。只不过，招勒去世后，我去他的办公室找，这支录音笔已经不见了。”

“你有听到什么吗？”

“提到了你，还有些证据之类的话，这样的事情，也只有你们才清楚。”

怪不得文至粤将我牵扯进来，现在看来，这是她费尽心思策划的一场游戏，想利用我撕开这个故事里烟云缭绕的漏洞。

文至粤说：“时间也不早了，出来太久胡有为会怀疑，今天我就先走了。”

我吃惊：“你和胡有为住在一起？”

“是，方便盯梢。”

“你千万小心。”我又问她，“如果我想见你，怎么找你？”

我和文至粤交换了电话号码，她拨通了我的手机后又嘱咐：“这是我新的手机号码，但是我不方便接电话，除非是急事可以用电话联系，如果有别的什么事就来这儿找我。偶数日的时候，下午我会避开胡有为过来。”

第二十一章
最后的证据

和文至粤分开后，我跟成泽浩打了电话："最近还忙吗？"

"不算太忙，现在在家休息呢！"

"那我去看看你吧！"

出了咖啡店，雨下一会儿停一会儿，淅淅沥沥的小雨不影响开车的视线，我在雨里慢慢开着车子。到了成泽浩家，我敲了好大一会儿门，门才被打开。

看他的第一眼见到他的左手臂打了石膏，用纱布一圈圈缠在脖子上，身上穿了一件皱皱巴巴的长袖，他用另一只手给我开门："你来了。"

"你的手臂怎么受伤了？"我问他。

他不好意思地笑："工作的时候扛着摄像机不小心摔伤了。"

我跟着他进了门。

一室一厅的小公寓，铺着木质地板，东西规规矩矩地摆着，客厅的墙上贴着科比的海报。

厨房里传来他的声音："只有橙汁，你可以吗？"

"不用了，你的手不方便。"

我话刚出口，一瓶橙汁已经被他递了过来。

大冷天的，我没有太想喝冰橙汁的打算，将饮料接过来握在手里，又看了一眼他打着石膏的手：“你的手臂还好吗？”

“没事没事，就是换衣服的时候不太方便，这一个星期我一直穿着这一件衣服。”

他笑着，我也跟着笑了笑，这才想起今天来这儿的目的，对他说：“我来是想向你打听一件事。”

“你说。”

“我来是想找一支录音笔，应该是招勒的，你见过吗？我听文至粤说她在招勒的办公室里见过。”

“录音笔。”他认真地想了想，“没什么印象，不过你可以去工作室找找看。钥匙在他哥哥手里，你想去可以跟他要。”

“好。”

“说起文至粤，其实我感觉招勒先生似乎并不是很喜欢她。”他告诉我，“我知道说别人隐私可能不大好，但是我知道，招勒先生之前私下跟文至粤提过几次分手，但文至粤都没有同意。上次你来找我去查帖子的事情，我回去也认真想了想，我能感觉出招勒先生最近半年都很奇怪。”

“怎么说？”我问。

“就是……其实我也不知道是什么原因，也不知道是因为那个泼脏水的帖子，还是文至粤。我总感觉招勒先生这半年状态不是很好，整天不苟言笑的，比以前认识他的时候要严肃多了。而且，我知道他之前就有轻微洁癖，但是那段时间他的洁癖却比之前还要严重了。有次我去招勒先生家拿资料，事后他专门对屋子做了消毒，之后再也没有让外人去过了，就连文至粤也不行。我总觉得，应该是他焦虑加重导致的吧！”

“他这半年情绪都是这样吗？”

“是，表面上倒也看不出什么问题，但是感觉他整个人像是一根紧绷着随时会断掉的弦一样。”

我的心情有些沉重：“看来还有些问题需要弄清楚。”

没有找到关于录音笔的线索，我决定等第二天去找李钟川要了钥匙，再去工作室找找看。

回去时，一开门发现屋内的灯亮着，心里下意识有些紧张。我从客厅壁橱里拿了一个红酒瓶握在胸前，小心走过去时，见宋戈背对着我在厨房里做菜。

我松了一口气。

这人倒是不客气，轻车熟路地把这里当自己家了。

“你拿着一瓶酒干什么？”他这时看到我了。

“我还以为是胡有为呢！”

“面好了，自己端吧。”他说，自己端着一碗面，拿着一瓶醋出去了。

面是很平常的西红柿鸡蛋面，清汤寡水的，但也不算难吃。宋戈往自己碗里倒了许多醋，低头吃着。

“不咸吧？”他问。

“很淡。”淡到像是没放盐。

他盯了我一会儿，欲言又止：“将就吃。”

“我今天去见了文至粤。”我戳了戳面条，“她现在和胡有为在一起待着呢!

“她在搞什么？”

“她骗了胡有为，其实在监视他吧！想从他那里拿些线索。”

“是吗？”宋戈挑了下眉毛，像是觉得好笑，“胡有为这个人，虽然做事不顾后果，又油嘴滑舌，好在没有那么精明，碰到文至粤，这下有得缠了。”

第二天，我去找李钟川拿了钥匙去工作室。

这么久没人打扫，工作室的器材都落满了灰尘。招勒的办公室很干净，除了一台电脑、盆栽和一些文件之外什么都没有。

我翻箱倒柜地找了一会儿，什么也没找到。

我翻了几个小时，也没有找到录音笔的踪迹。起身时有点头晕，脚下也有些站不稳，我下楼买了几块巧克力，坐在车内吃了两口。

靠在车窗边睡了一会儿，被成泽浩的电话吵醒了，我接了电话：“怎么了？”

“昨天你来问我那支录音笔的事，其实可以去问问我同事。我之前其实本来想离职的，招勒先生曾提前找过一个助理来熟悉岗位，只不过那个人毛手毛脚的。”

“他叫什么名字？可以帮我联系一下吗？”

“他叫朱峥，我不知道他现在去哪儿工作了，但我有他的电话号码。”

“你把电话号码给我吧！我问问他。”

“我发给你。”

挂了电话，便收到了朱峥的电话号码，我这才来了精神，把剩下的巧克力一口气吃完了，嚼完后输入了电话号码拨过去。

电话没人接，我又拨打了几遍也没有人接听。

我叹了一口气，又撕开一块巧克力咬了一口。

直到傍晚间，又拨了遍电话，对方才接起来，声音听起来迷迷瞪瞪的，似乎是刚睡醒：“你好，有什么事吗？”

“请问是朱峥吗？”

“哦，我是。”

“我是招勒的朋友，我听说你在招勒的工作室做过工作？”

“嗯，怎么了？”

“就是我有些事需要问你，我想跟你见一面，不知道你方不方便？”

“你从哪里找到我的电话的，你是骗子吧？”

“不是。”我头疼地捂住额头，“是成泽浩给我的，不信你可以问他，我真的不是骗子。”

“你等等啊！我问问。”

朱峥挂了电话，一会儿又打回来了：“我问过成泽浩了，刚才不好意思，不过你找我有什么事？”

“你方不方便呢？我过去找你。”我说。

“好像不方便吧！”

“啊？”我抓了抓头发，“那到底是方便还是不方便呢？就浪费你一会儿行吗？我开了车的，你说地址，我过去找你就行，不会浪费你多少时间。”

“只是我现在还没下班啊？你在哪儿呢？”

果真跟成泽浩说的迷迷瞪瞪的，我报了地址，对方才说：“挺近的，我下班正好路过，你在那里等我一会儿。”

和他说话有些费劲，只希望之后见面说话能够顺利点。

我等了一会儿，晚上六点多的时候电话又响了，是朱峥打来的，接通后对方问：“你在哪儿呢？”

我往窗外看了看，有个戴眼镜的穿着一件黑色外套的男孩子在街边东张西望。

我冲他打了双闪，按了两下车喇叭，他挂了电话，过来敲了敲车门。

“上车吧。”我说。

他钻进了车里：“就是你找我？有什么事啊？一会儿我还要赶回去加班。”

“我最近在找一支录音笔，听说在招勒的办公室，我想问你有没有见到过？”

“那录音笔长什么样？”

“我不知道，我就是想问问你看没看到？”

“没有。”他似乎有些警惕。

“我真不是骗子。那支录音笔对我来说挺重要的，如果你知道什么消息还请告诉我。”

“我不确定，不过倒是有一件事。之前招勒先生去世后留了一些还未完成的工作。有客户过来找，我就把存储工作的U盘给人家了。不过人家回复说好像是搞混了，好像款式是长得像U盘的别的电子设备。后来这个工作黄了就没有下文了，除此之外我可没再碰过招勒先生办公室的东西。”

“那能帮我联系看看吗？”我问。

“等我回去帮你问吧！我现在忙着上班呢！还没过试用期。”他说。

“那好，谢谢你。我送你到上班的地方吧？”

他有些不好意思：“这多不好。”

“没事的，我反正有的是时间。”我回他，“只是麻烦你问完回复我一下就行。”

朱峥的公司离这儿很近，往前开了五分钟就到了。

送他下了车，我累得倒在方向盘上休息，倒不是身体疲惫，而是最近总是周旋着应付事情，精神疲倦。

休息了一会儿，我打开手机相册，上网搜了搜招勒。在网站上无意间浏览到一张模糊的工作照，他站在人群中，背脊挺拔，只是一张侧脸，但看起来还是那么年轻好看。

他走之后，我所有接触到的人或事都是和他有关，无时无刻不在提醒着我，让我无法忘记招勒。

“招勒。”我说，“我很想你。”

朱峥回复过来时已经时隔好几天了，我正按捺不住要打电话问问情况，早上时，他先打电话过来了：“我问了客户，是一支录音笔，一直在人家那里放着呢！长得像是U盘，颜色又是黑的，所以搞混了。”

“真的？”这倒真是个好消息，也不枉我白等了这么多天，“那他听过录音笔里的东西吗？”

“人家看是支录音笔就根本没用。”

我这才舒了一口气：“谢谢你啊！”

“客户把录音笔给我快递过来了，下午才到。明天中午我才有时间，我去公司对面那家商场五楼的餐厅吃饭，你来这儿拿吧！”

“好。”

挂了通话，看了日期，今天正好周四。不出意外，文至粤下午应该会去咖啡店。

下午去咖啡店时，文至粤倒比以往来得早。我刚坐下不久她就到了，我看了一下墙上的挂钟，不过才下午一点多。

“前几天我来咖啡厅怎么没见你？”她问。

“在忙着找录音笔，把你这件事给忘了。不过录音笔我已经找到了，是不是长得像U盘，外壳是黑色的那种吗？”

“是这个，你是怎么找到的？”

“被招勒的同事拿错给客户了，不过好在人家没动里面的东西。等拿到这份录音，大概就能清楚胡有为和招勒之间到底在谈什么吧！我们约了明天中午在他公司对面的商场见面。”想了想，我又问，“胡有为最近没什么动静吧？”

“挺安静的，安静得有些让我不适应。”

“也许是折腾累了吧！”我说。

“可不一定。”文至粤脸上浮现出一丝嘲讽，“相处几个月来发现，他心眼挺多的，不知道什么时候就能折腾出事情，只希望这件事能尽快水落石出，快点结束吧！”

我看向窗外，淅淅沥沥的小雨又下起来了，转瞬间就变成了中雨。雨敲打着窗户，噼里啪啦地响，不大一会儿倒是把窗户上的污垢冲洗干净了。

“一个月有半个月都在下雨，真是糟糕的天气，像是活在池子里。”

我听着文至粤的话，轻轻开口：“我倒是希望能借着这雨把一切脏东西冲得干干净净。”

我伸手，擦了擦玻璃窗户。

灰尘在玻璃窗外，我擦了一指头，倒是没擦掉，窗外的雨很快就把沾在玻璃上的灰冲洗干净了。

这一场雨时断时续，缠缠绵绵，等到第二天我去见朱峥时，还依旧下着。

宋戈早晨急着去开会，偏偏他的车拉去做保养了，情急之下把我的车征用走了。我在家门口拦了一辆出租车去商场见朱峥。

今天路上格外堵，司机停下来时，我发现身后的出租车有些眼熟，似乎从我离开家后就一直在我身后了。

谨慎起见，我让司机绕了一圈，发现后车确实在跟着我，就让司机把车随便停在了附近的商场。

进了商场后，我径直走到电梯口去坐电梯。

正是中午，电梯里人很多，从二楼到五楼的按键都被按亮了。我跟着在二楼下了电梯，走到楼廊处往下看，胡有为从商场外的出租车下来了，鬼鬼祟祟地往电梯边走，看了一会儿电梯标识的层数，似乎在分析着什么。

片刻后，他上了电梯。

这人消息倒是灵通，当下像是奔着我来的。尽管不想怀疑文至粤，可知道我计划又能接近胡有为的只有她了。

不过当下我来不及多想，把胡有为甩掉才是最要紧的。我从安全通道的楼梯走下去，从后门出了商场。

这家商场离我和朱峥约见的商场倒是不远，步行也仅仅十分钟的脚程，当下堵车得厉害，我也懒得再去打车了。

趁着蒙蒙细雨步行了一会儿才到目的地，我到了五楼后一眼就看到朱峥了，他正坐在餐厅里的窗边吃饭。

“来了？这是你要的东西。”他抓起桌子上的凉水喝了几口，从口袋里摸出了一只白色的盒子给我。

“谢谢。”我向他道谢。盒子里躺着一支U盘大小的录音笔，不仔细看，还真以为是一个U盘。

我说：“改天我请你吃饭吧！”

“不用不用。”他有些惶恐，“我也没帮多大的忙！”

我笑了笑，握着录音笔的手有些发抖，但是没说话。

从餐厅出来，我顺道拐进了女士卫生间。我想确认一下录音笔里是不是有我要找的东西。

找了边角的空隔间钻进去，我按了录音笔的开关，录音笔里只有一段录音。开了录音笔的蓝牙连接到耳机上，我戴好耳机躲在卫生间里仔细听。

卫生间里很安静，只有耳机里的声音在“沙沙”作响，我调大了音量，方便自己听得清楚一些。

“这么久不见，我以为你会和之前有些不一样，看来还是老样子。”招勒的声音很清晰。

“哪里老样子了？我的长相？难道你还期待我能有什么变化？看来你挺惦记我的。”这是另一个男人的声音。

“我从来没有期待过恶狗会变得温顺，是你自己多想了。我就算把骨头扔掉，也不会给它施舍一块。”

“话说得这么早对你有什么好处？”

“胡有为，直接开门见山，我没有时间跟你耗。”

我大概能听出来是胡有为了，但是听到胡有为的名字时还是倒抽了一口气。我想要的事实就摆在面前，让我不知不觉紧张起来。

停了一会儿，胡有为说话了：“高中那会儿，林洵的溺水案的证据我现在可还在保存着。”

录音笔传来了琐碎的衣褶摩擦声，胡有为在说话：“你看到这块手表了吗？还记得吗？剩下半条手表表带可在林洵的遗物里，证物吻合。单凭这一项就可以定温藻的罪了。”

过了片刻，招勒反问：“这是谁的证据？温藻？还是你的？”

胡有为笑起来：“你不用装不懂，李招勒。当初不就是因为这个证据，为了保全温藻，所以你对林洵的溺水案闭口不言吗？”

招勒反驳了他："装不懂的是你，你是最清楚的。这是谁的证据并不重要，林洵溺水的事你和温藻都有参与，但是，是因为你在追林洵才导致她失足溺水死亡的。如果这桩案件被重新查起，你们俩无论是谁都不可能独善其身，尤其是你。"

"既然你能这么肯定我不会去自首揭发，又为什么要让我来一趟呢？刚刚还在电话里说要因为网络造谣的帖子起诉我，我只不过在电话里跟你说了一句，我手里有关于林洵的溺水案温藻参与的证据，你就立刻答应让我来商量了。我知道你们关系一向要好，我也知道你不会不管。"擅长抓住别人的弱点加以威胁，是胡有为百试不厌的招数。

"温藻是参与过林洵溺水这件事，但是她和林洵的死因没有直接关系，也并不是主谋，单凭这些法律不能定她的罪。"

"法律不能定她的罪，但舆论可以！如果这桩陈年旧案在网络上发酵起来了，我想温藻大概不会有好日子过了。网络暴力这些天你应该深有体会吧？如果你起诉我，我可以顺便去投案自首，也不过是关几天的事，我不在乎。但是温藻，一旦沾上了这些污点，在舆论狂潮里，她可就毁掉了。"

说完这些话后，录音安静了很久，我从惊愕中抽回神来，再三确认，录音笔确实还在继续播放。

胡有为又试探地问了一句："你可以和我赌，反正我是光脚的不怕穿鞋的。如果你报警的话，我也就把证据交出去，闹大了玉石俱焚，但是温藻可赌不起。"

招勒的声音很低："你今天来的目的你我清楚，网上那篇帖子，我可以不追究，我要那块手表。我答应你到此为之，把它给我。"

"一开始答应多好，省得在这儿耽误这么久。"

录音随后结束了，信息量太大又过于迷惑。谨慎起见，我又重复听了一遍。

卫生间的水龙头没有关，水声“滴答滴答”地响，在这个敏感时刻像是要敲碎我的神经一样。紧张地又听完了一遍录音，我坐立难安，起身出去关掉了水龙头。

我手脚发软，扶着洗手池勉强站着。这下彻底安静了，但我心里的响声却更大了。

在那场网络上铺天盖地的舆论攻击里，招勒之所以沉默，是为了救下我。

可是，在胡有为和招勒的谈话里，似乎默认了我是加害者，但我却从头到尾都没有参与过林洵的事。看来是胡有为在诬陷我，对招勒编排过我一些不实的事情，而他们貌似用这份证据做了交易，以各取所需。

第二十二章

我不怕你

我出了卫生间，走到走廊边往下望了好一会儿，胡有为才姗姗来迟。一进门他便左顾右盼，满脸焦急又烦躁的神情，像是一只无头苍蝇。

手机响了，我接起来是文至粤：“怎么了？”

“有件急事，我最近和你见面的事被胡有为发现了。我没想到他在我包里的内层放了一枚监听器，我整理包才发现。今天他一早就出门去了，你那边没出什么事吧？”

“有事，我看到他了，不过现在快结束了。”我说，“那你呢？”

“我躲出去了。”

“注意安全。”我嘱咐她，“等等，你有胡有为的电话号码吗？”

“我有。”

“你发过来吧！我有些事要问他。”

收到了胡有为的电话号码后，我打开手机自带的录音机，然后拨了过去。从楼上俯视，胡有为一脸焦躁地接了电话：“喂？”

“胡有为，是我。”

“温藻？你哪里来的电话号码？”

我没回答他：“已经结束了，你可以回去了，我现在已经离开了。”

我饶有兴趣地打量着楼下的胡有为，他有些气急败坏，握着手机一边讲话一边跺脚。我打这个电话来，就是为了诓一诓他。

“录音笔里的录音我已经听了，现在我手里有了你犯罪的证据，可以随时报案。”我说。

“那你打电话过来干什么？逗我呢？”

“不是，我们可以做个交易。

“你以为我会相信你？我可没那么愚蠢。”

“你做的蠢事可不少，不过现在你已经没有退路了，为什么不敢跟我赌一赌呢？你要知道，我本意只是想查清楚招勒的死因，其他一切和我无关。不管你配合还是不配合，反正只要我去报了案，警方还是会查清我想知道的事情，最后结果都是一样的。而现在就有这么一个机会，只要你如实告诉我想知道的事实，我保证我不会交出证据，更不会去报案。”

电话里传来胡有为着急的喘气声，我看着胡有为在楼下徘徊了几圈，大概是在考虑。

“这是你最后的机会。”

“你想问什么？”他妥协了，在花坛边坐下来，垂下头。

“你和林洵那天晚上发生了什么？我想知道详细的过程。”

胡有为犹豫了一会儿，才说：“那天我去漫画店看书，看到了你和林洵。我离开漫画店准备回家时，又在半路遇见了她。”

从漫画店出来已经过了好一会儿了，胡有为沿着小路走了一会儿，四周很黑，也没有路灯。

他看到路上走着一个女孩子，等走近了才看清，是在漫画店和温藻一起的女孩子。

漆黑的夜里，即使看不见林洵的模样，但还是能模糊看出她姣好的五官，胡有为追了上去：“你是温藻的同学吧？”

女孩子回过头来，望着胡有为有些困惑。

胡有为想搭话，想了想却没有合适的借口，随手从书包里摸出了一块手表来：“我和温藻是朋友，她的手表忘在我这里了，你拿去还给她吧。”

“好。”

林洵勉强地应付着，去拿胡有为手中的表时，他却没有松手，手表的表带被扯了一半下来，林洵有些尴尬，又说：“你把那一半也给我吧。”

“等会儿，不着急。你叫什么名字？”

“林洵。”林洵有些紧张。

“着急回家啊？”

“嗯。”

“还早着呢！和我一起去网吧打盘游戏怎么样？”

“不了。”林洵转身往前走。

胡有为大步追了上去，扯住了她的书包带：“书包这么重啊，我帮你背。”

话落下时，胡有为把林洵的书包拽了下来，一手揽过她的肩膀：“走吧！就和我去网吧打一盘游戏。”

“我不去。”林洵挣开了他，惊慌失措地大步往前跑。

前面的女孩子跑得很快，像是受到了惊吓似的。

胡有为追了上去，漆黑的夜里，两个像是影子一样的人在追逐。小路尽头边是河，胡有为还在追着，听到前方响起了“咚”一声响，等到胡有为赶到时，脚下十米多高的河面上，林洵在水里挣扎了片刻，慢慢沉下去了。

“这件事我不是故意的。”电话里，胡有为慢慢讲着，“是林洵跑得太快，没看清路，就摔下去了。”

“那招勒为什么会误以为我参与了林洵的事情？你对他说了什么？”

“我骗他的，当时我带着林洵的书包回了家，想着尽快处理掉，却被李招勒发现了。情急之下我想起了那块手表，就用它做了文章，说是当晚林洵的死也有你一半的原因，如果他去举报，我们两个都会遭殃，他信了，自然也就沉默了。”

那晚亲自看着林洵溺水，胡有为惊慌失措地躲回家之后，连续失眠了好些天。

林洵的事闹得沸沸扬扬的，还意外被温藻发现了那些偷拍的照片，一时间竟然不知道该怎么处理才好。

晚上，小姨（招勒的养母）带着招勒来家里做客。胡有为手里那个林洵的书包刚用剪刀剪了一半，她的课本还没有处理掉。家里不方便烧东西，也怕被发现，胡有为想等着书包剪碎了再一起扔掉。

等上了趟厕所出来，胡有为看见妈妈和小姨在客厅里说话。

胡妈妈对胡有为说：“有为啊，我让招勒去辅导一下你的功课，不懂多向人家问问啊！”

胡有为问：“李招勒呢？”

“在你房间呢！”

胡有为低骂了一声，冲进了房间。

招勒手里正拿着一本书，见胡有为进来了，抬起了头看他：“林洵的课本怎么会在你这儿？”

“她忘在我这里了。”

“是。”招勒在桌子上扫了一圈，“语文书、历史书、笔记本还有试卷都忘在你这里了。但是她似乎并不认识你，还是说她溺水的事情跟你有关？”

“李招勒！”胡有为咬牙切齿，怕屋外的人听到又压低了声音，转念想了想，才又说，“你去举报好了，忘了告诉你，这件事温藻也有参与，你最好把我们两个一起举报。”

看着招勒的脸色慢慢冷了下去，胡有为知道自己的计划生效了：“那天晚上我遇见温藻，是我强迫她把林洵带过来见我的。只不过林洵逃跑的时候，自己不小心摔进了河里溺水死亡了。”

“不信我？”胡有为见招勒没有多大反应，又说，“在林洵的遗物里，有半条手表带，你可以去查证一下。那是温藻手表的表带，而现在另一半表带在我的手里。温藻很害怕，警方调查的时候没有说出实情，现在难道你要替她说出来吗？”

招勒放下书，什么也没说，径直出去了。

“就是那天晚上，我用这番话去骗招勒，回头他就没再提过这件事。”电话里，胡有为叙述着，我却像心头扎了根刺。

明明这么简单的一件事，招勒只要问问我就明白了，却一直被蒙在鼓里。误以为我间接迫害过林洵，为了保全我而沉默，以至于被胡有为威胁。胡有为很了解我和招勒，利用了我们的弱点制造了信息差。

归根究底，还是我们之间的不信任，以至于让胡有为有了可乘之机。

我看着楼下的胡有为，他似乎还没意识到自己在做什么。

人在穷途末路的时候，哪怕一点希望也会前赴后继，不顾后果。现在在电话里他将实情对我全盘托出的做法，无论如何也算不上理智。

“谢谢你告诉我这些，刚才你说的话我已经全部录下了。除了招勒的录音笔的证据，这算是更详细的一份补充。还有你诽谤招勒网暴他的事，一桩桩一件件，我都算上了，改日我们警局见。”

“温藻，你居然骗我！”

“远不及你。”我关掉手机录音机，挂断了电话。

楼下的胡有为气急败坏得原地跳脚，我看着倒是很平静，内心像是没有泛起任何波澜的湖面。本来以为得知真相的我会释然，却没想到得到答案后，我心里却像是扎进了一根刺。

我本来不想回家，怕胡有为如果跟过去会出现意外。不过宋戈在我家暂住着，料想着胡有为也不敢胡来，这让我放心了不少。

等胡有为出了商场很久后，我才出去，顺路去了一趟徐灿的公司，把当时胡有为在网站上造谣招勒的帖子和后台信息打印了一份。准备等今天晚上整理好证据，明天直接去警局报案。

路上和宋戈打了个电话，确认他在家，我才敢回去。

回家打开门，宋戈正在客厅的沙发上办公。我给自己倒了杯热水，抱着杯子蹲在地上暖了暖。

“你这是怎么了？”宋戈问。

“心口不舒服。”我缓了一会儿，播了录音给宋戈听。

录音时间不长，听起来却格外漫长。

“没想到胡有为跟林洵的事有关。”听完录音之后，宋戈也沉默了起来。

“我明天就去报案，证据我已经准备好了。”我想了想，又说，

“这些天谢谢你，等警方那边逮捕了胡有为，你也不用再为了我的人身安全负责了，这几天睡沙发难为你了。”

一夜未睡，一大早准备好了证物，我开车去警局报案。

开到一半路过早餐店，我意外地在早餐店门口见到了妈妈，她买了一笼包子。

车开过去十米之后，我还是倒回去了，摇下车窗准备跟她打招呼。她也看到我了，快步走了过来问我：“你怎么在这儿呢？吃饭了吗？”

“还没有。”

自从那天吵过架分开之后，这么多天，大家也都冷静了，默默互相退了一步。

我说：“我还有些事。”

妈妈说：“他家的烤红薯特别甜，我去给你买几个你带着路上吃，你等我一会儿，我马上回来。”

“好。”

刚等了不到一分钟，身后有车按了喇叭，原地没有停车的地方。我启动了车，就近往附近商场的地下车库开去。

车库里黑漆漆的一片，我找了个位置把车停在了靠近出口的地方，方便一会儿开出去。

关上了车门，我从安全通道往外走。走了十几米，身后有急促的脚步声传过来，刚想回头看，有人突然从背后勾住我的脖子，恶狠狠地把我往后一路拖行。拖到我的车门边时，他从我口袋里摸出钥匙，打开车门把我往车里塞。

头撞到车门上发出一声闷响，我还没来得及看清楚，就被扔进了车里，脸贴着座椅，身后的人也挤进来了，车门“哐当”一声关上了。

身后的人紧接着抓住我的头发把我扯了起来："怎么，昨天不是很得意吗？真以为我逮不到你？我可盯你一天了。"

胡有为那张让人憎恶的脸就在我的面前，让我躲也躲不开。

"录音呢？还有手表，把它们给我！"

我平静地看着他，欣赏他怒不可遏的样子："我不懂你说的是什么证据？"

"嘴还挺硬！"他从裤子口袋里掏出一把绿柄的水果刀，拍了拍我的脖子，一路往下，滑过我的胸口，直至腹部，"现在还倔着不说，一会儿可就该绝望了！"

"现在绝望的是你吧！你为了得到想要的证据，不惜再加一条人命，真是破釜沉舟。只不过不知道你有没有必胜的决心？"

他狠狠剜了我一眼，嘴里低骂了一句。他的手摸过我身上的所有口袋，没有找到东西，把我丢在了一边，开始在车内翻找。

录音笔和手表就放在后座的袋子里，手机里还存了一段录音。胡有为搜了前座，又去翻后座了。

他很快就找到了装着录音笔和手表的袋子，我喘着气从座位上爬起来，去扯他，被他狠狠甩开了。

"安静点！"他吼了一句，大约是恼了，从身后箍着我的脖子，我拼命地拉扯着他环住我脖子的手臂，他的手臂像是一条粗壮的蟒蛇，勒得我呼吸困难。

他将我狠狠拖下了座椅，紧接着松开我的脖子，踩着我的身体从后座爬过来。我终于可以呼吸了，一边急促地喘着气，一边抓住他踩在我身上的腿。

他的脚踩着我的胸口往下的位置极痛，我咬着牙，紧紧扯住他的脚踝往后拉去。他重心不稳狠狠地跪了下去，膝盖磕在车上发出“哐当”一声响。

“松开！”他朝我吼。

我仍然使尽全身力气拉着他的腿不放，他被我拖着半跪在车内，空出来另一只脚疯狂地往我的手上踩去。

一下又一下，我感觉手像是骨折了似的，被他坚硬的鞋底摩擦着。我的手腕渐渐使不上力气，鲜血隔着他的鞋底从手背渗出来，他骂骂咧咧着，一根根掰开我的手指。

他推开车门，眼看着他要逃走，我艰难地爬起来，再次拉住他，使出全力往车内扯。胡有为压着我一起往车内倒去，我的脑袋撞在冰冷的地面上痛得一时间有些发蒙。

他倒是动作迅速地爬起来了，我看着他的面孔在我面前放大，拳头举了起来：“有完没完了。”

“我已经不是从前那个软弱的温藻了，我不怕你。”我说出这句话后，闭上了眼睛。

拳头并没有如意料之中砸下来，车子后方的入口远远有车驶进来。也许是怕被人瞧见，胡有为收了手，转身把车门关了。我瞅准机会扑了过去，从他手里抢过了车钥匙，启动了车子。

“你干什么？”他朝我怒吼着，伸手抢我手里的方向盘。

我开着车驶出了地下车库，想着就近开去警局。

“停车！”他喊。

我没有理会他，车一路疾驰着，他不依不饶地撕扯着我。车开到前方十字路口，亮了红灯。我准备刹车，胡有为一把拉扯着我，想把我从驾驶座换过来。我打了下方向盘，车子转了个弯，一头撞在了一旁的花坛上。

看着车窗外，路人已经开始围了过来，我这才冷静下来。

前方红路灯的十字路口，交警闻讯赶来，我悬着的心此刻慢慢平静了不少。

“真是要疯掉了。”胡有为说，抓了抓头发，“不想死的话一会儿好好配合，等应付完警察我就放你走，大家各退一步。”

就目前的状况，等下车后局势才对我有利。不能在这个时候再激怒胡有为，我没答应但也没有抗拒他的提议。

前方交警敲了敲我的车窗，示意我们下车。

“一会儿你就说你自己开车不小心撞到了。”

我瞥了胡有为一眼，没说话。

胡有为跟在我身后下了车，交警看到我们，像是诧异：“你们打架了？怎么弄成这样？”

“没事，谈恋爱闹了点别扭，一会儿就和好了。”胡有为在一边解释，站在身后紧紧抓住我的胳膊，推搡了我一下，“是吧？”

交警说：“那也不能这样，你看你把人家打得？眼睛都肿一圈了。”

胡有为一副认错的样子：“是我的错，一会儿回家跟她道歉。”

交警指着他：“那你还抓着人家胳膊干什么？不能放开好好说话吗？”

胡有为错愕了一瞬，慢慢松开了我。

“这个人在撒谎，我和他根本不是情侣，他想绑架我！”我看准了时机，推开胡有为，向交警跑过去。

倒是胡有为眼疾手快，但更像是被我激怒了，向我冲过来一把勾住了我的脖子，刀架在了脖子上。

我被他扯到怀里，水果刀挨着身体格外冰冷，他一个不小心，我的脖子就被划出了一道血印子。

“都是你逼我的，我给过你机会了！”胡有为开始暴躁了。

他拖着我一路往后倒退，到了广场上的墙角。本来清冷的早晨，围观的群众渐渐多起来，不大一会儿周围就开始车流堵塞了。

交警对着传呼机神情焦急地喊了几句，想上前跟胡有为交涉：“朋友，我们有什么困难好好说行吗？”

“没想到真的走到了同归于尽这一步。”我说。

“你别说话！”胡有为呵斥我，能看出来他很烦躁，虽然胁迫着我，但也没做出多么出格的举动。他大概是还在犹豫，这让我明白自己跟他还有周旋的余地，只不过是一场拉锯战而已，看谁能攻破谁的心理防线。

“真的没有必要闹到这种地步。”我对他说，“不管你再怎么处置我，你的结果最后都是一样的。还不如你现在主动自首，至少还能从轻处理。”

“你是非要跟我死磕吗？”他咬牙切齿，“你就真的不怕？”

“怕，但是能解决问题吗？”也不过一直蜷缩在自己的壳子里而已，连自己挚爱的人都保护不了。

不过几分钟，警车呼啸而来，广场上挤满了围观的群众，警察在现场维持起秩序来。

为首的一个年轻警察代替交警上前交涉，被胡有为勒令往后退了几米。

“你有什么需求，尽管开口。”警察试着跟胡有为谈判，“你看太阳都出来了，你挟持这姑娘都大半天了，要不然把我换过去？”

胡有为没理他：“我跟她有仇！”

“有什么恩怨我们可以坐下来心平气和地谈谈是不是？”

周围很安静，我听他们一来二去地交谈着，心情平和了不少，不过这下被胡有为挟持着一动不动许久，手脚已经完全麻掉了。

这时围观人群却突然有了骚乱，我看着人群中有人拼命地往这边挤过来，引得前排的人频频回头去看。

“温藻！温藻！”我听见有人叫我。

那人终于挤出了人群，向我的方向跑来，但被身后的围观群众拉住了，是妈妈。

“用我换她好不好？把我换过去！”妈妈手里还提着一袋红薯，她说要给我买红薯吃的，让我在原地等一会儿她。

“有警察呢！你去干什么？”有人劝她。

她拼命挣脱着，脸上全是眼泪：“那是我的女儿！”

我看着妈妈，眼睛湿润到模糊了。

人群中她还在发了疯似的喊我的名字，我哽咽住，静静地看着她，喉咙像堵了一块东西。

阳光慢慢炽热了，警察还在耐心地跟胡有为交涉。我看着妈妈，她一脸泪水，脖子上也全是汗。招勒是我的软肋，但我也忘了我是妈妈的软肋，我的心慢慢软了下来：“胡有为，你在网上编排造谣招勒的事，还有你追林洵导致她失足落水的事情，加起来可没有故意杀人罪这么严重，你没有必要为了捂我的嘴做到这种地步。这对你来说，不划算。”

他在听我说话，握着刀子的手松懈了。

“我一直追求的，也不过是真相大白，希望你能得到应有的惩罚。置你于死地的事，我做不了，法律也不允许。我只不过，想还招勒一个公道而已。”

“你是这么想的？”

刀子不再抵着脖子，他似乎也在犹豫。

“冷静点，收手吧！”我说。

他犹豫了，刀子离我脖子远了一寸。

趁着胡有为松懈的工夫，我扑过去一口咬住了他的手腕。他吃痛，手里的刀子掉落在地上。

他想抢刀时，前方的警察已经拥了过来，上前将他死死按倒在地上。

我还惊魂未定，就被警察飞快地抢了过去，把我带到安全地带了。

我看着胡有为被戴上手铐，押送上了警车，悬着的心此刻缓缓放下了。

妈妈跑过来，一边擦着眼泪，一边看我脖子上的划伤：“疼不疼啊？我带你去医院。”

“我没事。”我还是想先把胡有为的事处理干净，“我先去趟警局。”

“我和你一起去。”

“不用，一会儿的事，我还要做笔录，你去了也不方便。”

她还是不太放心。

“真没事。”我安慰她。

第二十三章
谁是凶手？

去警局做了笔录后，我把录音笔和手表都交给了警方，配合做了调查后已经很晚了。

审讯胡有为还需要几天，我交上证据终于彻底松了一口气。临走前，警方表示胡有为强烈要求跟我见一面。

不知道他想做什么，但也不过是徒劳地挣扎。

见到胡有为时，他两只手戴着手铐，感觉不出他有多沮丧，倒是看起来兴奋得很。

“你想说什么？”我问他。

“我还有一个秘密没告诉你，我猜你一定愿意知道。”

我面无表情地看着他：“你说吧！我洗耳恭听。”

“你知道害死招勒的凶手是谁吗？”他轻轻地说着，像是在和我讲悄悄话。

我屏住了呼吸，仔细打量着胡有为的每个表情。这个像是狐狸一样擅长用话术利用别人的脆弱加以瓦解的人，我不得不防。

“李招勒去世的前两个星期时，我找过他，见面的地方是在他公司的停车场。我记得那天晚上很黑了，那家伙见到我真的不给我好脸色。当时我跟他说了几句话，我说，郑若姒的那件事没有人会相信你的。”胡有为笑了，“你猜他怎么说？他说，温藻会相信他的。然后，他给你拨了电话，但是打了十多遍一直被拒接。我记得他当时的样子，一直在发抖，你可真是压垮他的最后一棵稻草啊！其实，说你是那个凶手也不为过，如果当时你能接起他的电话，一切也不会是这样的场面。”

“说够了吗？”我心口堵得难受，我明白胡有为的用意，他是想击垮我，“你在网上诽谤招勒，就不知道网络暴力的伤害吗？”

“那我呢？高中时当着全班同学公开我拍的那些照片，害得我被唾骂、被孤立，你以为我不知道是李招勒在背后做的？如今我只不过把我过去承受的这一切还给他而已。”

“胡有为。”看着他情绪激动起来，我倒是冷静了，“从你做出偷拍的那一刻开始，你就已经错了，而不是一直把问题纠结在招勒身上。招勒就算走了，也是清清白白、干干净净的李招勒。而你不一样，你将带着这一身污垢永远活下去。”

今天倒是没有下雨，出了警局，太阳有些刺眼，回家时在门口遇见了文至粤。我开了门：“进去坐吧！”

“你看起来没事？”

我换了鞋，也给她找了一双拖鞋：“万幸，不过你的消息倒是很灵通。”

“你上新闻了，不想知道都很难。”

“是吗？我倒是没看手机。”

她换上鞋，跟在我身边进去了，环顾了一圈：“冷冰冰的地方，跟招勒一个风格，不知道你是不是也跟他一样不欢迎外人进来。”

“不会，你随意就好。”我客气地笑了笑，又问，“招勒不喜欢让别人去他家吗？”

“是，他不喜欢我去的。你不知道吗？”

我愣了愣：“我不关心这些事。”

我从客厅里找出医药箱，身上的伤还没有来得及处理。刚刚被胡有为踩伤的手，血已经凝固了。

我坐在沙发上，用消毒水处理着手上的伤口，棉签擦在伤口处痛得我皱眉。刚刚为了不让胡有为抢走证据，我死死拉住他时，被恶狠狠地踩着手背，居然没觉得有多痛。

“你的伤是胡有为弄的？”文至粤问。

“是。”我处理好了伤口，回答她。

“他倒也是挺狠的。”

她环顾了一圈，走到柜台前，看着我和招勒的合影：“你们认识这么久了。”

“嗯，这是我们刚认识的时候，我们一起在一个舞蹈室学芭蕾舞。”

她若有所思：“还记得吗？那一次我们在餐厅吃饭，我说我跟招勒在一起的事情。”

“我记得。”

“其实我撒了谎，那时候我并没有跟招勒在一起。”

“那你……为什么要这样做？”

“因为我想试探你。”她说，“我刚和招勒认识的时候，是我人生中最拮据的一段时间。那时我去面试模特，他见到了我，把我引荐给杂志社，我因此得到了人生中第一份稳定的工作。他自律、优秀，外貌出众，我很快就被他疯狂吸引了。那时候，他的工作很多，经常忙碌到深夜。我曾看到夜晚他很疲倦的时候，一个人拿出你的照片看，那才是我第一次见你。当时我还在想那是谁，后来我就和你见面了。”

她又将目光移了回来，再次看向我："我猜测招勒对你有好感，所以吃饭的时候，我私下想试试你的态度。所以我告诉你，我和招勒在一起了。后来他得知了你和宋戈在一起的消息，才答应了我的表白。开始我以为，只要在一起，喜欢上彼此只是时间问题，后来才发现我错了。"

文至粤看着我，脸上浮现出了一丝酸楚："招勒喜欢的是你。"

我避开了她的眼睛，身体却在发抖，事情发展到现在这个地步，从蛛丝马迹的证据里，招勒是否对我有所喜欢，我不敢断定。

"接下来应该有时间吧？"她问。

"有。"

"我请你去喝杯咖啡。"

我来到上次跟文至粤见面的老地方。这家咖啡店离我住的地方很远，文至粤倒是不嫌麻烦，特意绕了一个多小时的路程，才开车到这家咖啡店。

她特意挑了靠窗的位置，点了一份牛奶之后才把菜单给了我。

"拿铁，谢谢。"我说。

"你上次不是好奇，李招勒为什么会来这家咖啡店喝咖啡吗？"等着服务员走了，文至粤不紧不慢地看着我，"往窗外看。"

我转过头，透过玻璃窗往外看，窗外是宽阔的大街，视线越过马路，对面是我之前工作过的公司。那时候我的工位就安排在二楼靠窗的角落，而我现在坐的这个位置，正好可以看到对面。

"你现在坐的位置，是招勒之前经常坐的地方。你也知道，他是最不喜欢喝咖啡的。"

即使我不敢确信，她话中的意思已经暗示得很明白了。

她苦笑："有段时间，我发现他不管工作多忙，几乎每天傍晚都会开车绕很远的路，光临这家咖啡店。我悄悄跟过他几次，开始我以为是这家咖啡做得好喝，让他这个从不喝咖啡的人可以破例。但是后来，我看见你从咖啡店对面的办公楼出来，我就明白了。那天晚上，我看见他默默跟在你的身后，把你送到了公交车站后才离开。"

"他是什么开始的？"

"是两年前的秋天。"

我记得那个时候，那时我的公司附近经常发生流浪汉攻击路人的事情。我每天傍晚忐忑不安地下班，丝毫不敢在半路耽搁。得亏我幸运，一直平平安安。我却不知道，在我看不到的地方，是招勒一直在背后默默关照着我。

"偶然一次机会，我在他的卧室发现了你的那些裸露的艺术照片，被封存得严严实实。他从不会让别人看到这些，自己也不会去看。这件事被他知道后，我们闹得很不愉快，他跟我提了分手，我不甘心，没有同意。那时候，我才知道，他对你的感情不是白驹过隙，是氤氲雾气，怎么驱散都还烟雾缭绕。我看似离他很近，实则却离他最远。你看似离他很远，但离他最近。他从来没有真正让我走进过他的内心。"

我的猜测在文至粤口中被一件件印证，听到这里，我心里已经揪成一团了。

"招勒去世那天晚上你去见他，到底发生了什么？"我发抖地问她。

"警方调查我的时候，我并没有将实情全盘托出。那晚我见到他的时候，我记得很清楚，他穿着一件居家服。我走之前他叫住我，郑重地告诉我，对不起我，请我不要把他放在心上。"苦笑从她的嘴角轻轻挑起，“隔天，我就得知他去世了的消息。”

“那窗户呢！窗户当时是开着的，还是关着的？”我迫切地脱口而出。

“窗户是开着的。”

听到这里，我几乎可以立即验证我内心的猜想。

“他是故意的，案发时现场是伪造的。他故意关了窗户，换回下班回来的外套，伪造出刚刚结束工作回到家的样子，他不是意外死亡，他不是……他是……他是……”我突然说不出口了，眼泪大滴大滴扑簌簌滚落，我想到了最后写在他手掌上的那句话，“他是自杀？”

“是，他生前的半年，我发现他一直私下偷偷服用着‘喹硫平’，抗抑郁的药。那段时间他整个人心情很低落，也很焦躁，所以那段时间我和他经常吵架，最后一次，我们分了手。”

“明明我走的时候，他还好好的。”我不敢相信。

那段日子，铺天盖地的网络暴力。招勒因为我，被胡有为胁迫而没有选择公开真相，默默承受舆论攻击。没有人相信他，也没有人可以站在他的身后，而我不仅没能帮助他，反而成为压垮他的最后一根稻草。

那段时间，我决心把招勒放下，并且删除了他的联系方式。刚到日本工作，我没有朋友，也讲不好日语，精神衰弱了一段时间，失眠也是常有的事情。凌晨两点，我好不容易睡着，陌生的中国号码一遍遍打来，我不厌其烦地一遍遍挂断。

那个手机号码终于在凌晨三点停止了呼叫，天亮时我看到了这串号码发来的短信，只有三个字：相信我。

我随意看了一眼，没有认出这是招勒的手机号码，把它当成平时的骚扰信息果断删掉了，并没有在意。两个星期后，从中国传来了招勒死亡的消息。

他是向我求救过的，然而我并没有发现。

我盯着窗外，眼睛被泪水打湿："既然你知道招勒的死因，为什么不直接告诉警方，要这样大费周折？"

她回我："一个人去世了，大家只知道他是自杀或是意外死亡，这就是结果。反正在他人眼里，过段时间这个人就会被淡忘。没有人愿意深究背后的种种，更没有人愿意去还他真相，没有人帮他抽丝剥茧。就像你看到的，我知道胡有为和招勒藏了秘密。但我对招勒的过往一无所知，更无从查起。宋戈和他的关系恶化，也不会帮我。只有你是最合适的，也只有你愿意。"

她说完，我诧异地看向她。

咖啡和牛奶被端上了桌，氤氲热气袅袅升起。雾气里，我看着文至粤垂下眼："当初我撒了谎，用不正当的手段恶意拆散了你们，这是我欠他的，就当还给他吧！"

我低头，挑起了汤匙在咖啡里搅了搅，想让热气尽快散去。

"这个给你，当时是我跟踪招勒的时候拍的照片。"她抽出两张照片，放到我的面前，"我走了，希望以后没有必要也不用再联系。"

面前的人起身离开了，我拿起照片看，照片拍得很模糊，但能看清楚是招勒。

一张，是他就坐在我的这个位置，目光望向窗外，看着我办公的地方。尽管照片拍得模糊，但我能看到，他的表情很温柔。

还有一张，是在咖啡店外的这条路上他的背影。他的背影前方，是模糊成一点的我。这是通往公交车站的路，傍晚的光景，暮色四合，他整个人沉浸在柔和的光里，显得那样温柔。

太过相似的人，都有同样致命的弱点。招勒的爱是沉重的，而我的爱是胆怯和隐晦的。爱这个词对招勒来说一直太过沉重，所以他从来没有说出口过，我也是如此。

我掉出了一滴眼泪，落在了热气氤氲的咖啡杯里。

“文至粤。”我叫住她，“你没做错什么，是我和招勒输了，输给了自己的不勇敢，也输给对方的不信任，又何止是因为你那一句谎言。”

等我抬起头时，文至粤已经走很远了。

第二十四章
再见理查德

这几天天气比之前晴朗了一些，我整日往返在家和警局之间，配合警察做调查。

下午去警局的时候，接受了警方的调查，在警局的休息大厅撞见了李钟川，想起来他身上也有一件被胡有为牵扯的入室盗窃案。他像是在等我，我一出现他就站起了身。

“有什么事吗？”我走过去问他。

“最近我在收拾招勒的东西，你可以来看看有什么想留下的，可以来拿走。”

跟着李钟川坐上了他的车，半路中我还是难掩好奇：“胡有为入室盗窃那件事你打算怎么处理？”

招勒去世后，他的房产自然过户到李钟川的名下了，对于这件事，李钟川有处置权。

“该怎么处理就怎么处理，按照流程走，我也不想对胡有为做的这些事宽宏大量了，倒是显得我过于‘善解人意’。”

“嗯。”我以为按照李钟川的性格，和他与胡有为这层亲戚关系，他会对胡有为选择不追究。

“其实，小时候就是这样。胡有为性格调皮，喜欢惹事。我妈倒是纵容他，那时候他仗着家长的庇佑没少做针对招勒的事，我都睁一只眼闭一只眼。他们的关系恶化成这样，我也有一份责任。”

“招勒小时候是什么样子的？”我问。

“第一次见到招勒时，他是个不怎么爱说话的小孩，后来倒是变得又懂事又听话了。”

我听他说着，没有再往下问下去。

车开到招勒家，进门后，看到书籍在地上堆积了一大摞，一箱一箱地被包扎好堆在角落里。

“这些都不要了？”我有些不解。

“书都捐走，没用的东西就扔掉。”

“一样都不留吗？”

李钟川叹了一口气：“放着也是落灰，也总不能一直来打扫。看到这些东西也难受，还是忘掉为好，就这样彻彻底底地忘干净。”

我没有说话，帮着收拾了点东西，在书堆里扒出了招勒的几本摄影集。整理书柜时，发现最底下的抽屉锁着，我从厨房找了菜刀过来把锁砸开，拉开抽屉时，看到里面躺着几本厚厚的笔记本，打开来看，才发现是招勒的日记。

“这些可以给我吗？”我问李钟川。

“你随便，我留着也没什么用。”

我帮着简单收拾了些家具，这些曾经带着招勒生活气息的东西，慢慢地什么都没有了。

回到家，我打开日记本，发现书页里有两张话剧票，剧名是《再见理查德》。

没有想到招勒会主动去看这场话剧，当时我本想着他生日时请他去看这场话剧的，没想到阴错阳差他失了约，而我也没看成。

现在他去看了，而我还没有。

我上网搜了搜剧院的名字，《再见理查德》听说一直是这家一个叫好不叫座的节目，但坚持至今也是难能可贵。

我上网搜了票，下午两点有一场。

订好了票，我提前到了地方，等话剧开始。看话剧的人并不多，进场后，也不过一半的人。

我落了座，主持人介绍完节目后就开始表演了。

故事发生在二十世纪二十年代一座沿海的小城镇，男主理查德是一个从英国漂洋过海来华做生意的商人。

在一场朋友举办的酒会上，理查德第一次见到了乔金和。他不小心打碎了朋友前来敬酒的杯子，被路过的乔金和三言两语化解了。她穿着一件素净的旗袍缓缓而来，乌黑的头发被珍珠发卡别在脑后，温文尔雅、落落大方。

理查德用不太流利的中文向她问好，她也同样礼貌地回应他。

理查德自此开始疯狂迷恋上了乔金和，他和她慢慢相识后，理查德跟她告白，炽烈的感情却把乔金和吓了一跳，她委婉地拒绝了他："我已经被父母做主，和别人有了婚约了。"

"爱情不应该是自由的吗？"

"可对我来说不是的。"

理查德挣扎了一番，但依然被拒绝了。生意惨败后，理查德决定回国。

临行前，乔金和去送他。在火车站，他想最后再试探一次，如果乔金和答应，他就留下。他站在车前，问乔金和："能答应我一件事吗？"

乔金和并不知道他的意思，点了点头。

他握住她的手，轻轻落下一吻，随后对她说：“If you love me，kiss my palm.（如果你爱我，亲吻我的手。）”

乔金和抽回了手，没有回应他。她站在车前，风吹动着她系在脖子上绣着海棠花的丝巾。她等他上了火车，跟他摆了摆手：“再见，理查德。”

话剧演到这里是全剧终，演员一起上台谢幕。

我愣愣地看着舞台，原来写在招勒手掌上的那句“Kiss my palm”，是《再见理查德》的台词。

我想起，一年前，一个下大雨的夜晚。我刚约见完客户，已经是晚上了。附近的路况比较偏僻，我躲在一家蛋糕店外，一边焦急地等雨停，一边等车。

风雨飘摇，淅淅沥沥的雨水被风刮到身上。我在冷风里起了鸡皮疙瘩，等了大半天，路边却没有驶来一辆出租车。

我想到了招勒，居然鬼使神差地把电话拨了过去，电话响了两声被接起，他的声音从电话里传来：“怎么了？”

“你在忙吗？”我问他。

他沉默了一会儿，说：“嗯。

“下雨了，我这边打不到车。如果你忙完方便的话，可以来接一下我吗？”

“离工作结束可能需要很久，我让助理过去接你，你把位置发给我。”

“好。”

我耐心地在原地等待，抱着腿蹲在地上取暖。

等了十几分钟，有车从街角拐进来，向我的方向驶来，灯光打在我面前的路上，引得湿漉漉的地面发亮。我认清是招勒的车，小跑过去拉开了车门钻进去，望向驾驶座时，却看到是招勒。他穿着一件黑色的衬衫，通过朦胧的灯光看到他的眼底有血丝，一身的疲惫从身上散发出来。

“想了想，还是不太放心你。”他开了车内的灯，取出一个装着面包的纸袋递给我，“顺手买的。”

“那你的工作呢？”

“推到明天了。”

“面包还是热的，你先吃点。”

我撕开纸袋，牛角面包的温热散发到手掌里。这时候确实有些饿了，我低头咬了几口面包，香甜的味道在舌头上蔓延。

这时候发现车子还没有启动，我去看招勒时，他已经躺在座位上睡着了。他像是累极了，呼吸均匀，一直紧绷的面孔在睡梦里舒展开。

我关了车灯，黑暗里全是招勒的呼吸声。车外的雨淅淅沥沥的，从车窗上不断滚落而下。雨声在耳边“滴滴答答”，不断放大。

半个小时后，招勒才慢慢醒来：“我睡了多久了？”

“也就一会儿。”

他开车送我回家，路上我打开包，翻找了好一会儿，才发现钥匙不见了。

我用心地回想，大概是忘在公司了。

我有些不好意思地问招勒：“可以帮我找个开锁公司吗？”

“怎么了？”

“我钥匙忘在公司了，而且我没有带身份证，订不了酒店。”我想了想，似乎这才是最好的办法。

“很晚了，先就近去我家住一晚，明天你去公司拿钥匙。”

我犹豫了一下：“会不会不太方便？”

“没事。”他平静地吐出两个字。

招勒说完，掉转车头往回开。片刻后，车子穿过一片稻田，驶进一个院子。

刚下车，满鼻子的桂花香气混合着冰冷的雨水蹿入鼻中。我跟着招勒进去，室内干干净净、清清冷冷。我简单地洗漱完，在客厅坐下来。

看了一眼挂在墙上的钟表，已经是深夜十点了。次卧还没有整理出来，我靠在沙发上，开始不自觉地打起瞌睡。

招勒走过来，给我递了一杯热水：“你先去睡我的房间。”

我愣了一瞬：“那你怎么办？”

“我睡次卧，我还有几封邮件要回复，大概要到凌晨了，你先睡。”

“那晚安了。”

“好，晚安。”

我小心地进了招勒的房间，关上了门。招勒的枕头很柔软，这是他每晚都躺的地方。我翻了个身，看到床前的书架上放置着几本外文原版书。

我抽了一本出来，书像是被翻过很多次的样子，纸张皱巴巴的。我看了两行觉得有些吃力，又把书放了回去，关了灯。

他还在客厅，我看到客厅里的光从门缝中散进来，突然觉得格外心安。窗外是淅淅沥沥的雨，桂花树在风中不断摇曳，清冷的香气从窗户的缝隙中钻进来。我闻着桂花的香气，枕着柔软的枕头，慢慢睡着了。

后半夜时，一声闷雷突然将我惊醒。手被人握住，手掌传来潮湿的感觉，我睁开眼扫向周边，漆黑一片中，我看到了招勒。

他正半跪在床边，吻我手掌。手掌中，全是他嘴唇的温热和湿润。我怔怔地看着他，觉得惊愕万分。我猛地抽回手坐了起来，不可置信地看着他：“你这是在做什么？”

我不是文至粤，不是她!

一丝撕裂的痛感从心脏蔓延开来，将我的面目撕扯得狰狞不堪。他从来都是不喜欢我的，而此时此刻，他似乎把我当成了文至粤的替身。

他回避着我的眼睛，没有说话。

从脚底往上涌的怒气让我浑身颤抖，我掀开被子下了床往屋外走。一打开门一股子桂花香气飘散进来，雨已经停了，我走到院子里，脚下一片冰凉和湿润。我低头看着自己的脚，没有穿鞋子沾满了灰尘污泥。

“温藻。”招勒从屋内追了出来，始终保持着一段距离，跟在我的身后，“我知道你生我的气，但是走夜路不安全。你回家没有地方可以住。你跟我回去，我不靠近你，你要为自己着想。”

我满脸倔强，眼里都是泪水，但他却比我更倔强。走了很长的一段路后，他还跟着我，我妥协了，转身回去。

招勒小心翼翼，始终和我保持着一段距离。今夜将过往的一切打碎，我回到房间休息，很累，却睡不着。

我失眠了一整夜，天亮了。

我推开窗户，清晨的露水把桂花打湿，浓郁的桂花香里掺杂着泥土的香气，朝阳这时也从天边模糊地出现。我想说我爱你，但我不能说出口。

招勒开车送我，我们都沉默着，谁也没有主动找谁搭话。

车开到公司门口，下车时，我说出了我思考了一整夜的话：“昨晚的事，我会忘掉的，我们就当作没有发生过。”

“回不去了吗？”打开车门时，他问我。

我轻轻关上了车门。

原来最后他留在手掌中的那句话，是留给我的。而那场雨夜，桂花盛开，他跪在我的床边，吻我手掌的时候，我单纯地以为，他只是发情的动物。但在他的世界里，那是一场深情的告白。

这句《再见理查德》里的台词，他以为我是知道的。

If you love me,kiss my palm.

如果你爱我的话，吻我手掌，但是我先吻你了。他鼓起了所有勇气，我却误解了他，亲手将那个雨夜打碎。

以往觉得招勒走后，心脏像是缺失了一块，麻木到没有情绪。最近我能感觉到心脏开始慢慢喘气，只是有点痛而已。而今夜，我又疲惫又难过。

回到家，打开门，我脱了外套，还在想《再见理查德》的剧情，就随便躺在沙发上，盯着柜台上我和招勒的合影，沉沉地睡过去。

梦格外柔软，我缓缓睁开眼睛，四下漆黑。空气里弥漫的全是桂花的香气，我躺在床上，招勒正半跪在床前，握着我的手。

我又回到了那个夜晚，此刻招勒就在我的身边。

“招勒。”我有些吃惊，慌张地坐起身来，浑身发抖地叫出他的名字。

“你的手怎么受伤了？”他想要抚摸我手背上的伤口，却又停住了，“疼吗？”

我摇摇头，眼泪渐渐模糊了视线：“不疼。”

他仔仔细细地观察我，我也在努力地想要在黑夜里看清他。

“你瘦了。”他说话的声音很轻，像是一根柳絮飘飘摇摇，“最近你过得好像不好。”

“没有。”我拼命摇头，眼泪几乎下一瞬就要流了下来，我极力忍耐着，不想在他面前落下一滴眼泪，“我很好。”

他深深地望着我，片刻后轻轻说：“把我忘了吧。”

这是我完全没有预料到的，我还在诧异，他已经松开了我的手。我扑过去紧紧攥住了他的手：“不要，不要松开我，招勒。”

他不发一言地将手从我的手中一点点抽出来，他的力气很大，尽管我抓得很紧很紧，他还是将手抽出了大半。我几乎哽咽地求他：“不要……招勒，我不要……不要这样对我。我不想忘记你，我做不到，我不想变成一个空空的壳。”

他还是狠狠将手从我的手中抽出来了，我想要抓住他的衣角，却落了个空，从床上摔倒在地。

以前的招勒是会扶起我的，可是这次他却没有。

他走得很快，决绝而又坚定。

眼泪刹那间落了下来，我看着他的背影，在黑暗里逐渐远去。我挣扎着站起身，一瘸一拐地追在他的身后，声嘶力竭地呼喊他的名字：“招勒！招勒！不要丢下我！”

我穿过客厅，走到院子里。夜晚的室外，只有一弯冷清的孤月，被风吹得左右飘摇的桂花树散发出连绵不绝的冷香。

“招勒！招勒！”我崩溃地呼唤着他的名字，他就这样突然消失在了漆黑的夜里，丢下我一个人。

身后有隐隐的火光窜动，我转回身，身后的房子燃烧起来，火光在我满是泪水的面庞上幽幽晃动。我看着它缓缓燃烧着，橘色的灯火在眼中渐渐变成了灰色，眼前的一切都变成了黑白灰的颜色，像是火光过后的一地灰尘，慢慢褪去了最后的色彩。

朝阳和夕阳之间只不过隔了十几个小时的距离，而我走向你却用了小半个人生。存在和毁灭更是眨眼一瞬，我转身寻找你时，天都黑了。我四处寻觅，却只找到你留下的影子。

第二十五章
我终于找到你了

我拼命地挣扎着，满头大汗地从梦中惊醒了。

我就蜷缩在一片漆黑里，黑暗里是招勒，闭着眼睛也是招勒，全都是他。我很想和他说说话，想再听听他的声音。

他笑的时候，他严肃的时候，他沉默的时候，我都记得。不过他最后是什么样子，我却不知道。

我开了一盏灯，从包里拿出招勒的日记来看。

笔记本有些旧了，书页发黄，我随意翻动了两下，日记记得断断续续的，有时候时隔两个月才会记下一篇。他的字体一如既往的娟秀、工整。

我打开第一页，时间是 2000 年 10 月 3 日：

来到新家，感到忐忑。见到了大我十多岁的哥哥，叔叔说他叫李钟川，阿姨看起来也很随和。

这里的街道，到处都种着桂花树。妈妈是最喜欢桂花的，我很想念她。

我随手翻开一页，时间是 2006 年 10 月 16 日：

舞蹈课最近有些繁重，倒是还能应付得过来，本来都是一直周全地做事，这也算不上麻烦。

最近倒是每个星期都能看到那个女孩子，听说她叫温藻。她大概是羞怯，有时候我看她的时候，她会躲躲闪闪地避开我的眼睛。

她舞蹈基础很差，总是跟不上进度，紧张的时候会咬指甲，看得出来她很沮丧。今天傍晚的时候，我在路上又遇见她了，她走在我的身后。

路漆黑，她可能是害怕，东张西望地在路上艰难地移动。算了，我还是跟往常一样慢下来等她好了。

我又翻开一页，时间是2018年10月23日：

工作很累，我常常想，如果这时候她在我身边就好了，我很想你，温藻。

我把日记从头翻开看，时间从2000年一直到2019年，断断续续的日记，记录的是招勤生活的琐碎片段。从他第一次见到养父母，见到李钟川，见到我。

我看完了三本厚厚的日记，才发现自己不知道什么时候已泪流满面，脸上全是湿漉漉的泪水。

我放下日记，走到卧室打开抽屉。

漆黑的夜里，我看到那双被纸巾包裹住的一次性手套，安静地躺在抽屉角落里。那是离招勒最后一刻最近的东西了，我一直没舍得扔掉。

我小心翼翼地将纸巾和手套拿出来，拆开纸巾，手指轻轻抚过手套，是冰冷的寒意。他留下的东西，全都是这样冰冷的温度。

眼泪瞬间模糊了我的眼睛，心头的苦意和酸涩再也没有办法控制。

“招勒，招勒。”我默念着他的名字，视线模糊一片，已经被涌出来的眼泪击溃。从心脏连带着手指都是痛的，慢慢地连抽泣的力气也没有了，我躺在冰冷的地板上，轻轻握着那双手套。

我爱你，就只是爱你而已，没有别的意思。这样纯粹的爱会被慢慢杀死，我透过这些，看到满地风沙，尽是凄凉。

“招勒，我从来都没有忘记过你。”我闭上眼睛，嘴唇紧紧贴着手套，慢慢摩挲着它，最后吻了吻。

我记得，你吻我手掌的时候，你的嘴唇温柔，我的手掌温热。当我终于回吻你的时候，我的嘴唇滚烫，你的手掌冰凉。

我就这样躺在地板上，再次慢慢被梦境吞噬。

我睁开眼睛，依旧是那个夜晚。

我站在院子中，面前的世界是黑白的颜色，有熊熊烈火在燃烧，将一切一点点吞噬掉。

忽然之间，大火迅速减弱，变成了一簇簇火苗消逝而去。眼前的一切开始有了色彩，我看到了一弯金黄的月亮挂在漆黑的夜空里，最后的火光是那样明艳，转眼之间只剩一阵灰烟。

夜风袭来，火势已经停歇，只剩下漫天的烟雾在风里乱窜。

燃烧了一半的房子在夜里显得极其清冷，烧焦了的大门还散着灰烟。我总觉得招勒会在门后，我走到大门前，握住门把将门一把拉开。

面前瞬间亮如白昼，天花板上的白炽灯光刺得让人睁不开眼睛。面前是一间病房，小小的招勒躺在病床上，正在昏睡。

坐在床边的警察正在和医生闲聊，医生问他们："这孩子是发生什么了？"

"昨天一对夫妻站在街边正吵架来着，把这孩子一个人反锁在汽车里。结果这两个人拉扯间冲到马路中央发生了车祸。我们调取监控取证的时候，发现他们两个的车还停在路边。我们赶到时，这孩子就像你看到的那样，已经晕过去了。幸亏还没有到夏天啊，不然被锁在车里几个小时就要不好了。"

招勒在这时慢慢醒转，他望着面前的警察面上稍带疑惑。

警察犹犹豫豫，欲言又止，问："还好吗？"

招勒点头，警察把手中始终攥紧的两张纸递给招勒："请节哀，这是你父母的死亡报告。"

招勒脸上是不可置信的神情，他僵住片刻后从警察手中接过死亡报告，默念着，声音逐渐小了下去："因抢救无效，于晚上八点二十分失去生命特征。"

"你还有什么可以联系到的亲人吗？"警察问他。

招勒愣愣地望着手中的纸，没有答话。他突然从床上跳了下去，光着脚沿着走廊飞奔，像是一头发疯的狮子。我紧跟在他的身后，看他跌跌撞撞地一头撞开了卫生间的门，跌倒在地后又迅速爬起来。

警察紧随着推门而入，看到招勒整个人瘫软在洗手池旁，抱着水龙头拼命地呕吐。他吐得浑身发抖，不停地抽搐。警察有些不知所措，上前拍打着他的背，想要帮他顺气。

招勒抖得像是筛子，撕心裂肺的大哭声从他喉咙间发出来，准确地说，倒并不像哭声，更像是绝望地嘶吼。眼泪不断地从他的眼睛中悄无声息地流下来。

"招勒！"我也开始掉起眼泪来，想要上前安慰他。可是我叫着他名字，他却听不见我的声音，也没有任何回应。

门后这时候响起了“咚咚咚”的敲门声，我转头望去，看到一个戴着眼镜斯斯文文的中年男人推门进来。我记得他，是招勒的养父。

我的视线跟随他转回身去，却发现现在是在警局。招勒正坐在桌边，桌上放着一杯冒着热气的开水。他目光怔怔地望着桌边，没有情绪。

“你好，我就是之前跟你联系过的那个人。”男人径直走到警察面前，和他握了握手。

他这才走到招勒身边，蹲下身去问招勒：“还记我吗？以前叔叔经常来看你的。叔叔跟你的爸爸是很好的朋友。跟我回家好吗？叔叔会照顾好你。”

招勒这时才有了些反应，低头看着他：“那不是我的家。”

男人愣了一瞬，又安慰道：“以后就是了。”

“领养材料都办齐了吗？”警察问男人。

“还在准备，很快就可以补齐了。”

“饿了吗？叔叔带你去外面的餐馆吃点东西好不好？”男人问招勒。

招勒点点头，男人拉起招勒的手，跟警察简短寒暄后，才推门离开。

我跟在他们身后，男人带着招勒进了街边的一家快餐店。男人一边看着菜单，一边偷偷观察招勒：“你想吃什么？”

“我不饿。”似乎并不是很想沟通的语气。

“一份宫保鸡丁，一份酱茄子，两碗米饭。”男人跟老板点了菜，转而又开始跟招勒搭起话来，“你还有一个哥哥，比你大十岁，他叫李钟川。等你过去，就可以找他玩，哥哥人很好的。”

招勒终于主动开口了：“那个家……很远吗？”

“不远，坐火车一夜就到了。”

面前的一切瞬间漆黑一片，从餐馆里传来的铁锅和铲子的声音逐渐弱下去。我不知道发生了什么，却突然看见面前有路灯接二连三地亮起，呼啸的绿皮火车从面前极速驶过。

火车驶过之后，路灯逐渐暗下去。

只有一盏昏暗的台灯慢慢亮起来，这是招勒的房间，招勒躺在床上正在睡觉，却像是被噩梦惊醒了似的，从床上飞奔下来，反反复复地拧动着房门的把手。直到门被打开后，他回头又望着房间开着的窗户，才如释重负地松了一口气。

他下楼去厨房找水喝，听到了叔叔和阿姨在房间谈话，声音压得很低，像是怕被人听到似的。

“招勒那孩子，我总觉得性格不太行。也不主动叫人，也不爱说话。”阿姨说。

叔叔沉默了，有些为难：“要不然再等他缓缓？谁经历那种事会好受，更何况他还是一个小孩子。”

“那就观察看看，实在不行就把他送走。”

招勒喝了一口水，转身进了厨房，将水杯洗干净。

洗手池里堆着油腻的碗筷，还没有人冲洗。招勒开了水龙头，面无表情地将碗一个个洗干净，然后擦干放进柜子里，又把地面清扫干净，才回到卧室。

我看到他一个人坐在昏暗的房间里，望着窗外。夜风徐徐而来，吹动着他的头发和衣服也跟着飘动。

他不知道在想什么，像是一个雕塑似的寂静，他就那样坐了很久。过了一会儿，他关了台灯，一切又瞬间黑了下去。

耳边是叽叽喳喳的吵闹声，面前的一切开始亮起来。是正午的时候，菜市场正是一天之中人流的最高峰。

招勒跟在阿姨的身边，她刚称好一袋西红柿，摊贩把东西递过来，招勒顺手自然地接住了：“我来吧。”

隔壁卖猪肉的摊位上站着一个穿着蓝色短袖上衣的女人，手中提着几袋菜。她似乎在打量招勒，对站在招勒身边的阿姨说：“你就是招勒的妈妈吧？”

“你好，不过你是？”阿姨愣了一瞬，一时间没有反应过来。

“我上次还在家长会上见过你的，你家招勒考试又是名列前茅，你平常是怎么督促孩子学习的呀？”

阿姨有些不大好意思地摸了摸脖子：“我不怎么管他的，这孩子自觉。”

女人从手中提的袋子里抓出几颗栗子来，递到招勒手边：“快拿着，还热着呢。”

“谢谢阿姨。”招勒礼貌地表示感谢，顺手将栗子接了过来。

我站在他们身边，看得有些难受。这和上次见到的招勒判若两人，他像是一瞬间就成长了起来，或许可以说是善于伪装。

多年以来我对他的了解，他对所有人永远保持着礼貌、客气的距离，外在的皮囊维持着大家喜欢的样子，说着得体的话，做着得体的事情，但我知道，这并不是真实的他。

他曾经或许也和普通的孩子一样，上课的时候会开小差，追着同学用鞋子在人家背后去蹭脚印。

但他来到这里之后，全是陌生的东西，陌生的学校，陌生的家庭，不熟悉的同学。为了生活，他慢慢地把真实的自己隐藏起来，让另外一个自己去应付一切。

我思考得入神，等回过神来，招勒已经不见了。菜市场里人流涌动，我穿梭在人群中寻找着：“招勒！招勒！”

面前的白天突然黑了下去，我还没有来得及看清楚，倒是迎面吹来的风把我冻得够呛。周围有脚步声，隐隐约约对面有人朝我走来。等那人走近了，我才看清是招勒。

是那个熟悉的漆黑的夜晚，一切都得到了和解。

他快步走到我的面前时，突然怔怔地停了下来，目光投向更远的地方，似乎是在看人。有亮光远远地打在他的脸上，我在柔和的光里看到他眼睛中闪过一瞬而逝的惊喜，苍白的笑意在他的嘴角漫开。

那束光在他的脸上来回躲躲闪闪，我顺着光源找去，漆黑的夜里，远处有一点灯火在朝这里快速移动，伴随着呼啸而来的风声，奔跑的声音在耳边逐渐放大。

“招勒！招勒！”迎面跑来的女孩子喊着他的名字，一头扎进了他的怀里，“招勒，我找你好久了。”

在这个夜晚，所有的不安、敏感以及恐惧都被这个拥抱慢慢融化。

我穿过黑夜寻找他，而招勒选择对我放下了防备。

梦里全是岁月变迁的影子，我看着他们，眼泪涌出来了，视线模糊一片。

我低头用袖子擦掉眼泪，视线清晰起来。那个黑夜慢慢消失不见。

傍晚时分，面前是那家咖啡店。

招勒正坐在靠窗的那个位置上，面前的咖啡似乎已经凉透了的样子，他只喝了几口。

他在望着窗外，片刻后那个女孩从对面的办公楼出来了。

我知道那个时候，每天的这个时间点我都要下班回家。如同每一个昨日一样，做着重复的事情。那时，附近偶有发生路人被流浪汉袭击的事件，我丝毫不敢在路上耽搁。

招勒跟在她身后出了咖啡店，保持着离她较远的距离。

她的鞋带松了，但她似乎并没有察觉。等到了公交车站，她这才后知后觉地发现。公交车这时稳稳地停靠在站台前，她飞快地系好鞋带上了公交车。

招勒站在原地，目送着她直到公交车开走，才原路返回。

他一直没有变过。

无数复杂的情绪涌上心头，让人百感交集。我跟在他身后，和他一起慢慢地走着。他进了附近的商场，按下电梯。

我还没有来得及进去，电梯已经带着他下降了。

我看着电梯上显示着负一楼，他大概率是要去取车回去的。慌乱之间，我走了安全通道，一路顺着楼梯往下跑。

下了楼梯，我却一瞬间蒙了。这不是负一楼的停车场，这是小时候的芭蕾舞教室。

我就站在原地，一切又回到了原点，是我初见招勒的地方。

教室四面都是镜子，屋内灯火通明。这时候看向窗外，傍晚的黄昏慵懒至极，过不了多久天就要彻底黑下去了。

“温藻，是要回家吗？”有人跟我打招呼，我看到是小时候教我芭蕾舞的张老师。

“你在……跟我说话？”我愣了一瞬，有些不可置信。

“这里就你一个人。”

“那招勒呢？”我迫切地问她。

“招勒啊，他刚走。”

我推开门快步追了出去，下了楼，我沿着小时候回家的那条小路往前跑。

天色在这个间隙飞快地暗下去，我远远地看到他了，是长大后的李招勒。他穿着我们最后一次见面时的那件衣服，在我前面慢慢地走着。

我分不清这是现实还是梦境，潜意识告诉我这并不是真的，可是这扑面而来的真实感觉，让我无法控制。

我失控地在他身后大声喊着他的名字：“招勒！招勒！你不要再走了！”

眼泪止不住疯狂地在脸颊上肆意流淌，呼声回荡在这一片空空荡荡的小路，只剩下微微夹杂着风吹野草的声音。他大概是听到了，突然慢下脚步来，慢慢转过半张脸。

面前是魂牵梦萦的那张面孔，是活生生的招勒，此刻就站在我的面前。傍晚黄昏的光散在他的半张侧脸上。

他望着我，脸上是柔和的表情。看到他，我一瞬间破涕为笑起来。

“招勒！招勒！”我朝他跑过去，脚崴了一下，我紧紧抓住他的手臂，然后用力将他抱紧，毛衣柔软的触感紧紧贴着我的身体，我感受到了他的体温，是带着温度的滚烫。

我抱着他，哭得哽咽。他什么也没有问，只是轻轻拍打着我的背。直到哭累了，我一边擦着眼泪，一边抬起头看着他的脸，小心问他：“我一直在找你，可我就是找不到你。我喊你的名字，你也听不见。现在我终于找到你了，招勒，你不要再走了好不好？”

他抬起手，把我脸上的眼泪慢慢擦掉。半晌，他回答我：“好，这次我不走了。”

在家里睡了两天，醒来就默默地盯着天花板，没有爬起来的力气。不知道这样看着天花板多久，有人敲了门，我才拖着软绵绵的身体去开门。

妈妈站在门口，手里提着一个保温箱："吓死我了你，这两天怎么一直联系不上你。宋戈还给我打了电话让我来看看你，他临时出差回不来，给你打了好多通电话都没有人接。"

我走到桌边，拿起放在柜台上的手机，按了一下开关键，屏幕并没有亮起来："手机没电关机了。"

"刚睡醒吗？你快点去洗漱洗漱，我做了点东西给你带过来，还热着呢。"

"嗯。"我进了洗手间，打开了水龙头，把脸慢慢洗干净。

回到客厅，餐桌上已经被妈妈摆好了菜。我最喜欢的瘦肉丸子、一盒鸡翅、一碟腌好的白萝卜，还有一些水果点心。

我没说话，走过去拿起筷子，低头慢慢吃着。饭菜散发着浓郁的香气，都是小时候的味道。

"味道还行吗？"

"嗯。"

我默默地吃着菜，屋子有些乱，妈妈帮我打扫着卫生。

我看着她在面前忙忙碌碌的身影，低头把餐盒里的饭菜一口口吃干净。屋子被妈妈收拾得很干净，她接着把放在面前的餐盒装进保温箱里："我先回去了，你注意多休息。"

"好。"我送她到电梯口，陪她等电梯。

我站在一边看着她。年轻时她也是一个很漂亮的女人，我亲眼见证了她一年又一年的变化，她的身材渐渐变得臃肿，头发不再乌黑，慢慢脱离了年轻时期的样子。

她在改变，我也是如此。

电梯开了，她转身走进电梯里。

“妈。”我叫住她。

“怎么了？”她问我。

两个立场不同的人，如果只会站在自己的角度思考问题，她有她的理由，我也有我的道理，那么我们永远都没办法达成和解。而和解的第一步，是主动尝试向对方迈出一步。那么现在，我愿意去做那个主动向前的人。

我说：“我明天回家吃饭吧！”

她有些诧异，喜悦渐渐浮现在脸上：“好，别在这儿傻站着了，快回去吧。”

我冲她摆了摆手，电梯在我们面前关上了，勇敢地向所爱的人多走近一步，招勒走后，我似乎明白了这个道理。

李招勒日记节选

2006年10月26日

最近没有特别需要让人记下的事情，值得去好好记录。和那些平凡的日子一样，学习之外，周六周日是附加的芭蕾舞课。

值得一提的是，舞蹈教室新来的那个女孩，在回家的路上总能看见她，也许是独自走夜路会害怕，她慢慢吞吞，左顾右盼。每次我就想着等等她好了。

连着将近大半月都是这样，今天她在路边主动来找我搭话，我这才得知她的名字，她叫温藻。温柔而又湿润的海藻，她就是这个样子。

2007年1月10日

差不多快要到放寒假的时间，南方的气候四季温和，冬天也不会让人觉得寒冷。我记得故乡的气候干燥多了，冬天很冷，夏天却又十分炎热，不是很讨喜的气候环境，但我却依旧会想念那里。

我在和他们成为一家人，但似乎也不全是这样。他们不会像训斥李钟川那样训斥我，也不会像指挥他那样指挥我去做事。

下午芭蕾舞班的老师打电话让我去看演出，舞蹈很有趣，之前曾看到她们排练过。表演得还算顺利，一眼望去，几个女孩里只有温藻跳错了很多动作，能看得出来她似乎很紧张，整个表情都垮了下来。

我能想到她的心情差到了极致，去找她时，看到她独自藏在储物间里。

门外的人在喊着她的名字，对着她质问。

她孤立无援，又胆怯固执，那时候我像是看到多年前的另一个自己，突然间很想去保护她，保护那个曾经的自己。

我确实这么做了。

2009年11月13日

昨天的秋游，温藻生病了。

我带她回去。来时倒还不觉得难受，回去的路上，车厢很闷热，我突然感到了不适，一种永远逃不出去的感觉再次涌上心头，我仿佛置身于多年前那个被反锁在汽车里的夜晚。

被困的感觉越来越强烈，我没办法克制，那一瞬间还是丧失了理智思考的能力，只想立刻逃离这里。

我丢下温藻下车了，现在回想起来，觉得惭愧。

吹了冷风才冷静下来。

汽车已经开走了好远，温藻还在车里，我就这样丢下她走了，连一声招呼都没有打，不知道她一个人会不会害怕。

不知道往前走还有多远的路，路上很黑，倒是也习惯了这样一个人。

让人意外的是，她回来找我了，我丢下了她，但她却没有丢下我。

我确实可以尝试着去信任她。

2017年4月15日

工作很累，和模特约拍的时间定在了上午。

上一次街边袭击路人的流浪汉还是没有抓到，总觉得不太放心，下午有空绕远路去看温藻，咖啡的味道很苦，温藻却喜欢喝。

我知道我现在忙碌了一天的样子，有些狼狈，风尘仆仆，这样的不堪还是不要让她看到了。

也不想打扰她，等到她出来就跟在她的身后。她还是和以前一样，走路很慢，鞋带松了也不知道，就踩着鞋带走了一路，到了站台才慌慌张张地系，赶着时间上了公交车。

看到她好，也就安心了。

2018年8月25日

再过一段时间到了桂花要盛开的时节，翻院子里的泥土时，我在土堆边看见一只死去的蚂蚁。

它是那样渺小，如果不留意根本发现不了它，我动手把它掩埋了。

和平常每一天一样，重复做着同样的事。

希望快一些到桂花盛开的日子，不至于开窗户的时候，每天闻到的都是同样的味道。

后记

提起“爱”这个字，在大多数人的印象里是炽烈和占有的。

但招勒和温藻的爱却是晦涩、胆怯、含蓄、沉重的，直至最后时刻才能表露心意。这样的胆怯，让温藻和招勒永远失去了彼此。

留下的只有最后那冰冷的一吻，却无论如何也唤不回招勒。直到分崩离析后才懂得珍惜和勇敢地表达。哪怕她想要一切死灰复燃，而再见到招勒，却也永远只能在梦中。

时间短暂，情深漫长。

也许我们在青葱岁月中那短暂的光景里，曾在心底藏过那一抹喜欢。等温火烧尽，只剩一地灰尘。回头去望时，只是回忆，藏在梦里。有时，许多个不及时开口或胆怯，慢慢把爱变成了遗憾，变成了过往。

用此文委以寄托，愿我们都能勇于表达，珍惜所爱。

致我们漫长岁月中或许那一抹喜欢，一点遗憾，如烟火一般徐徐燃尽。

我们穿过昼夜，在黑暗里思考，怀抱希望，看到未来。

——王郁曦